Robert Richardson

UN ÂGE SANS PITIÉ

Traduit de l'anglais par Frédéric Grellier

Librairie des Champs-Élysées

Ce roman a paru sous le titre original :

THE HAND OF STRANGE CHILDREN

Trois personnes peuvent garder un secret,
si deux d'entre elles sont mortes.

Benjamin Franklin, *Poor Richard's Almanach*

PREMIÈRE PARTIE

PROLOGUE

Nous sommes tous des menteurs, et les mensonges les plus dangereux sont ceux que nous finissons par croire nous-mêmes. Avec le temps, le regard porté sur les actions passées se teinte de douleur, de remords, voire de dégoût... Alors on raconte sa vie caché derrière des masques, l'imaginant telle qu'on aurait aimé qu'elle fût, oubliant ce qui nous est devenu insupportable. La vérité reste fuyante, même si vous la recherchez. On peut certes se rappeler des conversations passées, au besoin grâce aux notes retrouvées dans un journal intime. Mais ce qui motivait ces paroles reste perdu, tant l'on cherche à se justifier ou à rendre cohérentes les actions passées. Avec les souvenirs resurgissent les spectres de personnes évoquant une époque révolue de nos vies, mais qui sont devenues de simples étrangers. Et parmi eux figurent peut-être les jeunes êtres qui portaient notre nom, les enfants que nous étions.

Naomi, Timothy et Richard Barlow étaient les trois enfants d'un couple de petits-bourgeois ordinaires. Une famille sans histoires, presque ennuyeuse. Des enfants bien élevés, très comme il faut, à l'image de millions d'autres. Ils grandirent, se marièrent, eurent des enfants. Pour ceux qui les avaient connus du temps de leur enfance, Naomi et Richard avaient plus que tiré leur épingle du jeu, et Timothy n'avait certes pas à rougir de sa situation. Et c'est bien là le plus troublant dans ce qui devait suivre, la déchéance d'individus installés dans la vie, qui avaient réussi, que l'on se prenait même à envier. Mais les regards extérieurs se laissaient éblouir par l'éclat des paillettes, alors qu'en profondeur, enfouie sous les mensonges, rongeait une culpabilité secrète, infestante.

Le passé laisse des traces à notre insu. Tel bijou ou tel bibelot ébréché recèle le souvenir d'une personne que nous avons connue ; un paquet de lettres, oublié au fond d'un tiroir, refait surface sans raison, traînant ses miasmes, tel un vieux parfum ayant perdu de sa vigueur ; une photographie nous rappelle les traits de quelqu'un. Mais hormis ces fossiles, rien ne subsiste de la vie elle-même, perdue à jamais. La photographie fige le moment précis d'une journée particulière, qui ne dure jamais que l'instant fugace d'une pose ; au fond de nous-mêmes, peut-être ne ressentions-nous pas le sourire affiché.

La presse fournit aussi des traces, bien qu'elles soient probablement les plus imparfaites. La plupart des gens n'y figurent que rarement, et encore faut-il qu'ils paient pour faire paraître une annonce les concernant ou qu'ils se trouvent attirés par hasard au cœur d'un événement retentissant. Aucune annonce ne parut pour la naissance des enfants Barlow, même dans la presse locale ; leurs parents préféraient ne pas consacrer d'argent à de telles choses. Mais leurs noms parurent dans la presse par la suite, de temps à autre, le plus souvent à l'occasion d'une chose accomplie à l'école, un succès sportif ou un résultat d'examen ; on conserva ces petites coupures avec soin un certain temps ; au fil des ans, jaunies et froissées, on finit par les égarer ou les jeter. Trente années ont passé depuis la parution de leurs noms suite à l'événement le plus marquant de leur vie. L'annonce parut dans le *Wilmsford Messenger* du 19 juin 1959.

DÉCÈS

Barlow – Harold Edward, est décédé paisiblement à l'hôpital de Wilmsford, le 17 juin 1959, à l'âge de 58 ans, après une longue maladie.
Tendre époux de Florence, père de Naomi, Richard et Timothy.
Une messe sera célébrée en l'église St Luc, à Wilmsford, le 23 juin à 14 heures, suivie d'une crémation au cimetière Southern.
Pour toute information, contacter William Duncan and Sons, 28a Birchwood Rd.

Une semaine plus tard paraissait l'annonce suivante :

REMERCIEMENTS

Barlow – Florence, Naomi, Richard et Timothy souhaitent remercier tous leurs amis des témoignages de soutien reçus dans ce moment d'épreuve. Un merci tout particulier au personnel de l'unité Pennine du Wilmsford Cottage Hospital, et à la direction de Coombes Brothers Ltd.

Un an plus tard paraissaient les lignes suivantes :

IN MEMORIAM

Barlow – Harold Edward.
En souvenir de notre cher mari et père, disparu le 17 juin 1959.
Florence, Naomi, Timothy et Richard.

Des annonces semblables parurent encore les deux années suivantes, puis elles cessèrent. Les coupures se rapportant plus particulièrement à Naomi commencent le 4 janvier 1967, avec l'annonce suivante, publiée toujours dans le *Wilmsford Messenger* :

FIANÇAILLES

BARLOW-STANSFIELD – On nous fait part des fiançailles de miss Naomi Jean Barlow, fille de Mrs Florence Barlow et Mr Harold Barlow, résidant au 17, Tatersall Close, à Wilmsford, avec Mr Charles Stansfield, fils unique de Mr et Mrs Henry Stansfield, résidant à Temple Manor, Dollington, Bucks.

Puis, le 15 juin 1967, sur la page *mariages* du *Buckinghamshire Courrier*, cette notice accompagnée d'une photographie :

BARLOW-STANSFIELD – Samedi fut célébré le mariage, en l'église St Michael's, à Dollington, de miss Naomi Jean Barlow, fille de Mrs Florence Barlow, veuve de Harold Barlow, résidant à Wilmsford, Manchester, et Mr Charles Robert Stansfield, fils unique de Mr et Mrs Henry Stansfield, demeurant à Temple Manor, Dollington.
La mariée, qui portait une robe longue en satin dans des tons nacrés et une coiffe en dentelle de Nottingham, fut escortée par son frère Timothy Barlow ; elle tenait un bouquet composé de roses blanches et de muguet. Ses témoins étaient miss Daphne Booth-Wills, une cousine du marié, et miss Helene Staunton ; elles portaient des robes longues en satin, dans les tons crème et rose, et tenaient des petits bouquets d'œillets. Le témoin du marié était le capitaine Gerald St John Waterford, titulaire de la Croix de l'Ordre militaire.
La cérémonie fut dirigée par le rev. Jonathan Hartley, vicaire de St Michael's ; la réception eut lieu à la demeure des parents du marié. Parmi les invités figuraient le général Michael Bellamy, et Sir Peter Carrey, sous-secrétaire d'Etat au Home Office, tous deux accompagnés de leurs épouses.
Le jeune couple, qui passe sa lune de miel aux Etats-Unis, résidera dans le Hertfordshire.

Le 18 août 1969, l'annonce suivante paraissait dans le *Times* :

NAISSANCES

STANSFIELD – Naomi, née Barlow, et Charles sont heureux de faire part de la naissance de Roberta Diane, le 17 août.
Charles et Naomi Stansfield.
Brookmans Park, Hertf.

Puis le 9 octobre 1971, toujours dans le même journal :

NAISSANCES

STANSFIELD – Naomi, née Barlow, et Charles Stansfield sont heureux de faire part de la naissance du petit frère de Roberta, David Edward, le 7 octobre.

Entre-temps le *Wilmsford Messenger* avait annoncé les fiançailles, puis le mariage, de Timothy Barlow et Claire Hopkins, en 1963, et la naissance de leur fils Harry en 1965. Le décès d'Harry fit l'objet d'une annonce trois ans plus tard. Le mariage de Richard Barlow, en 1970 avec Katherine Eastwood, fut, lui, annoncé et dans le *Times* et dans le *Daily Telegraph* ; de même pour les naissances de ses filles, Katherine et Emma, en 1971 et 1975.

Presque toutes les familles conservent de telles coupures, et après la naissance d'Emma, plus rien d'important ne fut publié concernant Naomi, Timothy et Richard, jusqu'au 27 décembre 1992. Tout au long de cette journée, ils figurèrent à la une des journaux télévisés et radio, et la presse du lendemain matin leur consacrait une bonne partie de la première page. Suivent certaines des dépêches envoyées par l'agence Press Association aux quotidiens, nationaux et de province, et aux chaînes de télévision et de radio.

HSA589910 PASNAPFULL PA 09.03
POLICE/Cadavres
La police enquête après la découverte de deux cadavres dans une maison du Hertfordshire.

HSA589914 PASNAPFULL PA 09.08
POLICE/Cadavres
Les corps d'un homme et d'une femme ont été retrouvés dans une maison située Devon Lane, à Bookmans Park, dans le Hertfordshire. Aucune identité pour l'instant.

HSA589922 PASNAPFULL PA 09.20
POLICE/Cadavres
Un porte-parole de la police du Hertfordshire a déclaré que les morts étaient considérées comme suspectes.

HSA589926 PAHOME PA 09.29
POLICE/Cadavres/CORRECTION
Dans une dépêche intitulée POLICE/Cadavres, datée d'environ 09.06, lire « Brookmans Park » au lieu de « Bookmans Park ».

HSA589947 PAHOME PA 09.54
POLICE/Cadavres
La police est arrivée sur les lieux à 8 heures et demie ce matin, suite à un appel téléphonique. Les corps se trouvaient dans une pièce du rez-de-chaussée, et un porte-parole a déclaré que les deux morts étaient considérées comme suspectes.
La maison est le domicile de Charles Stansfield, banquier d'affaires à la City, et son épouse Naomi. Le couple a deux enfants d'âge adulte.

HSA589966 PAHOME PA 09.59
POLICE/Cadavres/Mémo
À L'ATTENTION DES RÉDACTEURS ET SECRÉTAIRES DE RÉDACTION
A ne pas publier. Dans l'affaire du double décès dans

le Hertf., les corps seraient ceux de membres d'une même famille. Nous tentons d'obtenir des photos.

HSA589918 PAHOME PA 10.18
POLICE/Cadavres/Développements
Le commissaire Michael Dundee, de la brigade criminelle du Hertfordshire, a déclaré : « Nous avons reçu, vers 8 heures et quart, un appel téléphonique nous demandant de nous rendre sur les lieux, et nous avons trouvé les corps dans une des pièces du rez-de-chaussée donnant sur la rue. Les deux victimes sont décédées de blessures infligées par des tirs de fusil. Nous interrogeons d'autres personnes présentes sur les lieux au moment de l'incident. »
Il a ajouté que la police espérait pouvoir révéler l'identité des victimes plus tard dans la journée. Un fusil aurait été saisi sur place et transmis au laboratoire de police scientifique.

HSA589999 PAHOME PA 10.32
POLICE/Cadavres
Roberta Stansfield, fille de Charles et Naomi Stansfield, travaille pour les journaux de BBC Radio. David, le fils du couple, suit des études d'architecture à l'université de Leeds.

HSA581013 PAHOME PA 10.37
POLICE/Cadavres/Mémo
À L'ATTENTION DES RÉDACTEURS ET SECRÉTAIRES DE RÉDACTION
Nous cherchons à obtenir les adresses personnelles de David et Roberta Stansfield.

HSA581033 PAHOME PA 10.40
POLICE/Cadavres/Développements
Les deux corps ont été transportés par ambulance à la morgue du commissariat central du Hertfordshire.
Mrs Jocelyn Harmer (46 ans), qui habite à proximité de la demeure des Stansfield, a déclaré :

« Les frères jumeaux de Mrs Stansfield et leur mère se trouvaient là pour les fêtes, ainsi que d'autres membres de la famille. Mon mari et moi sommes passés prendre un verre le soir du 26, et tout semblait parfaitement normal. C'est une tragédie affreuse. Cette famille était très appréciée. »
Charles Stansfield est un des principaux associés de Kennet Bolingbroke, une banque d'affaires de la City. Sir Malcolm Kilmartin, le directeur général, a déclaré : « Nous sommes tous stupéfaits de ce qui est arrivé. »
Sir Malcolm a ajouté ne pas avoir reçu de nouvelles de Mr Stansfield.
La police poursuit les interrogatoires d'autres membres de la famille qui se trouvaient sur place au moment du drame. Un porte-parole a indiqué qu'ils ne recherchaient pour l'instant aucune personne étrangère éventuellement connectée à l'incident.

HSA581111 PAHOME PA 10.51
POLICE/Cadavres/Mémo
À L'ATTENTION DES SERVICES PHOTO
Nous transmettons sous peu une photo couleur (plan horizontal) de la maison située Devon Lane, à Brookmans Park, en référence au dossier POLICE/Cadavres.

HSA581165 PAHOME PA 10.58
POLICE/Cadavres
La police du Hertfordshire tiendra aujourd'hui à midi une conférence de presse, au sujet des deux corps retrouvés dans une maison à Brookmans Park.

HSA581174 PAHOME PA 11.00
POLICE/Cadavres/Mémo
À L'ATTENTION DES RÉDACTEURS ET SECRÉTAIRES DE RÉDACTION
Dans l'affaire du double décès du Hertfordshire, la police indique que l'identité des deux victimes sera révélée au cours de la conférence de presse de midi.

Poursuivons recherches pour photos famille. Aucune réponse aux domiciles de Roberta ou David Stansfield. Article de fond faisant le point diffusé sous peu.

HSA581197 PAHOME PA 11.14
POLICE/Cadavres/Synthèse
RÉDACTEUR EN CHEF DE FLEET STREET PRÉSENT DANS LA DEMEURE AUX DEUX CADAVRES
Un rédacteur en chef de Fleet Street figurait parmi les membres d'une famille réunis dans une maison où les corps d'un homme et d'une femme ont été découverts tôt ce matin. La police, qui compte révéler l'identité des victimes plus tard dans la journée, considère les deux morts comme suspectes, sans parler pour l'instant d'une affaire de meurtre.
Les enquêteurs sont arrivés à cette demeure de caractère (évaluée à £ 750 000) située Devon Lane, à Brookmans Park dans le Hertfordshire, à 8 heures et demie ce matin, suite à un appel téléphonique ; ils ont découvert les corps dans une pièce du rez-de-chaussée donnant sur la rue. Les deux victimes ont succombé à des blessures infligées par des tirs de fusil.
La maison appartient à Charles Stansfield, banquier d'affaires à la City de Londres, et son épouse Naomi. Le couple a deux enfants ; Roberta, rédactrice pour les journaux radio de la BBC, et David, étudiant en architecture à l'université de Leeds. Aucun ne se trouvait à son domicile aujourd'hui.
Des voisins ont affirmé que des membres de la famille Stansfield étaient venus passer les fêtes avec eux. Au nombre des invités figuraient Richard Barlow, le frère de Mrs Stansfield, qui est rédacteur en chef du quotidien le *Post*, et son frère jumeau Timothy Barlow, instituteur. Leur mère, Mrs Florence Barlow, se trouvait aussi sur les lieux, ayant fait le voyage avec son fils Timothy et son épouse Claire ; Mrs Barlow demeure Tatersall Close, à Wilmsford, dans la banlieue de Manchester.

Le commissaire Michael Dundee, de la brigade criminelle du Hertfordshire, a indiqué que la police ne recherchait aucune personne extérieure en connexion avec l'affaire. D'autres personnes qui se trouvaient dans la maison sont actuellement interrogées. Le rev. Piers (corriger l'orthographe) Lumley, vicaire de St Mathew's, à Brookmans Park, a déclaré : « Tout le monde est dévasté par la nouvelle. Mr et Mrs Stansfield sont des paroissiens assidus de notre église, et ils ont assisté à la messe de minuit avec la mère de Mrs Stansfield. J'ai discuté avec eux après l'office, et il ne semblait pas y avoir le moindre problème. C'est incroyable. »
Un porte-parole du *Post* a indiqué que Richard Barlow (49 ans) n'avait donné aucune nouvelle depuis son départ en congé le 23 décembre. Mr Barlow, père de deux filles, vit séparé de son épouse ; son domicile est situé Eagleton Mews, à Paddington (Londres W2).

HSA581239 PAHOME PA 11.26
POLICE/Cadavres/Mémo
À L'ATTENTION DES RÉDACTEURS ET SECRÉTAIRES DE RÉDACTION
Conférence de presse sur les décès du Hertfordshire repoussée à 13 heures.

HSA581287 PAHOME PA 11.47
POLICE/Cadavres/Développements
Tôt ce matin, la police est passée prendre Katherine Barlow, ex-épouse de Richard Barlow, à son domicile de Chard, dans le Somerset, pour la conduire dans le Hertfordshire.
« Elle semblait très éprouvée quand elle est partie, a déclaré un voisin qui ne souhaite pas être identifié. Elle est montée dans la voiture de police sans dire un mot. »
Mrs Barlow habite seule, mais sa fille aînée, qui s'appelle aussi Katherine, passait Noël avec elle. Elle a accompagné sa mère jusque dans le Hertfordshire.

Emma, la plus jeune fille du couple, se serait trouvée parmi les personnes présentes dans la maison du meurtre.

HSA581291 PAHOME PA 11.51
POLICE/Cadavres/CORRECTION
À L'ATTENTION DES RÉDACTEURS ET SECRÉTAIRES DE RÉDACTION
Dans la dépêche POLICE/Cadavres datée d'environ 11.48, supprimer l'expression « maison du meurtre » figurant au troisième paragraphe. A ce stade, la police estime simplement qu'il y a mort suspecte, même si on attend l'ouverture d'une enquête pour meurtre.

De nouveaux éléments devaient suivre, avec la descente sur Brookmans Park de journalistes de la presse écrite, de photographes, d'équipes télévision et radio, tous disposés à interroger la police, les voisins, ou quiconque serait susceptible de leur dire quoi que ce soit. A voir éclater une affaire aussi sensationnelle, et ce un jour habituellement pauvre en actualité, les rédacteurs en chef exigèrent jusqu'à la moindre miette d'information, si infime et, dans bien des cas, si inexacte fût-elle. Plus les média brûlèrent d'impatience, dans l'attente de cette conférence de presse qui leur révélerait enfin l'identité des victimes et confirmerait l'hypothèse du meurtre, plus les faits, la fiction et les rêves se trouvèrent inextricablement mêlés.

Mais aucun journaliste ne parviendrait jamais à véritablement conter cette affaire, car, et tel est souvent le cas, ils commençaient par la fin, et tous ignoraient pourquoi, où et comment elle avait débuté. Le matin du 27 décembre 1992 n'offrait que le dénouement d'événements remontant à plus de trente ans, quand Naomi, Timothy et Richard étaient adolescents. Un fait survenu dans le plus grand silence, qui n'avait pas pris plus de cinq minutes, mais qui devait déterminer par la suite presque chacun de leurs gestes, et affecter ceux dont ils partageaient la vie. Les histoires ne se racontent pas en commençant par la fin, mais il n'est pas une seule personne pour raconter celle-ci à partir du début. La vérité doit être recherchée quelque part dans ce qui suit – ou du moins une version acceptable ; celle que les principaux protagonistes ont choisi de croire, celle avec laquelle ils pouvaient vivre.

1

NAOMI

J'aurais connu une vie tellement plus simple si j'avais pu rendre Richard responsable du meurtre de notre père ; mais autant l'accepter, je peux tout juste l'accuser d'en avoir évoqué l'idée le premier. Très intelligemment, il s'est d'abord contenté de conjectures, faisant remarquer combien sa mort résoudrait nos problèmes, en se montrant par ailleurs sincèrement bouleversé de ne pouvoir envisager qu'une issue si tragique. Ce furent ensuite des allusions détournées ; si la mort ne survenait pas naturellement, nous pourrions peut-être... Bien sûr, j'aurais dû voir où il voulait en venir. Il manigançait toujours de sorte à ménager ses intérêts... Mais dans ce cas précis, Tim et moi devions lui emboîter le pas pour rendre la chose envisageable. C'est terrible, mais nous avons fini par le faire. Pour quelles raisons ? Malgré une existence vouée à effacer une bonne partie de mon passé, cette question parvient encore à me toucher à vif, à me tourmenter, tant les raisons d'alors ne pouvaient le justifier à elles seules ; sur le moment elles semblaient simplement suffisantes – et défendables.

Chacun de nous avait commencé à suivre son propre chemin, mais cette époque marqua une sorte de régression inconsciente, un retour à ce que nous étions avant. Au moment où notre père est mort – à 3 heures et demie de l'après-midi précises, j'ai entendu sonner l'horloge de l'hôpital – nous avions retrouvé la complicité qui nous unissait quand nous imaginions que la cabane du jardin était un château ou un navire de pirates, ou encore quand nous discutions dans le magasin de Mrs Wolstenhome pour savoir quels pétards acheter pour le 5 novembre. Ce retour en enfance nous permit d'agir comme un seul, oubliant les différences qui nous séparaient chaque jour un peu plus. Il le fallait pour le tuer. Les jumeaux inséparables commençaient à devenir deux individus distincts, presque des étrangers l'un pour l'autre ; et moi, je me persuadais désormais être une femme, plus sage que deux gamins de quinze ans avec leurs ricanements grossiers sur le sexe. Du haut de mes dix-huit ans méprisants j'écartais le plus souvent avec agacement la moindre de leurs idées. Mais pas cette fois-là.

Ayant semé le germe de son idée, Richard, habile comme de coutume, s'en remit à nous ; il savait que la contrainte était exclue, que nous devions le rejoindre après avoir trouvé nos propres justifications. Pendant un certain temps chacun garda ses pensées pour lui ; puis on finit par en discuter, prudemment. Nous cherchions parfois à nous convaincre mutuellement de passer à l'acte ; pour reculer ensuite de honte, effrayés à la seule idée d'avoir pu envisager une telle chose. Nous donnions corps à l'idée, en hasardant des moyens de la mettre en œuvre, pour aussitôt la rejeter, tant elle semblait cruelle et impensable. Finalement, nous avons décidé de... non, je veux commencer par mes propres mobiles, et il me faut donc expliquer les sentiments que j'avais pour mon père.

Cela aiderait peut-être que je commence par le décrire. Il avait un peu moins de quarante ans quand il s'est marié, aussi était-il nettement plus âgé que les pères de mes amies. Il mesurait un mètre quatre-vingts et avait été un très bel homme dans sa jeunesse. De visage allongé, il affichait une expression d'un naturel austère, que venaient accentuer une coupe de cheveux extrêmement courte et une petite moustache, du genre de celles qui furent à la mode avant la Deuxième Guerre mondiale, mais qui dans les années cinquante faisait assez ridicule. Voilà un mot qui l'aurait vraiment rendu furieux, avec sa prétention et ses idées arrêtées ; il était très soucieux de sa dignité.

Il nous imposait sa volonté et a profondément influencé nos vies, tour à tour fier de nos réussites et cinglant pour critiquer nos échecs. La vie était pour lui sans équivoques ; il y avait le blanc et le noir, le bien et le mal et, plus particulièrement, ce qui était fait et ce qui restait à faire. Aucune place pour l'indulgence ou la compréhension ; mais rien que des certitudes, et une série de bonnes manières héritées de sa propre enfance. Bien sûr, à l'époque je ne percevais pas tout cela. C'est seulement depuis que j'ai compris – ou du moins tenté de comprendre – ce que cela pouvait représenter d'avoir été le fils unique de parents qui n'auraient jamais été en mesure de concevoir qu'un enfant pût souffrir à cause de son éducation. Mon père est né en 1900, à une époque où la confiance en l'Empire – un sentiment qui ne cessait de croître depuis plus de soixante ans – connaissait son apogée. La Grande-Bretagne gouvernait alors tous les territoires du globe ayant une quelconque importance ; l'Amérique demeurait la *Colonie perdue,* et ne pouvait encore prétendre véritablement être une nation majeure, encore moins une superpuissance ; enfin, il y avait la petite reine triste, qui était là depuis si longtemps que la plupart des gens n'auraient pu se souvenir avoir vécu sans elle, voire même le concevoir.

Il était donc normal que les valeurs victoriennes perdurent, avec une obstination digne de l'architecture de l'époque, un foyer de certitudes antiques au cœur d'un monde qui, lui, évoluait. Je me souviens tout juste du père de mon père, portant toujours des gilets et des cols cassés ; quand je m'asseyais sur ses genoux, il me laissait jouer avec la guinée en or qui pendait à la chaîne de sa montre. Il semblait tellement plus vieux que mes amis d'aujourd'hui qui sont grands-parents. Mais les gens étaient plus âgés dans mon enfance, ou du moins ils se comportaient comme tels. Ils n'avaient pas atteint quarante ans que l'affaire était déjà entendue. Les maris savaient qu'ils travailleraient pour la même entreprise jusqu'à la retraite, et leurs épouses étaient conditionnées à ne pas remettre en cause le type d'existence à laquelle elles étaient contraintes...

Quand vous êtes petit, vous n'avez aucun moyen de comparer vos parents aux autres. Nous étions nourris et logés, on nous faisait des cadeaux à Noël et aux anniversaires, et nous acceptions les fessées – toujours données par père – car nous savions les avoir méritées pour quelque faute commise. Et, une fois passées les larmes et la douleur, nous l'aimions à nouveau sans réserves, de cet amour que tout enfant a besoin de fixer quelque part. Il ne pardonnait pas, il punissait – avec les meilleures intentions ; il n'aurait pas imaginé un instant être cruel – car la justice brutale faisait partie de ses devoirs de parent. Si le monde n'avait pas changé, nous aurions peut-être continué à respecter ses valeurs, et ne serions pas devenus qui nous sommes ; ni accompli le même acte.

Je suis née en décembre 1940, peu de temps avant les premiers bombardements allemands sur Manchester. Dans mon premier souvenir, je suis réveillée par une sirène et, tandis que j'entends ma mère courir dans l'escalier, je distingue les barreaux blancs de mon berceau dans une demi-lumière. Enfant, je me suis vite accoutumée à être arrachée à la chaleur de mon lit, pour rejoindre l'abri en brique qui se trouvait au bout de notre rue. Je me souviens aussi de mon père portant un casque en fer, non pas comme militaire – ingénieur qualifié, il participait à l'effort de guerre sur le sol anglais, dans la manufacture de mitraillettes, me semble-t-il – mais comme préposé à la défense passive de Tatersall Close. Dans la pénombre, tandis que ma mère me portait enroulée dans une couverture, je le voyais guider nos voisins, se donnant déjà ces airs d'importance que je devais retrouver bien des années plus tard.

Chez nous la guerre persista au-delà du 8 mai, parce que les nuits d'été je refusais de m'endormir quand la lumière s'infiltrait à travers mes rideaux ; je m'étais habituée à l'obscurité que procuraient les caches que nous avions été tenus d'installer aux fenêtres ; aussi maman alla-t-elle les chercher au grenier – on ne jetait rien à l'époque – afin de les réinstaller pour moi. Grâce à Hitler je n'ai donc jamais eu peur du noir.

Mais bon, la Deuxième Guerre mondiale me semble surtout importante en ce qu'elle a entraîné l'agonie des valeurs rigides et indiscutables de père. Naturellement, il adora Churchill, tout droit sorti du XIXe siècle, venu prendre part à la dernière grande charge de cavalerie du monde, en lançant des escadrons de bombardiers sur Dresde et Berlin ; mais il y eut ensuite l'après-guerre, et le gouvernement travailliste d'Attlee. Je me rappelle l'avoir vu noter les résultats des élections de 1945, annoncés à la radio, alors que je jouais avec mes poupées que j'habillais toujours avec leurs tenues années trente. Il fulminait, affirmant à ma mère qu'il s'agissait là de la fin de la Grande-Bretagne, de l'Empire et du monde entier. A l'en croire, les bolchéviques auraient tôt fait de s'emparer de Whitehall. Ses préventions trouvèrent à se nourrir, avec la nationalisation des mines et des chemins de fer, l'Etat providence et la mise en place d'un système de santé public, même s'il était très content de ne plus avoir à payer le médecin. Il afficha pendant plusieurs années une sorte de pessimisme bougon qui le rendait plutôt fat, prenant un air tragique pour nous prévenir que les travaillistes, sur ordre de leurs maîtres de Moscou, projetaient de contraindre George VI – puis Elizabeth II – à abdiquer, avant de transformer Buckingham, Windsor et Sandrighan en H.L.M. Bien sûr, les Russes ne devaient jamais débarquer et, en 1951, le gouvernement Attlee chutait et les conservateurs revenaient au pouvoir avec Churchill. On l'avait échappé belle, affirma mon père à tout un chacun ; le vote eût-il penché dans l'autre sens que la démocratie n'en avait plus pour un an. Et, comme par miracle, il se mit à tout voir d'un meilleur œil. Le rationnement fut assoupli, les gens avaient plus d'argent dans leur portefeuille, et ce qui restait de l'univers ordonné et sûr cher à mon père vivota encore quelques années avant de sombrer. L'ironie voulut que cette mort ne soit pas le résultat d'une quelconque révolution conduite insidieusement par des communistes diaboliques ; l'Amérique en fut la responsable... celle-là même que mon père avait condescendu à accepter comme une sorte de membre associé du Commonwealth, après qu'elle fut devenue notre alliée pendant la guerre. Le tout sans armes, mais dans un fracas de guitares électriques.

Je devais avoir quatorze ans quand j'ai entendu mon premier disque de rock. J'ai tenté d'expliquer à mes enfants à quel point cela fut un véritable coup de tonnerre, mais le rock fait tellement partie de leur quotidien qu'ils ne peuvent pas comprendre. Du jour au lendemain, nous venions de trouver une musique à nous, propre à notre génération, et ne devant rien à tout ce qui avait pu précéder. C'était une musique bruyante, rebelle et ouvertement provocatrice – autant dire que mon père la détesta. Il avait déjà du mal à supporter le jazz – « Foutue musique de nègres ! » lançait-il quand il allumait sa radio pour capter les programmes de l'ancienne BBC 3, et qu'une émission sur le jazz était en cours – mais son foyer avait résisté à l'invasion, et sa famille n'avait pas été contaminée. Il se sentait donc à l'abri. Pour ma part, j'adorais ces premiers disques de rock que j'entendais chez des amis dont les parents me semblaient tellement plus tolérants et libéraux. Je voulais en avoir un à moi, ce qui n'était, même si je ne le voyais pas sous ce jour, qu'une des facettes de ma modeste rébellion.

Pendant trois semaines j'économisai une partie de la demi-couronne qui m'échouait comme argent de poche hebdomadaire ; puis un jour, après l'école, je me rendis au magasin de musique situé dans la rue principale. C'était une boutique comme on n'en trouve plus, vendant aussi bien des instruments de musique que des partitions à jouer chez soi au piano ; sur leur couverture se trouvait la photo du chanteur, ce qui se rapprochait le plus à l'époque des pin-up qui vinrent par la suite. Mr Pendergast, le propriétaire, avait suivi le mouvement et installé une série de cabines le long d'un mur pour permettre à ses clients d'écouter un disque avant de l'acheter. Je passai vingt minutes à écouter toute une sélection avant de décider que celui qui me faisait le plus plaisir était *Rockin' Through The Rye*, de Bill Haley and the Comets ; j'avais écarté *Blue Suede Shoes* (sans bien savoir pourquoi, mais je comprends aujourd'hui que je ne pouvais alors faire face à la sexualité affichée d'un Presley) et *Rock Around the Clock*, que tout le monde avait. Et même après avoir choisi, j'ai failli changer à nouveau pour demander plutôt *Why Do Fools Fall in Love*, de Frankie Lymon and the Teenagers, mais Bill Haley l'a emporté. C'était bien sûr un 78 tours, épais et lourd, fragile, avec sa pochette de papier kraft uni, trouée au centre pour laisser voir l'étiquette et le prix... Je crois me souvenir qu'il coûtait environ deux shillings.

Un élément essentiel de mon plan avait été le choix d'un jour où la maison serait vide ; il était 4 heures et demie quand je rentrai ; Richard et Tim se trouvaient toujours à l'école pour une répétition de théâtre, Mère rendait sa visite hebdomadaire à tatie Eleanor et ne rentrerait qu'après 5 heures, et père ne serait pas là avant 6 heures. Je laissai tomber mon cartable et mon manteau par terre dans l'entrée et me précipitai vers le salon ; dans un coin se trouvait notre gramophone – pas un tourne-disque, c'était l'âge de pierre – qui datait de l'avant-guerre, un meuble en bois plus grand qu'un lave-linge d'aujourd'hui, avec sur le devant un motif à croisillon derrière lequel se trouvait la paroi en tissu du haut-parleur. La platine elle-même était recouverte de feutre, et le bras pivotant en métal, en forme de point d'interrogation, pesait Dieu sait combien. J'ouvris la petite boîte en métal bleue qui se trouvait toujours à l'intérieur, et je réinstallai l'aiguille à sa place – pour ceux qui ont en gros moins de trente-cinq ans, sachez qu'elles ressemblaient à l'extrémité d'une épaisse aiguille à repriser, de quoi bien ravager la surface des disques. J'ai ensuite sorti mon disque, ce précieux Bill Haley, pour l'installer, prenant soin de refermer le couvercle pour atténuer les grésillements. Ce gramophone n'avait jamais rien interprété de plus remuant que des morceaux choisis de la comédie musicale *Oklahoma* ! mais après avoir crissé quelques secondes, il envahit la pièce avec fracas, et « telle la mer, je chantai malgré mes chaînes ». (Les poèmes de Dylan Thomas figuraient au nombre des lectures obligatoires dans mon programme de O levels, et il m'apparut soudain que je comprenais ce vers.)

Comme ce fut éblouissant, cette présence étrangère qui criait victoire, survolant l'ensemble de salon démodé, rebondissant sur le miroir accroché à sa corde au-dessus de la cheminée, où deux éléphants d'ébène, disposés comme par superstition, semblaient sur le point de quitter la maison. J'avais l'impression d'entendre les cris de joie d'une jeunesse indépendante, déchirant le corset imposé par des années de conditionnement. D'accord, je sais bien que c'était un simple disque de rock – et même pas un des classiques – mais je me rebellai pour la première fois, sentant confusément qu'existaient d'autres valeurs qu'il m'appartenait de découvrir ;

la vie ne se déroulait pas inéluctablement suivant les règles édictées par mon père.

Je ne formulais pas toutes ces pensées sur le moment, bien sûr. J'ai juste fermé les yeux – je sais que je souriais – et abandonné mon corps au rythme de la musique. Pour la première fois je me trouvais complètement seule, et j'entrevoyais ce que je pouvais ressentir à être moi-même. Une fois qu'il fut terminé, je remis le disque à nouveau. Et encore. Et... L'horloge marquait 5 heures moins 10, juste le temps de le passer encore deux fois avant de devoir le cacher dans ma chambre. J'avais entrepris de me concentrer sur les paroles, histoire de pouvoir me les chanter en attendant la prochaine occasion de l'écouter. Elles étaient banales, répétitives, mais après presque quarante ans je m'en souviens toujours, tant elles pouvaient exprimer une vérité que je devinais, même si j'étais trop jeune pour la comprendre ; ce qu'on appellerait aujourd'hui ma sensibilité. Je chantais en même temps que le disque, claquant des doigts, secouant tellement la tête que mon bandeau finit par me tomber sur le visage. C'était bête et gamin, mais tellement merveilleux. J'étais libre. J'étais moi-même.

C'est alors que mon père entra. Je ne l'avais pas entendu ouvrir la porte d'entrée, et je ne me souviens plus aujourd'hui pourquoi il était rentré si tôt. Dans sa foulée, un silence terrible, annihilant, s'engouffra dans la pièce, et les Comets semblèrent tout à coup se recroqueviller face à l'ennemi, comme pour chercher refuge dans le gramophone. Il n'avait pas lâché sa mallette, et son air donnait l'impression qu'il venait de tomber sur un gang de blousons noirs en train de vandaliser sa demeure. Il se dirigea vers le gramophone, et je tressaillis en entendant le crissement quand il s'empara du bras. Il se tourna ensuite vers moi, tenant *Rockin' Through the Rye* du bout des doigts comme si une odeur nauséabonde s'en dégageait.

– Qui t'a donné ça ?

– Personne. Je l'ai acheté.

J'aurais dû le dire sur un ton méfiant, mais c'était impossible. Je bredouillais, honteuse, le visage écarlate. J'avais été moi-même pendant vingt minutes ; je redevenais à nouveau sa fille.

– Avec quoi ?

– Mon argent de poche.

– On ne te donne pas de l'argent de poche pour acheter des cochonneries. Tu en seras privée pendant trois semaines. (Il cassa le disque en deux.) Viens dans l'autre pièce.

Loin de la fenêtre donnant sur la rue, livrée au regard des passants, il me prit sur les genoux et me donna une fessée ; cela ne m'était pas arrivé depuis environ l'âge de dix ans, et j'éprouvai une atroce humiliation, accentuée par l'extrême embarras, sans compter le désagrément, d'avoir alors mes règles. (C'était une des premières fois ; une chose que mon père ignorait complètement, dont il se serait éloigné avec dégoût.) Pour lui j'étais une enfant désobéissante qu'il fallait corriger, pas une jeune fille de quatorze ans en passe de devenir une femme, confuse de voir ce qui arrivait à son corps. Chaque frappe de colère, donnée avec conviction, réduisait ma dignité, meurtrissait ma timide personnalité ; et les cris que je ressentais en moi se perdaient dans des sanglots étouffés mais amers. Ce fut dégradant et honteux, une chose impardonnable. Il battait un enfant, mais était convaincu d'agir comme il fallait. Puis il s'arrêta.

– Maintenant va dans ta chambre, dit-il. Tu pourras redescendre quand tu auras suffisamment médité sur ce que tu viens de faire, et que tu seras prête à t'excuser.

Je me redressai ; je respirais par petites convulsions. Mon Dieu, si j'avais eu un couteau à portée de main à ce moment-là... Retenant les larmes d'une douleur que je ressentais plus mentalement que physiquement, je courus jusqu'en haut et me jetai sur mon lit, l'oreiller venant étouffer mes cris. Il m'était impossible à l'époque de formuler ce que je ressentais, mais aujourd'hui je le peux. Sale type cruel, impitoyable, idiot, ignare, méchant... Malgré la rage et le ressentiment, j'entendais tout de même au fond de moi une petite voix, insidieuse, me dire qu'il ne fallait pas défier ses parents, qu'ils savaient ce qui était bien pour vous. Au cours de cet après-midi je venais tout juste de fendiller cette coquille qui me tenait prisonnière de mon conditionnement.

Je me retournai et fixai le plafond, reniflant et essuyant mes larmes. Je songeai à d'autres filles que je connaissais ; leurs parents à elles n'étaient pas de vieux fossiles sortis du passé, et je demandai à Dieu pourquoi les miens n'étaient pas pareils. Je me souvenais de pères rencontrés, qui eux comprenaient, parlaient à leurs enfants, partageaient quelque chose que je souhaitais... le concept de relation était alors tout à fait étranger à mon expérience, et je ne pouvais donc trouver le mot juste. Je voulais fuguer ; mais il était impensable de vivre ailleurs qu'à la maison ; il n'y avait nulle part où aller. J'étais telle Rapunzel, dans sa tour, mais aucun prince ne se présentait pour gravir le long de ma chevelure. J'avais encore sept ans à tenir avant d'avoir vingt et un ans, et même lui devrait alors me traiter en adulte ; les fessées allaient-elles continuer jusque-là ?

J'entendis mère arriver en bas, et se montrer surprise de trouver père à la maison. Je ne parvins pas à distinguer ce qu'il lui dit, mais des traces de colère persistaient dans sa voix, et j'entendis ensuite les pas de mère dans l'escalier. Je tournai le dos à la porte, me concentrant sur les petits visages que je pouvais distinguer dans le motif à fleurs du papier peint. Elle entra et s'arrêta juste à côté du lit, mais elle ne s'assit pas pour me dorloter ; elle ne me toucha même pas.

– Ton père est très fâché contre toi, Naomi. Il attend que tu descendes t'excuser.

Puis elle sortit.

Je demeurai là sans bouger et pleurai de désespoir. C'est tout. Psychologiquement et physiquement violentée par mon père, furieuse et perdue, elle s'y prenait de la sorte. Je l'aime – vraiment – mais elle a toujours été d'abord son épouse, ne conservant que la portion congrue pour son rôle de mère.

Je suis restée où je me trouvais jusqu'au retour de mes frères, et j'ai entendu père leur dire qu'ils devaient me laisser tranquille, mais au bout de quelques minutes Tim entra dans ma chambre sans faire de bruit.

– Qu'est-ce que tu as fait, Nimmy ?

Quand il était petit, il n'arrivait pas à mieux prononcer mon prénom ; il continue d'employer ce diminutif.

– Va-t'en.

– Pas avant que tu me dises ce que tu as fait.

Si Richard s'était trouvé là à sa place, je lui aurais crié de foutre le camp. Il n'aurait cherché à savoir que pour se réjouir de l'incident, et tenter de voir ce qu'il pouvait en tirer. Alors que Tim était vraiment désolé pour moi.

– C'est sans importance, ai-je marmonné.

– Bien sûr que si, parce que t'es fâchée. Même que tu as pleuré.

Dieu, il s'est toujours montré si gentil. Désarmant, incompétent, terne, malmené par tous ceux qui se jouent de lui, mais invariablement gentil, à toujours chercher à comprendre. Je ne parviens jamais à le repousser ; ce serait comme de refuser la bénédiction d'un saint.

– J'ai acheté un disque de Bill Haley.

– Du rock n'roll ? (Il était stupéfait, mais tout aussi impressionné.) Mince ! Lequel ?

– Quelle importance ? Il l'a cassé.

Je n'avais nullement l'intention de parler de la fessée.

– Pourquoi lui as-tu dit que tu l'avais acheté ?

– Je ne lui ai pas dit ! Il est rentré pendant que... (La douleur psychologique, qui avait commencé à s'atténuer, revint, et je me recroquevillai sur le lit en lui tournant le dos.) Laisse-moi tranquille !

– Papa dit qu'il attend que tu descendes t'excuser.

– Il peut toujours attendre. (Je me recroquevillai un peu plus.) Je le déteste !

Ce moment-là dut être difficile pour Tim. Il devait avoir environ onze ans, et lui et Richard avaient toujours vu père très différemment de moi. Il les emmenait à des matches de cricket ou de football, pendant que mère et moi allions faire des courses ; il leur permettait de l'aider quand il réparait sa voiture, et quand tous les trois rentraient, ils trouvaient normal que je leur prépare une tasse de thé ; il leur avait acheté un superbe yacht en modèle réduit, qu'il faisait naviguer avec eux sur le lac, à Llandudno où nous allions toujours en vacances, alors que je devais jouer toute seule sur la plage, pendant que mère lisait dans sa chaise longue. Tim ne pouvait pas détester un père qui le traitait de la sorte.

– Tu ne le penses pas vraiment, dit-il. (Il semblait ne pas avoir envie que je le pense, incapable qu'il aurait été de le supporter. Doucement, il posa sa main sur mon épaule.) Viens en bas et...

– Non ! (Je donnai un coup de pied rageur en arrière et il tomba du lit.) C'était le mien ! Je l'ai acheté. Avec mon argent. Et j'en avais envie, parce que...

Parce que quoi ? Parce que j'étais une adolescente en pleine mue, et la véritable Naomi Barlow s'efforçait de voir le jour. J'ignorais qui elle était, mais une idée à moitié ébauchée faisait son chemin : je n'étais pas condamnée à n'être toute ma vie que la petite fille obéissante d'Harold Barlow. Tout le monde doit éprouver des difficultés à abandonner la sécurité qui accompagne l'enfance, mais cela aide si vos parents comprennent ce qui se passe, et contribuent à relâcher les liens. La réaction de mon père fut de me réintégrer par la force dans le moule de ses préjugés.

– Laisse-moi tranquille, dis-je. Je descends dans une minute.

Alors qu'il sortait, je sentis combien Tim était troublé et inquiet. Je me trouvai seule à nouveau, mais sans cette magie qui accompagnait le sentiment d'individualité procuré par Bill Haley. Cette solitude tenait plus de la résignation et de la défaite. J'ai vraiment l'air nouille, non ? Ne vous moquez pas de moi. A moins d'avoir eu un père semblable, vous ne pouvez pas savoir ce que c'était pour moi. Mais c'était le début d'un apprentissage qu'il me fallait suivre, un cheminement où j'ai appris comment devraient se comporter des parents ; mon père n'a bien sûr jamais connu mes enfants, mais il leur a bien rendu service.

Quand je suis redescendue il était assis dans le salon, en pleine lecture du *Manchester Evening News*. Je m'étais lavé la figure pour faire disparaître toute trace des larmes, et j'avais remis mon bandeau après m'être coiffée ; la petite rebelle qu'il avait trouvée en rentrant cédait de nouveau la place à l'écolière effacée ; chemisier bleu pâle et jupe plissée bleu marine, chaussures noires et socquettes blanches.

– Et bien, Naomi ? Qu'as-tu à me dire ?

J'entendis mère, qui préparait le dîner dans la cuisine, s'arrêter, je compris qu'elle attendait d'entendre ma réponse. Tim et Richard se trouvaient en haut dans leurs chambres. Je baissai la tête et remarquai subitement une éraflure sur l'une des chaussures, au niveau du gros orteil, et je songeai bêtement qu'il me faudrait la masquer avec du cirage avant de retourner à l'école le lendemain. Ce qui me rappela les devoirs que j'avais à faire en math, et la formule de l'équation du second degré me vint alors sans raison à l'esprit... *x égal moins b, plus ou moins la racine carrée de b moins 4ac, le tout sur 2a*. Répugnant à ce qu'il savait devoir dire, mon esprit semblait capable de se concentrer uniquement sur d'autres choses. *J'ai, tu as, il a, nous avons, vous...*

Le journal bruissa légèrement.

– Naomi ! J'attends.

– Je m'excuse.

Je souffris rien qu'en disant ça.

– Et tu ne recommenceras pas. (Ce n'était pas une question mais l'affirmation d'un simple fait.)

Toujours baissée, ma tête esquissa un hochement, mais je ne dis rien.

Cette fois le journal fut abaissé.

– Regarde-moi, Naomi. Dis que tu ne recommenceras pas.

L'espace d'une seconde de folie, j'ai failli crier et m'enfuir à nouveau loin de lui. Quelle dose d'humiliation fallait-il que j'ingurgite ? Je réprimai une poussée de colère, que je sentais frémir en moi, et levai la tête.

– Je ne recommencerai pas. Je promets. Je suis vraiment désolée.

Dans mon dos, je croisais les doigts des deux mains ; la provocation enfantine demeurait ma seule arme.

– C'est la moindre des choses. Va faire tes devoirs, maintenant.

Vous n'attendiez tout de même pas un geste magnanime ? Un sourire pour me pardonner, quelques mots de gentillesse pour effacer la blessure, l'amère humiliation ? Si c'est le cas, je n'ai pas dû bien expliquer le genre d'homme qu'il était. Ou peut-être ne peut-on plus concevoir un tel homme, et je ne peux alors qu'en dessiner le contour, vous demandant d'imaginer l'ensemble. Au vu de ses valeurs, il s'est acquitté consciencieusement de ses devoirs de père et mari. Il pourvoyait à nos besoins, il nous a appris les bonnes manières, la discipline, et quantité de choses dont nous avons profité. Mais là où il estimait façonner des enfants parfaits, obéissants, dont les vertus lui vaudraient une certaine admiration d'autrui, il ne cessait d'échouer à nous comprendre quand nous en avions le plus besoin.

Aujourd'hui, chaque fois que j'entends un disque de Bill Haley à la radio – peu importe lequel – je dois éteindre le poste, et j'ai beau me presser d'atteindre le bouton je me mets toujours à pleurer. Il y eut bien sûr d'autres incidents, mais ce souvenir demeure le plus fort, le plus vif, car j'ai compris par la suite qu'il s'agissait d'une des premières étapes qui devaient conduire à sa mort. L'effet immédiat fut que j'ai cessé de l'estimer, même si je demeurais désespérément prise dans les filets de mon amour filial ; mais à mesure que je prenais conscience du genre d'homme qu'il était, et que je devenais plus critique, l'amour a commencé à pourrir. Soit il avait tort, soit c'était moi, et pour mon propre salut, il fallait que ce soit lui le monstre. Cet après-midi il avait entamé le processus qui devait me conduire à accepter que Timothy, Richard et moi devions le tuer, me fournissant même les raisons, estimer que la faute lui en appartenait. Mais je sais désormais que ce n'était pas le cas ; la faute m'en revient.

2

RICHARD

Ce n'est pas tant qu'il me déplaise de parler de mon père ; à vrai dire, je préfère l'oublier complètement. Mais bon, quitte à en parler, qu'au moins une chose soit claire d'emblée : ce n'est pas moi qui ai suggéré de l'assassiner. J'ai peut-être oublié bien des choses, mais ça je m'en souviendrais. D'accord, on peut m'accuser d'avoir été complice puisque j'étais présent au moment des faits – à la limite, certains penseront même que j'aurais pu tout interrompre – mais je n'ai rien *fait*. Je me suis bien gardé de bouger de ma chaise avant que tout soit fini. Je n'ai même pas regardé. Lequel des deux autres en a donc eu l'idée ? Il est exclu que ce soit venu de Tim, il manque trop de cran, ce qui ne laisse que Naomi. Mais quelle différence cela fait-il ? Il est mort de toute façon, sans que personne se doute de rien, et tout ceci est sans rapport avec celui que je suis aujourd'hui.

Je ne vois pas plus de raisons de parler de mon enfance, mais si vous y tenez à ce point, on y trouve le fatras habituel de souvenirs, et le vieux doit y figurer quelque part. J'imagine qu'il y a bien eu un moment où je l'admirais, acceptant sans m'interroger le modèle de figure masculine qu'il représentait. Il nous avait appris à jouer au cricket ; nous avions même le droit d'acheter l'ancienne B.D. Eagle – il avait découvert qu'un révérend de l'Eglise d'Angleterre l'éditait, et le personnage de Dan Dare s'inspirait clairement d'un pilote de Spitfire de la R.A.F. Il nous donna le sentiment que les hommes étaient supérieurs aux femmes ; le féminisme lui serait apparu comme un complot typique du K.G.B. Est-ce que je vois les choses comme ça ? Posez la question à mon patron – c'est une femme. Le matin il se rendait au travail et le soir il rentrait ; quand il ne jouait pas au golf, il était là le week-end ; il bricolait dans la maison, nous montrait comment réparer nos jouets dès qu'ils ne marchaient plus, achetait l'arbre de Noël, organisait les vacances d'été... Le lot commun. Pas de quoi se plaindre, mais rien de bouleversant.

Naomi semble travaillée par la façon qu'il avait de nous punir ; une fois qu'elle est lancée on croirait presque que nous étions des enfants battus. Et alors ? Mes deux filles ont bien reçu quelques gifles quand elles les avaient cherchées, et je ne les aime pas moins pour autant. D'ailleurs elles ont bien tourné ; enfin, Emma est un peu peste sur les bords, mais Kathy est à Oxford. Une gosse douée, elle a tout pour réussir. Enfin, ce n'était pas ça le problème avec le vieux ; les coups, on s'y fait ; voire même, on en tire profit. J'étais plus agacé par ces foutues règles qu'il vous sortait en permanence sur la façon de se conduire. A croire que Dieu les lui avait transmises en personne, gravées dans la pierre.

Il était obsédé par le souci d'agir convenablement. Si vous étiez avec une femme dans la rue il fallait marcher du côté de la chaussée. J'ai appris par la suite que cela remontait à l'époque où les femmes portaient des crinolines ; l'homme était censé empêcher que la boue projetée par les fiacres ne vienne les éclabousser. Il affirmait que c'était de la politesse, mais je crois qu'il regrettait surtout les fiacres. Il appelait tout le monde M. Untel ou Mme Truc ou Mlle Je-Ne-Sais-Quoi ; les Barraclough ont habité la maison d'à côté pendant des années, mais il ne les a jamais appelés Donald ou Cicely. Au bureau, son directeur s'est toujours appelé Mr Douglas, afin de les distinguer de son fils Mr Frank ou de son cousin Mr Arthur. Est-il possible d'être plus vieux jeu ? Mais c'était un hypocrite. Je l'ai découvert assez tôt, mais avant d'y venir je vais brosser le tableau.

Reconnaissons-lui son dû, le vieux s'était fait une bonne situation. Il avait commencé chez Coombes Brothers comme apprenti ; il avait su courber l'échine et se tenir à carreau ; inscrit au cours du soir, il était devenu cadre moyen à force de travail. La guerre lui fut bénéfique, vu que son poste figurait au nombre de ceux que l'on avait déclarés d'intérêt national – le connaissant, il avait sans doute manœuvré pour y parvenir – de plus, certains de ceux qui lui barraient la route ne sont jamais revenus. Et au début des années cinquante, il se retrouva directeur technique – ou peut-être bien directeur de la recherche, je ne me souviens pas – avec presque quarante employés à sa botte. L'argent n'a jamais vraiment posé problème, quand bien même il grommelait que les impôts et le coût de la vie le ruinaient. Il aurait pu vivre ainsi, avec aisance, jusqu'au jour où on lui aurait offert sa montre en or et le témoignage d'estime à encadrer.

Ce que je supportais le moins, c'était sa propension à vouloir mettre le point final ; il lui fallait toujours avoir raison, quel que soit le sujet de discussion. Plus je grandissais et plus je tentais de le contrer, mais sans jamais l'emporter. L'un des cas les plus mémorables survint à l'occasion d'une menace de grève chez Coombes Brothers.

– C'est un coup des communistes, naturellement, dit-il un soir à maman. La direction ferait mieux de tous les virer. Ça ferait un peu de ménage.

– Ils ne demandent que cinq shillings supplémentaires par semaine, dis-je. (Les pères de certains de mes camarades étaient impliqués et nous en avions discuté.) Les cadres et les employés de bureau viennent bien d'être augmentés, non ?

Il me regarda comme si je venais de jurer.

– Qui t'a dit ça ?

– Quelqu'un à l'école. Il dit que...

– Comment s'appelle-t-il ?

– Stuart Campbell. Son père est...

– Campbell ! (J'ai cru qu'il allait exploser.) Le fils de ce fichu délégué syndical ?

– Oui, et il affirme que...

– Ecoute-moi bien. Campbell est un agitateur. Il cherche à détruire l'entreprise pour laquelle je travaille. Tu es trop jeune pour y comprendre quoi que ce soit, mais tu ne dois plus avoir aucun lien avec son fils. C'est clair ?

– Mais c'est un ami, protestai-je.

– Eh bien trouves-en d'autres. Je ne t'ai pas envoyé à l'école pour que tu sympathises avec des fils d'anarchistes.

– Vous venez de dire que c'étaient des communistes...

– C'est la même chose et...

– Mais non ! Autant dire que...

– Bien sûr que si. Ne discute pas avec moi. Anarchistes, fascistes, communistes, socialistes. Ils cherchent tous à miner le pays dans lequel tu as la chance de vivre, ne l'oublie pas. On a fait la guerre aux gens de cette espèce.

– Pas vous.

Je compris tout de suite que cette remarque n'était pas la plus intelligente, mais j'étais tellement dégoûté par ce qu'il disait qu'il fallait que ça sorte. J'ai cru un instant qu'il allait me frapper. Mais j'étais grand pour mon âge, et il a manifestement jugé que ce n'était pas la meilleure solution ; c'était aussi un lâche.

– J'irai demain m'entretenir avec ton directeur pour lui demander quel genre d'éducation il te donne, petit impertinent. Et je lui conseillerai d'ajouter quelques leçons de bonnes manières.

J'avais découvert son hypocrisie environ un an auparavant. Parmi les choses qu'on se devait de faire, l'une des plus importantes était d'aller à la messe, où il priait probablement dans son for intérieur pour que le gouvernement travailliste soit annihilé comme Sodome et Gomorrhe. Juste avant le sermon, tous les enfants sortaient à la queue leu leu pour se rendre au catéchisme ; et, alors que nous rentrions à pied à la maison – l'église était à environ un mile, mais il devait se sentir pieux de ne pas utiliser la vieille Wolseley – on nous cuisinait sur ce que nous avions appris.

Il connaissait sa Bible – erreur, il avait lu la Bible sans jamais y réfléchir – et, dès que l'un d'entre nous commençait à raconter l'histoire entendue il prenait la discussion à son compte, ajoutant quelques citations bien choisies, le tout destiné à illustrer une leçon de morale pour que nous nous sentions humbles ou bons. Naturellement, Jésus n'était rien moins que Superman en aube. Fils de Dieu, doux comme un agneau, Sauveur de toute l'humanité (sauf les socialistes). Croyez-moi, il prenait une voix feutrée pour prononcer son nom. Il y a tout de même un détail qui n'était jamais mentionné : Jésus était juif. Alors que le vieux était membre du club de golf de Wilmsford, dont les juifs étaient exclus.

Je suis tombé sur cette petite contradiction par hasard. Un dimanche nous avons lu un passage dans lequel quelqu'un appelait Jésus « rabbin ». Les manuels étaient ouverts sur nos genoux tandis que nous écoutions, et j'avais commencé à pouffer de rire après avoir aperçu le mot car j'avais par erreur lu robin à la place. Naomi était assise à côté de moi et j'attirai son attention avec un petit coup de coude. Je lui montrai et elle aussi se mit à pouffer. La maîtresse – ce devait être miss Simpkins, celle qui sentait le camphre – nous demanda de nous taire, mais je finis par lever la main pour demander ce qu'était un rabbin. C'est un enseignant, répondit miss Simpkins. Non, Richard, pas comme un professeur de catéchisme, plutôt un genre d'enseignant religieux. Non, pas comme le vicaire... enfin, si, c'est un peu cela. En tout cas c'est un homme bon. Je sentais bien qu'elle cherchait à éviter quelque chose, d'autant plus que de toute évidence elle laissa tomber le sujet. Avec du recul, il doit s'agir d'une des premières fois où le journaliste en moi commença à faire surface. J'avais posé une question et je ne pouvais me satisfaire de la façon dont on avait voulu se débarrasser de moi.

Une fois rentré à la maison j'ai soulevé la question avec le paternel. Sans le vouloir je m'y suis pris assez finement (une leçon de plus pour le journaliste en herbe) puisque je me suis contenté de demander ce qu'était un rabbin, sans faire le lien avec Jésus. Il se montra irrité. Où avais-je entendu le mot ? Miss Simpkins ? Pourquoi avait-elle fait mention des rabbins ? Rien à voir avec l'Eglise, il devrait lui en toucher un mot. Naturellement, je comprends aujourd'hui qu'il la soupçonnait de souiller nos esprits avec des hérésies sionistes, mais à l'époque j'étais tout juste intrigué. Une question surgissait au cours du catéchisme et deux adultes esquivaient les interrogations sur le sujet. Je cherchai alors le mot dans notre dictionnaire ; cela ne fit pas plus tilt après avoir lu la définition, sauf que je ne comprenais pas pourquoi on avait tenté de m'en détourner. Mais ce soir-là le vieux reçut un coup de téléphone du club de golf et je l'entendis dire : « Quel est le nom ? Goldstone ? Quel culot de poser sa candidature. Bien sûr que je voterai contre. Si les fils d'Abraham veulent jouer au golf, qu'ils s'achètent leur propre parcours. Soyons francs, ils ont bien assez d'argent pour le faire. Et tant qu'ils restent bien loin du nôtre... »

Il m'a fallu quelques semaines pour rassembler tous les morceaux du puzzle, mais j'ai fini par piger. J'étais trop jeune pour l'attaquer sur ce terrain, aussi ai-je rangé tout cela dans un coin de mon esprit ; mais mon regard sur lui n'a plus jamais été le même.

Si ce premier exemple de son hypocrisie portait peu à conséquence, ce ne fut pas le cas par la suite. Une année il s'était débrouillé pour que je fasse un stage chez Coombes Brothers pendant les vacances d'été, une des manœuvres de son maître plan qui était de me voir suivre ses traces comme ingénieur – bon courage ! Je passai trois semaines à faire le thé, à m'occuper de tâches mineures, comme de sortir en vitesse acheter des cigarettes pour quelqu'un... Vous voyez de quoi je parle. Aucun détail de cette foutue entreprise ne m'a échappé. Une personne en particulier avait attiré mon attention, Megan Williams, une secrétaire. Fausse blonde, un maquillage digne des quartiers les plus chauds, des seins à évoquer une paire de monts Blanc : la femme de rêve pour un garçon de mon âge. Peu de temps avant mon départ, je prenais un thé à la cantine avec quelques ouvriers quand elle fit son apparition. L'un d'entre eux se laissa aller à exprimer ce qu'il aurait aimé lui faire quand George, le contremaître dit :

– Tu perds ton temps. C'est du cadre qu'il lui faut.

Il porta son regard de l'autre côté de la table, dans ma direction.

– T'es au courant Dick, non ?

– Hein ?

Je ne voyais pas où il voulait en venir.

– Fais pas l'idiot, petit. (Il fit signe du menton vers la caisse, où elle était en train de régler sa consommation à une jeune femme.) C'est le petit extra de ton père. Depuis un sacré bout de temps.

– C'est pas vrai.

Je répondis instinctivement. Ils se foutaient de ma gueule depuis mon arrivée – un jour l'un d'entre eux m'avait envoyé aux magasins chercher un tournevis pour gaucher – et j'avais appris à réagir.

– Libre à toi de croire ce que tu veux, petit. (George avala le reste de sa tasse.) Allez, faut qu'on y retourne.

Alors que nous quittions la cantine je jetai encore un regard à Megan Williams qui posait le contenu de son plateau sur une table tout en bavardant avec deux autres filles. J'avais du mal à croire que mon père ait pu entretenir la moindre relation avec une personne de ce genre – mais George était le seul à ne jamais m'avoir fait marcher. Dès qu'il me fut possible de me trouver seul avec lui je lui demandai s'il avait été sérieux.

– Je n'aurais rien dit si je ne l'avais pas été... Passe-moi cette clé, veux-tu... Merci.

Il continua ses réglages sur une machine.

– Comment êtes-vous au courant ?

– J'ai une paire d'yeux et je m'en sers.

Il voulait de toute évidence en rester là mais je le poussai à en dire plus.

– Alors qu'avez-vous vu ?

– Des choses et d'autres.

– Mais encore ?

Il reposa la clé et se mit à rouler une cigarette. Il hésitait clairement sur ce qu'il devait dire. Il se décida enfin à développer :

– J'ai un chien, et tous les soirs je le sors pour faire le tour du parc... Un soir j'ai vu la voiture de ton père garée près des arbres qui se trouvent vers le chemin de fer. Il devait être 9 heures environ. En tout cas, il faisait suffisamment jour pour que je voie qui était avec lui. Et je l'ai reconnue elle.

– Mais que faisaient-ils ?

– Il n'était certainement pas en train de lui dicter une lettre. (Il s'arrêta pour allumer sa cigarette.) Je suis désolé, Dick. J'ai vu d'autres choses, et ça dure depuis tellement longtemps que je pensais que tu étais au courant. J'aurais dû la fermer, mais c'est trop tard. Oublie juste ce que j'ai dit, veux-tu ?

Au début, je ne voulais pas le croire. Je souffrais de savoir que papa trompait maman, je le méprisais de nous avoir fait la morale alors qu'il s'envoyait en l'air avec une fille dont il aurait pu être le père ; allez savoir si je n'étais pas aussi un peu envieux, du fait de mes propres élans sexuels qui eux restaient frustrés. Le pire était de ne rien pouvoir y faire. Si je l'avais confronté aux faits, il aurait sans doute nié avant de me passer une engueulade, sans parler de pouvoir faire virer George ; il n'était plus question d'en parler à maman, et je ne parvins pas plus à me confier à Naomi ou Tim. Je devais le garder pour moi. Je m'y suis fait – ce fut une bonne leçon pour apprendre comment réagir aux choses – mais il était soudain devenu méprisable à mes yeux. Aussi, quand il a été question de le tuer j'avais une raison toute faite, même si ce n'est pas moi qui ai eu l'idée.

Quand nous parlons de lui – et bien des années se sont écoulées après sa mort avant que cela n'arrive – Naomi et Tim ne cessent de grappiller toutes sortes de souvenirs de notre enfance, alors que j'ai du mal à me souvenir de quoi que ce soit. Comme cette bagarre que j'ai eue sur le terrain de jeu avec Tubby Key. Tout le monde s'était massé en cercle autour de nous pour nous encourager de plus belle, je lui ai mis une déculottée ; et il avait un an de plus. Ou ce coup parfait décoché avec la carabine à air comprimé, en plein dans l'œil d'une pie sur le toit de la serre. Et d'avoir peloté les seins de Susan Young – ou était-ce Jill Maitland ? – alors qu'elle sortait avec Ian Barker. Ou encore d'avoir reçu la coupe après avoir gagné le mile interscolaire. Tim soutient qu'une fois j'ai fondu en larmes, quand on m'a sermonné devant tout le monde, après avoir été pris en train de fumer derrière les cabanons à vélos, mais j'ai arrêté de pleurer vers huit ans. C'est comme Naomi qui affirme que j'aurais fait pipi dans ma culotte, le jour où nous avons menti sur notre âge afin de pouvoir être admis dans un cinéma où l'on projetait un film d'horreur ; alors que je lui avais dit avoir renversé mon jus d'orange.

Enfin bon, revenons-en au vieux. Je devais bien l'aimer quand j'étais petit, comme tous les enfants ; ce n'est que plus tard que je l'ai méprisé, et à quoi bon prétendre que sa mort m'ait fait de la peine. J'ai pris sa mort comme un événement d'actualité, intéressant au début mais vite oublié. Bien sûr, si le fin mot de l'histoire avait jamais été connu c'eût été de la graine de gros titres, un de ces papiers où plus rien ne vous arrête pour obtenir l'information, avec à la clé le lot d'interviews en cascade, de photos indiscrètes, de déclarations fracassantes et de titres imprimés en corps 16. J'AIME TOUJOURS MES ENFANTS SANGLOTE LA VEUVE DE LA VICTIME ASSASSINÉE... LE VISAGE DE LA MEURTRIÈRE DE SON PROPRE PÈRE... NOUS L'AVONS TUÉ AVANT DE L'EMBRASSER UNE DERNIÈRE FOIS... C'ÉTAIT NOTRE PÈRE MAIS IL DEVAIT MOURIR... LES ENFANTS DAMNÉS.

Même si tout avait éclaté, avec ouverture d'une enquête, on n'aurait pas retrouvé mes empreintes là où elles n'auraient pas dû se trouver. Lequel des deux autres est-il donc le véritable meurtrier ? Il m'arrive de penser que c'est Naomi, puis je me dis que ce doit être Tim ; peut-être les deux. Enfin, bon sang, c'était il y a plus de trente ans. Il est peut-être mort tout seul. Les docteurs nous avaient bien dit que cela pouvait survenir à tout moment. Et c'est moi qui suis sorti en courant chercher l'infirmière. Pas que j'ai eu peur, je savais simplement qu'il fallait se dépêcher de prévenir quelqu'un. Et j'ai pleuré – d'accord, ça je le reconnais –, j'ai pleuré. Pas de peine, non, mais parce que je... Qu'est-ce que ça peut bien foutre ?

Et ne la ramenez pas pour m'expliquer qu'il y a une différence entre le décès de son père et le fait d'avoir participé à... Oh, et puis j'en ai ras le bol !

Il est mort depuis 1959. La messe a eu lieu à St Luke's et la crémation au cimetière Southern. Et quel foutu lien ça pourrait bien avoir avec des événements d'aujourd'hui ?

Naomi habite le Hertfordshire, je peux la voir quand bon me semble ; ce qui n'est pas le cas de Tim qui habite toujours Manchester ; il ne s'est jamais éloigné de plus de cinq miles du lieu où nous sommes nés. Ces derniers temps, il n'y a qu'à Noël où tout le monde est réuni ; Tim descend avec maman à Brookmans Park, et je m'efforce de passer. On s'étonne que Noël soit toujours un ratage complet, ce qui n'est pourtant pas très surprenant vu que l'on tente alors de réunir, en dépensant une fortune, une série de personnes qui font tout pour s'éviter le reste de l'année. Il y a deux ou trois ans, j'y ai amené Stephanie pour la première fois et j'ai surpris Roberta, la fille de Naomi, en train de dire à sa mère que sa cervelle devait être logée dans son soutien-gorge. Puis le jour de Noël, Tim avait trop bu et devint larmoyant. Tout le monde avait été se coucher et il ne restait plus que nous trois.

– Papa aurait eu quatre-vingt-dix ans la semaine prochaine, a-t-il lancé sans crier gare.

– Il n'aurait jamais vécu si longtemps, lui dis-je.

– Ça, on y a bien veillé.

Naomi était occupée à disposer des verres sales sur un plateau. Elle s'arrêta et nous regarda tous les deux.

– Vous y pensez encore ? nous demanda-t-elle.

– Tous les jours, répondit Tim.

– Foutaises ! (Si j'avais été seul avec lui je crois que je l'aurais frappé.) Personne ne peut penser tous les jours à quelque chose qui est arrivé il y a aussi longtemps.

– Si, moi. Maman aussi, d'ailleurs.

Naomi fut plus prompte à réagir que moi.

– Que veux-tu dire, Tim ?

– Même si ce n'est pas aussi fréquent qu'avant, il

lui arrive de m'en parler. C'est Roberta qui lui a mis la puce à l'oreille.

– Roberta ? (Naomi avait l'air étonnée.) Comment cela ?

– Tu sais bien comment elle est au sujet de la famille. A toujours vouloir qu'on lui raconte tout et...

– Oui, quand elle voulait être écrivain, coupa Naomi. Il y a bien des années que ça lui a passé.

– Peut-être, mais tu sais à quel point maman l'adore. Il a suffi que Roberta lui remette papa en tête pour qu'elle ne cesse d'y repenser. (Son regard se fit plus inquiet.) Parfois j'ai l'impression qu'elle sait.

– Qu'elle sait quoi ? ai-je demandé.

– Ne fais pas l'idiot, Richard. (Naomi vint s'asseoir près de Tim sur le canapé.) Qu'a-t-elle dit ?

– Une petite indication de temps à autre. Comment c'est arrivé, comme par miracle, alors qu'elle s'inquiétait de savoir comment nous pourrions nous en sortir. Ou comment le hasard avait voulu qu'il meure le seul jour de la semaine où nous allions le voir seuls. Ou encore ce spécialiste qui s'était montré surpris que ce soit arrivé si soudainement... (Sa voix s'éteignit progressivement.)

– Mais elle n'a jamais... (Naomi hésita.) Tu n'as jamais eu l'impression qu'elle soupçonnait quoi que ce soit ?

– Elle ne l'a jamais dit aussi clairement. (Tim vida le reste de ce qui devait être son quatrième whisky.) Mais elle se pose des questions.

– Eh bien ne t'en mêle pas. (Je me levai.) Et fais vachement gaffe à c'que tu lui dis. J'vais me coucher. Bonsoir... et joyeux Noël.

J'avais dû manger quelque chose qui me restait sur l'estomac, et une fois au lit je commençai à avoir chaud et je fus pris de tremblements. J'étais attendu au bureau le lendemain matin et le moment était mal venu de tomber malade. Stephanie dormait mais il fallut peu de temps pour la réveiller ; tout va très bien pour moi.

3

TIMOTHY

Les toutes premières années de ma vie, on m'autorisait à souffler les bougies de mon gâteau d'anniversaire sept minutes avant Richard puisque je suis son aîné d'autant ; ça a pris fin le jour de nos six ans où il s'est fâché et a tellement crié que nous l'avons fait ensemble. Après, on nous a élevés de la même façon. Quand nous jouions aux déguisements avec Nimmy, elle nous vêtait en jumeaux, comme soldats, docteurs ou je ne sais quoi. Aucun n'était favorisé par rapport à l'autre ; maman nous a habillés à l'identique jusqu'à l'âge de sept ou huit ans, et s'est toujours assurée par la suite, comme nous grandissions, que si l'un avait quelque chose l'autre ait l'équivalent. Quand il nous apprenait à jouer au cricket, papa s'arrangeait pour que chacun ait son tour à la batte, et il nous emmenait tous les deux voir Lancashire jouer l'été, ou Manchester United l'hiver.

Aujourd'hui, on aurait bien du mal à voir que nous sommes frères, encore moins jumeaux. Nous ne nous ressemblons pas – Richard a les traits de papa, alors que je suis plutôt une version masculine de ma mère – et nous sommes vraiment comme le jour et la nuit. Richard est devenu la caricature du journaliste dur à cuire, le genre à virer de temps à autre un reporter parce qu'il a soudain décidé que son visage ne faisait plus l'affaire ; la tragédie et la souffrance humaines ne sont plus que la matière première de l'actualité, sans le moindre souci du mal qui peut être fait aux gens ; il est vital que le papier du *Post* soit meilleur que ceux publiés par le *Daily Mail* ou le *Daily Express*, l'exactitude n'entrant pas en considération ; la vie privée est une atteinte à la liberté de la presse. Sur ce dernier point il est capable de se montrer d'une hypocrisie sans nom. Quand Emma, sa plus jeune fille, s'est trouvée impliquée dans une histoire de drogue à l'école, son nom n'a jamais figuré dans aucun de ces comptes rendus qui mêlent le scandale au sensationnel. Naturellement il n'a pas eu beaucoup de mal à obtenir que le *Post* n'en parle pas, et, pour les autres journaux, quelques coups de fil à des journalistes de sa connaissance ont suffi. En échange, il leur a fourni en exclusivité quelques déclarations d'une fille que le *Post* avait piégée ; plus question de battre la concurrence quand il s'agit de protéger ses proches. Quelques semaines plus tard, appelé par une femme éplorée dont le mari pasteur était en train de mourir d'un cancer, il a refusé de laisser tomber un article sur leur fils accusé de vol à l'étalage, quand bien même le jeune homme était en cours de traitement psychiatrique. Le public a le droit de savoir.

C'est tout Richard, et ce qu'il allait devenir avait commencé d'émerger dès notre enfance. De nous deux, c'est lui qui devint le meneur naturel, et je me suis contenté de suivre, jusqu'à ce qu'il m'ait lâché. Calculateur là où je montrais de l'innocence, il avait appris la valeur du mensonge alors que par nature je disais la vérité, pas toujours à mon profit d'ailleurs. Nimmy avait saisi les différences de nos personnalités et agissait différemment envers l'un et l'autre ; il fallait être sur ses gardes avec Richard, comme avec un chat qui peut à tout moment se mettre à cracher et griffer, alors que je restais le petit frère dont il fallait s'occuper. Les choses n'ont pas vraiment changé aujourd'hui, même si nous avons tous atteint la quarantaine. Les chemins que nous avons choisis nous ont peut-être séparés, mais nous restons liés par la mort de papa. Vous avez remarqué comme j'essaie d'adoucir la chose en parlant de « la mort de papa » ? Un événement qui, lui, touche toutes les familles. Ce que je veux dire en vérité, je suis sur le point de l'écrire et pourtant comme cela reste difficile, c'est le *meurtre* de papa. Celui que nous avons commis.

Je veux être le plus honnête possible – j'imagine

bien ce que dirait Nimmy : « T'y revoilà, monsieur Loyal » – et, à vrai dire, j'ai oublié nombre des détails importants pour les avoir chassés de mon esprit peu de temps après. Il me reste tout de même une certitude ; c'était une idée de Richard, il y avait pensé bien des mois avant nous. J'ai du mal à me souvenir aujourd'hui de l'ordre précis des événements, mais il avait commencé par préparer ses arguments, faisant ensuite quelques allusions à Nimmy. Une fois qu'elle fut en passe d'être convaincue, il s'attaqua à moi, sachant bien, que fort du soutien du Nimmy, je lui donnerais mon accord. Je traversais une période difficile – remarque idiote ; les périodes difficiles se succèdent pendant de longues années, jusqu'à l'âge adulte, peut-être même toute la vie – où l'enfant vit ses derniers instants mais où l'homme n'a pas encore fait surface, où l'on ne cesse de s'observer dans la glace pour chercher à se convaincre que le temps est venu de se raser. Je restais pourtant le petit chéri de Nimmy, et le comparse très impressionnable de Richard. Pas question de les accuser de m'avoir persuadé contre mon gré, je dois accepter ma part de responsabilité ; mais de nous trois j'étais le plus réticent.

Ils eurent recours – non, en fait Richard seul usa de cet argument – à une arme particulièrement efficace : me parler de maman. Le ménage allait bientôt manquer d'argent, et il était impensable qu'elle dût travailler. Papa avait toujours veillé à ses besoins, et il voudrait sans aucun doute qu'il en soit toujours de même. Mais s'il ne devait rester vivant que pour la forme... Quelle humiliation pour elle que d'avoir à accepter des aides charitables... Il lui faudrait vendre la maison qu'elle aimait tant, celle où elle avait passé toute sa vie de femme mariée... Déménager loin de ses amies... Qui sait si elle ne terminerait pas dans une H.L.M. Mes réticences premières se trouvaient minées, et il suffit de jouer avec mes sentiments pour défaire les liens des quelques défenses dont je disposais. Mais j'en vins à prendre la décision seul, une nuit, allongé dans la pénombre ; mes pensées se tournèrent vers papa, et je compris que j'aimais maman beaucoup plus que lui.

Le cheminement avait été tellement progressif que je n'en pris conscience qu'à cet instant. Non pas que papa ait commencé à préférer Richard, même s'ils avaient beaucoup plus en commun, mais tout simplement parce que le fossé qui existait entre le type d'homme qu'il était et les enfants que nous étions n'avait cessé de s'élargir, au point de rendre tout contact impossible. Les autres l'avaient senti et, sans cette maladie, auraient commencé à se rebeller, à mettre en cause les règles et convictions que nous avions acceptées si longtemps, à discuter à tout bout de champ, à le défier. Tellement différent d'eux, je me serais trouvé jeté dans le trouble par leur comportement, ne sachant pas comment réagir moi-même. Il m'aurait été impossible de le défier, et une tension serait née de cette incapacité ; l'unique répit serait venu de longues conversations avec ma mère, sa sympathie et sa compréhension m'apportant une protection, à défaut d'une véritable aide. En fin de compte, j'étais son préféré.

Ayant accompli une partie du chemin, je devais désormais m'arrêter longuement sur la personne de mon père, pour déterminer avec précision quel genre d'homme il était. A l'école, nous étudiions Banchester Towers et l'un de nos devoirs avait été de dresser la liste des qualités et défauts de certains des personnages ; Harding était doux mais naïf ; l'archidiacre Grantly honnête mais, entre autres défauts, impatient ; Obediah Slope avait peu de vertus, mais se montrait tout de même travailleur ; Signora Neroni méchante mais perspicace. Je fus frappé à quel point papa aurait pu être un personnage de Trollope ; de nombreux traits le rattachaient à l'époque du romancier. Bon... Les qualités d'abord. Honnête, travailleur, respectable, responsable, consciencieux... De quoi combler un employeur, mais une famille ? Recommençons. Il était... Je n'ai pu trouver que des négations. Ne buvait pas, ne jouait pas, ne trompait pas maman, ne nous laissait pas mourir de faim... J'aurais pensé en trouver plus. Les défauts ? La tâche était plus difficile étant donné que c'était la première fois que je tentais de le regarder sous ce jour. Il était opiniâtre, souvent même sectaire, et ne montrait ni imagination ni sens de l'humour ; un être vieux jeu et prétentieux. De toute évidence, s'il n'avait pas été mon père, il aurait représenté le type même d'adulte ennuyeux que j'aurais cherché à éviter. Pas de quoi le condamner, mais rien qui justifie de l'admirer... et aucune raison de l'aimer. Je cessai alors d'y réfléchir et tentai de m'endormir, parce que j'avais le sentiment de le trahir ; mais je venais de me rapprocher un peu plus de Richard et de Nimmy, de la solution qu'ils me proposaient.

Durant les semaines qui suivirent je tergiversais entre un rejet horrifié de l'idée et ma préoccupation pour maman. J'étais au courant de ses entretiens avec le directeur de la banque, elle s'inquiétait de nos ressources, et de savoir comment nous allions nous en sortir ; Nimmy voulait aller à l'université, mais ce serait tellement compliqué. J'étais déchiré en deux, à la recherche d'un compromis introuvable entre mes sentiments mêlés pour mon père et l'inquiétude de voir son état affecter chacun d'entre nous. Un après-midi, environ un an après qu'il fut tombé malade, maman nous réunit tous dans le salon après l'école, et nous annonça que les docteurs disaient ne plus rien pouvoir faire. Une rémission restait certes possible, mais... Elle parvint, je ne sais comment, à étouffer ses pleurs et suggéra que chacun prie pour lui. Il a dû s'écouler environ une semaine avant que Richard n'évoque à nouveau le meurtre ; il a toujours su choisir son moment pour ce genre de choses, de quoi garantir un effet maximal. Ce soir-là, je ne finis par trouver le sommeil du désespoir qu'à force de larmes ; le lendemain je surpris une conversation entre maman et Nimmy dans la cuisine.

– Ton père n'avait pris aucune disposition pour ce genre de situation. (C'est maman qui parlait.) Ce n'est pas une chose à laquelle on s'attend.

Nimmy dit quelque chose que je n'ai pas tout à fait compris, mais il était question de Coombes Brothers, chez qui papa travaillait.

– J'ai été voir Mr Douglas, répondit maman. Le conseil a étudié la question et a exprimé toute sa sympathie, mais la société ne va pas maintenir sa paye beaucoup plus longtemps. Ils ne veulent pas créer de précédent, même si après toutes ces années on pourrait s'attendre à ce qu'ils fassent une exception. Ils ont seulement accepté de nous reverser ses cotisations de retraite, ce qui ne va pas bien loin.

Le ressentiment qu'elle exprimait n'était pas chose habituelle. Comme papa, elle tenait au respect dû à un employeur, une valeur perdue qui passerait aujourd'hui pour de l'obséquiosité ; pas question de remettre en cause les décisions de Coombes Brothers. J'étais écœuré, non seulement pour elle, mais aussi du fait de ma propre réaction sur le moment. Si Nimmy ne pouvait aller à l'université, qu'en serait-il de mon propre désir de devenir enseignant ? Je me suis dit que c'était égoïste, mais cela m'a ouvert les yeux sur le fait que si ma situation était à plaindre, celle de maman était pire. Papa était absent depuis si longtemps que nos vies s'étaient réorganisées, quasiment au point où son retour nous aurait paru une intrusion dont il aurait fallu s'accommoder. Malgré l'importance qu'il semblait prendre auparavant, nous avions découvert que nous pouvions nous débrouiller sans lui – même maman, à sa façon – mais seulement dans la mesure où était maintenu l'apport financier qu'il représentait. Richard m'avait expliqué la signification d'une assurance-vie, et combien papa y avait toujours cru ; j'avais du mal à m'y retrouver dans les histoires de polices et de primes, mais je comprenais qu'il avait pris des mesures pour garantir notre sort au cas où il viendrait à mourir. Mais tout cela n'intervenait que s'il mourait, pas dans le cas présent où il avait sombré dans une existence crépusculaire qui avait peu à voir avec la vie. J'entendis Nimmy réconforter maman qui s'était mise à pleurer ; ce n'était pas grave pour l'université, elle trouverait un travail, et les garçons pourraient bientôt quitter l'école et contribuer pour leur part, et d'une façon ou d'une autre nous allions nous en sortir...

Je savais qu'elle mentait, du moins quand elle disait ne pas avoir de regrets pour l'université ; elle en mourait d'envie.

J'ai quitté le salon discrètement et je suis monté voir Richard. Alors que j'entrais, il lisait quelque chose qu'il s'empressa de fermer et de cacher sous une pile de papiers. (Je l'ai cherché plus tard, par curiosité. C'était un numéro de *Health and Efficiency*, une revue naturiste avec des photos noir et blanc de femmes nues, sans aucune trace de provocation ; c'est ce qui s'approchait le plus dans les années cinquante de *Men Only* ou *Rustler*. L'exemplaire tombait en lambeaux, il devait circuler depuis un certain nombre de semaines.)

– Je veux te parler, dis-je.

– De quoi ?

– De... de ce que tu as mentionné. Ce dont toi et Nimmy avez parlé... enfin... tu vois bien ce que je veux dire... sur papa.

Richard est loin d'être bête ; il sait exactement comment manipuler les autres, au besoin en feignant une compréhension remarquable, voire de la sympathie. Il avait immédiatement perçu combien j'étais proche de les rejoindre, et s'est chargé avec brio de me guider pour le peu de chemin qui restait à faire. Il se leva et me passa un bras autour de l'épaule, un geste fraternel de réconfort.

– Allez, il n'y a pas de mal. Parlons-en.

Avec patience, en prenant son temps, il m'a laissé – non, il m'a poussé – à exprimer les choses à ma façon, ajoutant par moments un mot d'encouragement, mais écartant aussi avec finesse mes moindres craintes. Quand je mentionnai mon souci que Nimmy ne puisse aller à l'université, il opina.

– Tu as raison, dit-il comme s'il n'y avait jamais pensé auparavant. (Ce qui était d'ailleurs certainement le cas ; seuls ses propres intérêts avaient dû le concerner.) Tous ses professeurs la poussent à y aller, et tu sais combien papa le souhaite aussi. Mais si l'argent manque... Moi, je n'ai pas le même problème. Je quitterais bien l'école dès maintenant, si c'était possible, pour bosser dans un journal... Mais c'est vrai que Nimmy en a vraiment envie... Et toi, tu comptes toujours suivre une formation universitaire pour devenir instituteur, non ?

– Oui.

La question m'a surpris, je n'avais mis personne au courant. Richard avait deviné, et il s'en servait pour me manipuler ; j'aurais dû m'y attendre.

– Je trouve que tu as raison. Tu as toujours été plus intelligent que moi.

Uniquement à l'école, Richard, parce qu'il ne fallait surtout pas te demander le moindre travail. Mais dans le monde réel, où ce que l'on appelle aujourd'hui l'éducation de la rue a son importance, tu étais le plus malin, celui qui trompe, tourne les règles à son avantage et dissimule ses mensonges ; tu brillais là même où j'étais sans espoir.

Quoi qu'il en soit, c'est ainsi que j'ai rallié leur camp, pas de façon définitive ce jour-là, mais j'avais franchi un point de non-retour et par la suite, il suffit à Richard de quelques coups sur la laisse qu'il m'avait passée au cou pour me maintenir dans le droit chemin. Lui et Naomi semblèrent très proches pendant ces quelques semaines. Ils partageaient un but, même si leurs motivations différaient, et ils devaient simplement s'assurer que mes doutes ne reprenaient pas le dessus. J'aurais très bien pu les arrêter, soit nous agissions tous les trois de concert, soit rien n'était possible. Il me suffisait de dire non, et de les menacer de parler si quoi que ce soit arrivait, ils n'auraient pu qu'abandonner. C'est l'unique moment de ma vie où j'ai eu le moindre pouvoir sur eux, mais le courage m'a manqué. Je n'ai pas eu la force de sauver mon père, et j'ai fini par aider à le tuer.

J'éprouve beaucoup de mal à parler du meurtre lui-même. Je m'efforce de ne pas trop y penser, mais c'est comme d'avoir une jambe atrophiée qui vous contraint à marcher en boitant ; vous avez beau vous y adapter et apprendre à vivre avec, vous n'oubliez jamais au fond de vous que vous êtes handicapé. Mais dans mon cas aucune trace physique n'est visible, ce qui susciterait la sympathie d'autrui, et je dois donc porter cette tare en secret, sans que quiconque la soupçonne.

En revanche, je peux parler de ce qui est survenu juste après que nous l'avons fait, j'en garde un souvenir très clair. J'étais tout bonnement transi. Nimmy semblait être à mille lieues, souriant à papa comme si elle l'aimait très, très fort. Et c'est Richard qui a été pris de panique, une réaction tellement atypique de sa part que je revois encore son visage, livide et terrorisé. J'ai cru un instant qu'il allait fondre en larmes, non pas de tristesse, mais de terreur ; puis il s'est précipité hors de la chambre, et nous l'avons entendu crier qu'il fallait une infirmière.

– Ne t'inquiète pas, Tim, m'a dit Nimmy doucement. L'un d'entre nous aurait agi exactement comme ça si papa était...

Elle s'est retournée vers la fenêtre, pour regarder les jardins de l'hôpital, oubliant de terminer sa phrase.

Quelques instants plus tard, l'infirmière de garde est arrivée en courant avec Richard. La sœur en charge du service suivait. C'était une grande femme maigre, qui avait toujours donné l'impression de gérer l'endroit comme une école privée des plus rigoureuses, son devoir étant de s'assurer que chacun respecte la moindre règle. Il n'était pas normal que les enfants de Mr Barlow lui rendent visite seuls – un adulte aurait toujours dû être présent, surtout avec un patient en phase terminale – mais elle n'avait rien pu y faire. Elle lui jeta à peine un coup d'œil et nous fit tout de suite sortir de la chambre, gentille mais ferme.

– Venez, dit-elle. Le docteur arrive et nous allons appeler votre maman.

Le médecin accourut dans le service au moment où elle nous faisait entrer dans son bureau. J'étais le dernier et elle m'y a quasiment poussé, avant de nous demander d'attendre un instant. Richard s'est aussitôt mis à pleurer comme un veau ; je ne me souviens pas du tout de tout ce que nous avons pu dire, mais il s'est tout d'un coup mis à nier avoir quoi que ce soit à voir avec ce qui venait d'arriver. Naomi lui a demandé de ne pas faire l'idiot et d'arrêter de pleurer.

Il lui a lancé un regard furieux.

– Je ne pleure pas.

Je restais sous le coup de la stupeur et comme détaché de tout à cause de ce qui venait d'arriver – ce que nous venions de faire –, mais je fus tout de même sidéré par le comportement de Richard. On aurait cru un petit garçon pris en train de mentir, qui nie en sanglotant. Sauf à y voir l'effet du choc que moi-même je ressentais, je ne parvenais pas à le comprendre. Mais il venait à cette occasion de laisser transparaître quelque chose qu'il a passé le reste de sa vie à dissimuler. Au-delà de cette force apparente, bien enfouie sous la carapace de l'homme sans pitié, subsiste une part de couardise. Il sait très bien qu'elle existe, et toute sa force et son aplomb ne sont qu'un mensonge destiné aux autres, mais dont il cherche à se convaincre lui-même. Au cours des semaines qui suivirent le meurtre notre plus grand danger fut de le voir craquer et lâcher le morceau.

Quand la sœur est revenue, j'avais le sentiment qu'elle était mal à l'aise. Elle s'y connaissait sans doute lorsqu'il s'agissait d'annoncer un décès à des adultes, mais ne semblait pas dans son élément avec trois adolescents. Naomi lui facilita la chose en demandant d'emblée si papa était mort, ce qui de toute évidence la soulagea. Elle dit que cela avait été paisible et pour le mieux. Naomi ajouta alors que nous regrettions tous que maman n'ait pas été présente. Je me souviens avoir pensé que c'était tout à fait le genre de chose à dire. Un commentaire raisonnable, tout empreint de regrets et de sollicitude. Bien venu de la part d'enfants sages, élevés de sorte qu'ils sachent se tenir, et tout particulièrement de la part de la fille aînée. J'imagine que nous offrions le tableau idyllique d'une jeunesse stoïque qui acceptait, la lèvre ferme quoique tremblante, une peine qu'elle savait devoir arriver. Plus tard, comme nous quittions l'hôpital, j'entendis la sœur dire à maman que papa aurait été fier de ses enfants, et combien elle-même pouvait l'être. Nouvelle source de souffrance dans une journée qui en avait vu d'autres, le plus dur ayant été l'arrivée de maman, quand elle nous avait consolés et engagés à dire des prières. Ce qui était déjà dur en soi, mais il fallait encore que nous allions le voir ensemble... Bizarrement, le plus pénible ne fut pas le sentiment de culpabilité, mais de réaliser que cet homme, dont la présence, avait été un des repères immuables de ma vie, était parti à jamais. J'avais aimé mon enfance, empreinte de sécurité et de cette fiabilité que procuraient les règles de papa ; je ne pouvais concevoir ce que serait la vie sans qu'il soit là, prêt à m'expliquer les choses, à m'aider à comprendre. Je prenais conscience d'un vide au fond de moi que je ne suis jamais parvenu à combler.

Nous n'avons pas parlé dans le taxi qui nous ramenait à la maison. Maman était à l'avant avec le chauffeur, et nous trois derrière, avec Richard au milieu. Nous avons croisé la route qui menait chez Coombes Brothers, et j'eus le souvenir très net d'une journée où Richard et moi, nous devions avoir douze ans, y étions passés en voiture avec papa qui nous avait emmenés voir un projet sur lequel il travaillait. Je ne vois pas très bien pourquoi il l'avait fait, peut-être pour montrer ses fils aux collègues. J'ai soudain compris qu'il avait été fier de nous, et je me suis alors senti plus déprimé qu'à tout autre moment de ma vie. Il n'avait pas été un père idéal – ce qui d'ailleurs n'existe pas – mais il avait toujours agi avec notre bien en tête. Il était trop terre à terre pour se laisser aller à rêver mais s'il avait eu un rêve, c'eût été de nous voir réussir, transmettre à nos enfants les valeurs que nous tenions de lui, afin de pouvoir considérer, sur ses vieux jours, s'être acquitté convenablement d'un des devoirs de l'existence. Une ambition qui semblait tout à fait convenable.

Mais je ne devais jamais le connaître vieux, du moins pas au-delà de cinquante-huit ans. Et cette idée terrible me vint, qu'il aurait peut-être retrouvé ses facultés, aussi improbable que cela ait pu paraître ; une espèce de miracle nous l'aurait rendu. Impossible, maintenant qu'il était mort. Maintenant que nous l'avions... Il me faut toujours un effort pour le dire... Maintenant que nous l'avions tué.

« Bientôt à la maison », dit-elle en souriant pour nous encourager, même si l'on pouvait distinguer dans ses yeux les larmes qu'elle n'avait pas pleurées. Sa peine le cédait à son souci pour nous ; elle endosserait le rôle tenu par papa dans notre éducation, en plus de celui qui était déjà le sien. Et nous trouverions auprès d'elle un soutien, un réconfort destiné à soulager notre peine, penserait-elle, mais qui s'adresserait en vérité à notre sentiment de culpabilité.

4

FLORENCE

Aujourd'hui encore, après toutes ces années, il subsiste quelques traces d'Harold. Naturellement, le fait de vivre dans la même maison n'y est pas pour rien, vu que je possède toujours de nombreux objets qu'il a connus. J'ai bien jeté quelques pièces de musée pour les remplacer par des meubles modernes, mais l'horloge de ses grands-parents se trouve toujours dans le vestibule, avec son tic-tac et son carillon familiers. J'ai aussi conservé son somptueux bureau à cylindre, et la série de cadres représentant des oiseaux – faits à partir de véritables oiseaux qu'on a comme coupés en deux – bien que Roberta, ma petite-fille, fasse mine de vomir à chaque fois qu'elle passe devant. Dans le jardin, le pommier qu'il a planté un an avant de mourir continue chaque automne de produire quantité de pommes – je ne sais d'ailleurs quoi en faire – et je plante toujours des soucis le long de l'allée, comme lui-même en avait l'habitude. L'impression demeure cependant étrange, comme de vivre en présence du fantôme d'un parfait inconnu. Je connais son nom, je me souviens de son visage et de quantité d'autres choses le concernant, mais se peut-il vraiment qu'il ait été mon époux pendant vingt ans ? Etait-ce bien lui le père de mes enfants ?

Nous avons connu ce qui était pour l'époque un mariage très réussi – j'imagine que peu d'épouses d'aujourd'hui l'auraient vu sous ce jour – mais vu ce que j'ai appris depuis, je ne m'en contenterais plus s'il m'était donné de revivre ces années. Mais alors, je me pliais avec obéissance, sans sourciller, au comportement d'Harold et aux normes de l'époque ; les choses étaient ainsi faites. Aujourd'hui, la période de mon enfance fait partie du programme d'histoire à l'école, ce qui me donne le sentiment d'être une vraie antiquité, et je ferais donc mieux de commencer par fournir quelques éclaircissements à mon sujet, comment j'ai rencontré Harold, à quoi il ressemblait.

Ma famille comportait mes parents, ma sœur aînée Eleanor et moi-même. Père aurait aimé avoir un fils mais, après ma naissance, le docteur a annoncé qu'il ne devait plus y avoir de bébés. Père était directeur adjoint dans une banque et avec simplement deux enfants à charge, sa situation était aisée. Inutile que je vous ennuie avec mon enfance ; rien que de très typique pour une famille bourgeoise du nord de l'Angleterre. Nous habitions une maison individuelle à Wilmsford, dans les faubourgs sud de Manchester ; nous avions une bonne, ce qui était alors tout à fait normal pour des personnes de notre statut social. J'ai quitté l'école à seize ans même si, n'y voyez aucune présomption, j'aurais pu poursuivre jusqu'à l'université. Mais l'idée ne m'en est jamais venue, ce n'était tout simplement pas ce que faisait une jeune fille dans ma situation. Toute mon éducation avait tendu vers un but : me faire accepter comme ambition naturelle dans la vie d'épouser un homme sérieux qui me donnerait un foyer, tandis que je porterais ses enfants. On tolérait que je travaille ici ou là quelques années après l'école ; mais il était interdit d'y voir une carrière, une chose réservée aux seules femmes contraintes par les circonstances de gagner leur vie, une fonction normalement réservée aux hommes.

Coombes Brothers possédait un compte à l'agence où travaillait père, aussi connaissait-il plusieurs de leurs responsables financiers. Un jour, il annonça avoir appris qu'une place s'était libérée dans leur équipe de dactylos et qu'il avait obtenu que je passe un entretien la semaine suivante. Il paraît aujourd'hui incroyable qu'une jeune fille intelligente n'ait pas eu son mot à dire, mais j'ai accepté sans discuter. Je n'aurais pas eu la moindre idée comment m'y prendre pour trouver un emploi convenable, et j'ai donc attendu que l'on s'en occupe à ma place – il en allait d'ailleurs ainsi pour quasiment tout dans ma vie. Je savais taper à la machine et j'avais commencé à apprendre la sténo (curieusement, sur les conseils de père) ; l'occasion était donc trop belle. L'entretien fut une formalité, et je commençai à travailler pour le salaire hebdomadaire faramineux de douze shillings et six pence. Et dès mon deuxième jour je rencontrai Harold. Je l'ai trouvé malpoli et, il avait alors trente-cinq ans, très vieux. Travaillant au service de la recherche et des prototypes, la salle des dactylos lui était inconnue – impossible de me souvenir quelle raison l'avait amené – et il est resté sur le pas de la porte, l'air assez hésitant, avant de m'adresser la parole parce que mon bureau était le plus proche.

– Où puis-je trouver miss Butterworth ?

J'ai rougi. Comment savoir s'il n'était pas le patron, et père m'avait bien fait rentrer dans le crâne que Coombes Brothers était une société où l'on respectait certaines règles. On donnait du « Monsieur » à tous les hommes – hormis les ouvriers, avec lesquels, de toute façon, je n'aurais aucun contact – voire, à la limite, « Monsieur Untel » quand votre position vous permettait une telle familiarité, ce qui n'était certainement pas mon cas.

– Je ne sais pas, balbutiai-je. Je suis désolée.

– Vous ne travaillez pas ici ?

– Si, mais je...

– Je vais demander à quelqu'un d'autre.

Des débuts peu prometteurs pour ce qui devait donner vingt ans de mariage et trois enfants. Mais après ce départ difficile les choses prirent un meilleur tour. J'ai fini par trouver mes marques et je fus mise en confiance par les compliments de mon chef de service. J'étais ce que l'on appelle aujourd'hui un agent de liaison, toujours occupée à courir d'un bureau à l'autre – et Dieu sait que je me suis perdue au début – pour transmettre lettres et mémos à toutes sortes de gens qui devaient les signer. J'entendais bien quelques sifflets dès que je croisais le chemin des manœuvres de l'usine, mais rien de plus pouvant se rapprocher de ce que Roberta appelle désormais le harcèlement sexuel. J'étais incapable d'envisager une telle chose ; le sexe ne s'apparentait même pas à un livre dont il m'aurait été interdit de feuilleter les pages, c'était tout bonnement un ouvrage dont j'ignorais jusqu'à l'existence. Immanquablement j'ai rencontré Harold – Mr Barlow, bien sûr – à nouveau, et je fus soulagée de voir qu'il avait apparemment oublié ce petit incident de notre première rencontre. Il s'est toujours montré d'une correction impeccable, mais au fil des mois, il commença à prendre le temps de me poser quelques questions sur mon compte, ce que j'attribuai tout simplement à une politesse fortuite. Alors que nous échangions des potins à la cantine avec les autres filles, il arrivait que quelqu'un en vienne à parler d'Harold et je finis par le connaître un peu. Célibataire – sans le moindre soupçon de scandale, même mes collègues les plus en verve restaient muettes sur ce sujet – il habitait chez ses parents, pas très loin de chez moi. Plutôt le genre coincé, mais toujours d'une correction irréprochable. Je n'éprouvais pas d'intérêt particulier pour lui, et étais loin de penser que ce serait un jour le cas.

Vint alors le bal de Noël des employés qui, en 1936, eut lieu au restaurant *Milton*, situé sur la Parade. Réservé naturellement aux employés, ceux qui fabriquaient pour de bon les machines que nous vendions devant se contenter d'une prime avec leur paye et d'un imprimé impersonnel dans lequel la direction les remerciait de leurs efforts au cours de l'année passée et leur transmettait les vœux d'usage. Il en allait ainsi, cols blancs d'un côté, cols bleus de l'autre. Trois autres filles de l'équipe de dactylos et moi avions décidé de nous y rendre ensemble, le fiancé de l'une d'elles jouant les chaperons. Nous occupions une table située au bord de la piste de danse, et le jeune homme nous avait demandé ce que nous voulions boire. C'était bien entendu lui qui paierait, et chacune de nous a poliment choisi un jus de fruit, ce qui présentait le double mérite d'être le moins cher et sans alcool. Ensuite nous sommes restées assises à attendre que l'on vienne nous inviter à danser, bavardant avec animation, mais nous gardant bien de toute attitude qui eût pu passer pour osée, comme de regarder trop longuement un homme seul. Tout semblait réglé comme un menuet, si l'on excepte l'orchestre qui jouait des fox-trot. Au bout d'une demi-heure, le maître des cérémonies nous a conviées à choisir un partenaire pour *Tiptoe through the tulips* et Harold se trouva soudain devant moi à formuler son invite courtoise, après une légère révérence. J'étais stupéfaite, mais je ne pouvais refuser. L'époque était lointaine des carnets de bal où vous inscriviez le nom de ceux à qui vous aviez promis une danse, et sa démarche était on ne peut plus convenable. J'acceptai, et il s'écarta pour me laisser pénétrer sur la piste la première.

C'était un danseur épouvantable. On sentait bien qu'il avait suivi des cours pour maîtriser ce qui demeurait alors un élément essentiel du savoir-vivre, mais il n'avait appris que les pas, sans savoir pour autant se déplacer. Contracté et tout à son affaire, il me faisait l'effet d'être mal à l'aise, d'avoir à accomplir quelque chose qu'il jugeait indigne de lui ; un jugement qui devait se vérifier par la suite. Il me félicita pour ma robe avec sincérité, m'a-t-il semblé, mais je n'en dirais pas autant de sa remarque sur l'excellence de l'orchestre. Quand nous en avons terminé il m'a raccompagnée à ma table et a demandé s'il pouvait se joindre à nous. J'étais indécise, il était beaucoup plus âgé que nous tous, mais il aurait été impoli de dire non. Une des filles m'a regardée en haussant les sourcils lorsqu'elle nous a vus ensemble en revenant à la table avec son partenaire ; puis, comme Harold était parti chercher à boire, elle se pencha vers moi et chuchota :

– Je ne savais pas que tu connaissais Mr Barlow. (Elle semblait épatée.)

– Mais je ne le connais pas, ai-je protesté. Si ce n'est le fait de l'avoir rencontré au bureau.

– J'ai bien l'impression qu'il a envie de te connaître.

Harold mit encore quelques minutes avant de revenir avec nos boissons, et je retournai les choses dans ma tête avec une certaine fébrilité. Son invitation à danser pouvait très bien s'expliquer comme n'étant due qu'à de la politesse, mais pourquoi moi ? Ce n'était pas les jeunes filles non accompagnées qui manquaient pour faire son choix, il devait connaître nombre d'entre elles depuis plus longtemps. Je me souvins que quelqu'un l'avait décrit comme étant très réfléchi dans ses actions, ce qui pouvait très bien vouloir dire qu'il... Décidément, Florence Metcalf, vous feriez bien de réfléchir à tout cela. Je le voyais d'où je me trouvais assise, et je me mis à l'observer plus en détail. Grand, le cheveu très sombre, coupé court et tout luisant de Brylcreem ; à cette époque tous les hommes portaient la même coiffure. Il arborait une petite moustache, un peu dans le goût de Ronald Coleman, une de mes idoles au cinéma, et quoiqu'il ne fût pas d'une beauté exceptionnelle, son visage inspirait confiance ; des traits francs sur lesquels on pouvait compter. Je remarquai aussi sa dentition parfaite ; un plus souvent loin d'être négligeable avant l'instauration des dentistes gratuits du National Health. Et mes sentiments pour lui ? J'hésitais, mais je n'étais nullement réfractaire. Il était plus âgé mais ce n'était pas un handicap. Comme il revenait vers la table, je décidai qu'il serait intéressant d'en apprendre plus sur lui. Je ne ressentis aucune attraction soudaine, même légère, comme de sentir mon cœur basculer tandis que je tombais amoureuse ; ni alors ni jamais. Harold me fit la cour tout comme il dessinait ses machines, méticuleusement, étape par étape ; pour l'idylle, il me faudrait encore attendre bien des années.

Nous avons encore dansé plusieurs fois au cours de cette soirée, et je me rendais compte que cela faisait jaser dans la salle. Après la dernière valse, il m'a ramenée auprès de mes amis et nous a salués ; c'eût été déplacé de sa part de proposer de me ramener, vu que notre relation venait tout juste de débuter. J'ai eu quelques pensées assez vagues pour lui avant de m'endormir, et le lendemain au travail rien ne semblait avoir changé dans nos rapports, même si les autres filles ne cessaient de me questionner à son sujet. Je répondais que rien ne s'était passé, mais j'ai fini par me rendre compte que j'étais déçue, ce qui m'a surprise. A mes yeux, il m'avait en quelque sorte adressé un compliment et je n'avais rien fait pour l'éconduire ; aussi pourquoi en restait-il là ? C'est alors que j'ai compris qu'il attendait que je fasse le prochain pas. N'oubliez pas qu'il lui était impossible de débarquer comme ça chez les dactylos pour me demander de sortir ensemble ; certes les choses changeaient déjà à l'époque, et d'autres hommes se le seraient sans doute permis, mais pas Harold. Hormis Coombes Brothers nous n'avions rien en commun, et je pouvais difficilement attendre Noël 1937, seule chance que nous avions de nous retrouver en société, loin de l'univers enrégimenté de notre lieu de travail. Une ouverture se présenta grâce à la Troupe d'opéra amateur de Wilmsford ; je faisais partie des chœurs dans *The Maid of the Mountains*, et mes parents devaient assister à la dernière représentation. Avec précaution, je suggérai à ma mère qu'il y avait une personne rencontrée au bureau – prenant bien soin de préciser que c'était un gentleman – qui aurait certainement aimé assister au concert, que j'aurais pu convier comme leur invité... En y repensant, je n'aurais dû avoir aucune inquiétude de la voir se mettre à poser des questions délicates ; je subodore même qu'elle commença à songer à sa tenue de mère de la mariée dès l'instant où j'avais évoqué le sujet. Père fut tout aussi d'accord ; je ne serais pas surprise qu'il ait mené sa petite enquête de moralité sur Harold dès que j'ai eu mentionné son nom.

Harold est donc venu, et son comportement fut irréprochable ; en arrivant à la maison il offrit un petit bouquet de fleurs à maman et, avant de partir au concert, il discuta avec père, autour d'un verre de sherry et d'une cigarette, principalement de Coombes Brothers et de la position qu'il y occupait. Naturellement, je n'ai pas passé la soirée avec eux, mais mère m'a dit après qu'il leur avait fait très bonne impression, et qu'elle l'avait invité à prendre le thé le dimanche suivant. Et vous voudriez que j'aie eu la moindre chance de m'en sortir ? Sans que je comprenne bien comment cela s'est passé, mes parents et Harold en vinrent rapidement à un accord tacite. Et je me suis réveillée trop tard ; c'était le seul sujet de conversation chez Coombes Brothers – il était déjà stupéfiant en soi de voir Mr Barlow se marier, mais en plus il avait choisi une fille de dix-huit ans sa cadette, et dactylo, qui plus est – et j'ai manqué de courage ou de raisons pour m'échapper. Sans compter que je ne concevais même pas pouvoir désirer y échapper ; mon subconscient avait été conditionné. Connaissez-vous cette citation tirée de *The Importance of Being Earnest* ? Quand lady Blackwell dit à sa fille : « Le jour où tu seras fiancée, ce sera ton père, si sa santé le permet, qui t'en informera. » Les choses étaient vraiment détestables à ce point.

Nous nous sommes mariés le 10 août 1938, à St Luke's Parish Church, avec tout le décorum. Harold portait une jacquette ; ma robe en soie avait été confectionnée sur mesure chez Kendal Milne à Manchester ; la réception eut lieu au restaurant *Milton*, l'endroit où il m'avait parlé pour la première fois. Le *Wilmsford Messenger* fit paraître un article en première page, n'oubliant aucun détail, notamment l'ensemble des cadeaux que nous avions reçus et tout particulièrement la ménagère de Sheffield offerte par Coombes Brothers (un de leurs plus gros annonceurs...) ; on mentionnait aussi la carrière publique du père d'Harold (il occupait la charge d'Alderman et avait été maire quelques années auparavant), ainsi que la position de mon père dans sa banque, et son rôle de premier plan au Rotary local (le rédacteur en chef était membre lui aussi). On accordait même une ligne à la vierge venant d'être sacrifiée. A l'époque, tout cela semblait naturel, voire même joyeux, mais aujourd'hui... Disons simplement que je regrette ne pas avoir grandi à une époque où j'aurais pu m'affirmer un peu plus, sans parler d'être plus exigeante.

Vint ensuite la nuit de noces, à l'hôtel *Great Orme* de Llanduno, à laquelle mère m'avait préparée à sa façon. Ce n'était pas tout à fait l'approche « les filles bien élevées attendent sagement » mais guère plus évolué. L'homélie a commencé par le topo sur le couple heureux qui a des enfants, suivi d'un petit sermon sur Dieu, qui avait instauré le mariage pour de multiples raisons, et particulièrement pour que les enfants naissent dans des foyers bien chrétiens. Naturellement, les enfants ne surgissaient pas comme ça, il existait certaines... choses physiques ; un homme avait des instincts naturels – sur lesquels, bien sûr, il n'y avait rien à redire, tant que la décence restait de mise – et le rôle de la femme était de s'y soumettre. Il était fait rapidement mention d'une certaine gêne qui pouvait marquer les débuts, mais on indiquait clairement que tout excès devait être évité, quel que fût le penchant pour la chose que l'on pourrait acquérir par la suite. Car une règle demeurait incontournable, l'initiative restait la prérogative du mari. Ma mère aurait presque cent ans si elle était toujours vivante, une longévité rare mais nullement impossible. Elle aurait dû accepter de voir son arrière-petite-fille vivre successivement avec trois hommes, et trouver bien du plaisir entre les draps – et ce n'est pas elle qui se prive de faire le premier pas. Soit dit en passant, elle aurait aussi dû se faire à ce que je suis devenue moi-même.

Nous avons pris le train pour le Pays de Galles à la gare Exchange ; troublée, je redoutais ce qui m'attendait. Nous avons pris un taxi jusqu'à l'hôtel, et je me pris à sourire quand Harold signa Mr et Mrs H. E. Barlow sur le registre. Nous avons suivi le porteur ; il amena nos bagages jusqu'à la suite qui donnait sur l'estuaire de Conway. Il referma la porte derrière lui et, pour la première fois depuis que le vicaire l'y avait autorisé à la fin de la cérémonie, Harold m'embrassa. D'une certaine manière j'avais espéré que ce serait différent une fois que nous serions mariés, mais ce ne fut pas le cas ; comme toujours, sa moustache me chatouillait légèrement, et il n'y eut que le baiser. Aucune caresse, aucune soif, nos corps ne se sont pas rejoints avec fièvre. Simplement un bref baiser, bien que très affectueux, et Harold dit que nous devions défaire nos valises. Je sortis ma chemise de nuit (aussi de chez Kendal Milne) et m'arrêtai en me retournant vers le lit ; je n'avais aucune idée de quel côté la mettre. Harold eut au moins le mérite de comprendre cette petite hésitation, et il plaça son pyjama du côté gauche ; ç'aurait pu être une occasion de sourire, histoire de détendre l'atmosphère, mais il ne dit rien. Après avoir fini de ranger nos affaires nous nous sommes promenés un certain temps sur l'avenue Marine, bavardant à propos de la journée, puis nous sommes rentrés dîner à l'hôtel. Nous avons mangé au milieu des palmiers en pot, tandis qu'un quatuor à cordes jouait des airs de Sigmund Romberg et Gilbert and Sullivan ; nous avons pris le café au bar. C'était la pleine saison, et l'hôtel était bondé ; aussi avons-nous partagé une table avec un couple de Birmingham. Elle et moi avons discuté des distractions qu'offrait Llandudno, tandis que nos maris parlaient du test match. Ni lui ni moi n'avons rien dit qui puisse indiquer que nous venions juste de nous marier ; à cette époque la lune de miel restait une affaire très privée, un bref interlude entre le jour du mariage, public à souhait, et les années de vie conjugale convenable qui s'ensuivraient. Comme cela semble étrange aujourd'hui.

Et il ne resta plus qu'à aller au lit – ce qui ne fut pas une mince affaire. Tout sourire, nous avons salué les gens présents en quittant le salon, avant de gravir l'imposant escalier qui menait au couloir sur lequel donnait notre chambre. Harold ouvrit la porte avec sa clé et s'écarta pour me laisser passer. Je marchai jusqu'à la fenêtre et contemplai la mer qui prolongeait l'estuaire sans rupture, sur laquelle se reflétaient des fragments de lune. Je trouvais la vue ravissante avec au loin, en arrière-plan sur la rive, les montagnes sombres de Penmaenmawr et Llanfairfechan – et je l'aurais volontiers contemplée jusqu'au petit déjeuner. Mais Harold a tendu le bras pour fermer les rideaux.

– Je pense qu'il est temps de se coucher. Vous n'avez qu'à utiliser la salle de bains d'abord.

Il s'est dirigé vers le petit salon, d'où il lui était impossible de me voir. Je pris ma chemise de nuit, entrai dans la salle de bains, et ne me déshabillai qu'après avoir longuement admiré mon alliance ; un miroir dans un cadre en bois était accroché au mur et, pour la première fois, je regardai mon corps nu ; regarder vraiment, j'entends. Je ne disposais alors d'aucun élément de comparaison, mais je peux maintenant affirmer qu'il était très réussi ; la taille fine, le buste fourni – le mot « seins » était à bannir ; une consonance beaucoup trop physique, à la limite de l'indécence – les jambes bien dessinées. A l'époque j'étais blonde, et je m'étais fait faire une coupe à la garçonne pour le mariage ; quant à mes yeux, larges et d'un violet assez pâle, ils ont toujours été mon trait le plus remarquable. Je n'aurais su le dire mais je voyais une femme désirable ; mon unique souhait était que ce qui devait suivre finisse le plus vite possible. Je dégageais encore plus de sensualité après avoir revêtu ma chemise de nuit, avec ses reflets soyeux couleur de pêche, mais je ne jetai pas de nouveau coup d'œil à la glace. Harold demeura caché tandis que je me glissais rapidement dans le lit.

– La salle de bains est libre, ai-je crié tout en remontant les couvertures jusqu'au menton.

Il m'a souri en traversant la pièce. Je demeurai allongée, les yeux fixés sur le plafond, me demandant s'il fallait prier. Pour quoi ? Pour que nous connaissions une période de paix dans le monde, voilà qui semblait une idée raisonnable ; je pouvais difficilement ignorer la période trouble que traversait l'Europe, même si en tant que femme j'aurais dû, selon mon père, ne montrer aucun intérêt pour l'univers tout masculin de la politique. Je songeai à ma sœur Eleanor, toujours célibataire et très probablement envieuse de mon sort, qui se trouvait à la maison, bien en sécurité. Ma chambre devait être vide ; mais ce n'était plus ma chambre. D'ailleurs je ne pourrais plus jamais dire « ma » chambre, mais la nôtre, à moi et Harold. Mon mari. A qui j'ai promis amour, fidélité et obéissance... Je me raidis sous les draps au moment où il sortit de la salle de bains. Il portait un nouveau pyjama, et mon regard s'arrêta sur la ceinture blanche qui formait un nœud au niveau de sa taille. Juste en dessous les lignes bleues du motif semblaient difformes, comme s'il portait quelque chose en dessous. Je ressentais une sorte d'excitation nerveuse, mais l'appréhension gagnait et j'étais au bord de la panique. Si seulement ma mère avait pu se montrer plus précise au sujet de certaines choses. Après notre conversation, j'avais feuilleté à la bibliothèque de Wilmsford un livre illustré sur l'art italien, examinant en détail un tableau de David enfant, m'attachant à trouver une correspondance entre ses insinuations et ce que je voyais. Harold ne ressemblait vraiment pas à l'enfant David... J'en ris aujourd'hui, bien sûr, mais j'étais innocente à ce point et sur le moment ce fut vraiment épouvantable. Il a éteint la lumière et s'est installé à côté de moi, passant un bras autour de mes épaules tremblotantes.

– La journée n'a pas été trop fatigante, n'est-ce pas ?

Je pense qu'il aurait suffi de répondre oui pour qu'il attende le lendemain soir, mais je murmurai que non. Soucieuse de jouer mon rôle – et cherchant désespérément à lui témoigner mes sentiments – je l'ai embrassé à nouveau en l'entourant de mes bras ; j'avais une image en tête, Clark Gable et Jean Harlow dans... J'oublie quel film, mais quand ils se sont embrassés, ils ne jouaient pas la comédie. J'ai prolongé le baiser très longtemps, délibérément, tant parce que je brûlais de lui montrer mon amour (je m'étais convaincue devoir en ressentir) que pour retarder ce qui devait suivre. Sa main s'est dirigée vers le bas, et il a remonté ma chemise de nuit jusqu'à ma taille, découvrant mes jambes – je m'attendais à cette partie-là – et il s'est mis à geindre légèrement, ce qui était très étrange de la part d'Harold. Il a ensuite fouillé sous les draps, puis j'ai senti une jambe nue contre la mienne ; une sensation surprenante, mais somme toute agréable. Sa main est revenue, s'attachant cette fois à malaxer mon corps (moitié supérieure) et je sentis contre ma hanche quelque chose que je ne parvenais pas à identifier. Je l'embrassai à nouveau mais eus le souffle coupé quand il se hissa sur moi, tout haletant ; il était lourd et je me sentais prise au piège. Ce que j'avais senti contre ma hanche se trouvait toujours là, et Harold, maladroitement, le déplaçait sans cesse ; voyez-vous, malgré ses trente-sept ans il était aussi vierge. J'ai ensuite crié quand il commença à m'ouvrir avec force, et subitement tout devint gluant. Il avait joui au moment même de la pénétration. (Naturellement, cette science ne m'est venue que par la suite. Je sais maintenant ce qui se passait – ma connaissance en la matière est même très poussée – mais sur le moment, tout à ma douleur, je me sentais effrayée et perdue.) Le plus déroutant fut sa réaction immédiate. Toute la tension s'est évacuée de lui et il s'est dégagé de moi, pivotant sur le côté. Ensuite, l'air embarrassé il s'est excusé.

J'ai oublié les mots exacts mais je me souviens qu'ils ne furent pas d'une aide considérable. Il s'endormit au bout de quelques minutes – au moins il ne ronflait pas – et je restai éveillée à écouter le bruit lointain des vagues. Etais-je enceinte ? C'était aussi simple que ça ? C'était ça, le mariage ? J'étais plus ou moins consciente d'avoir ressenti brièvement un plaisir physique étrange, mais si fugitif que je pensais l'avoir imaginé. Je tournai la tête et regardai mon mari. Pour le meilleur et pour le pire. Plus tôt, ce même jour, je me trouvais dans une église où j'avais prononcé ces vœux, convaincue d'y croire.

Le temps a été splendide toute la quinzaine ; nous sommes sortis deux soirs, pour un concert et un autre spectacle donné sur la jetée ; il y eut aussi les promenades le long du Great Orme, les après-midi passés à Happy Valley, où Harold prit des photos de moi avec son Brownie, ainsi que deux excursions en autocar ; une vers Snowdon, et l'autre jusqu'à l'île d'Anglesey, de l'autre côté du détroit de Menai, et même une sortie au cinéma pour voir Charles Laughton et Vivien Leigh dans St Martin's Lane ; sur le chemin du retour vers l'hôtel j'en chantonnai les airs, interprétés dans le film par Larry Adler et l'orchestre Carroll Gibbons, mais Harold avait trouvé cela trop léger à son goût. Le couple des Midlands nous a accompagnés jusqu'à Anglesey, et Harold et le mari – je n'arrive jamais à me souvenir de leurs noms – se sont entendus à merveille. J'appréciais que la femme, qui avait certainement deviné que nous étions en lune de miel, n'ait jamais indiqué que tel fût le cas. Si ce n'est à une occasion, alors que nous attendions dans le bus que nos maris reviennent. Elle m'avait poliment posé quelques questions sur ma famille, mais sa curiosité allait plus loin que je ne réalisais et, sans en avoir l'air, elle en avait appris beaucoup sur moi.

– Ils ne vont pas vous manquer, désormais que

vous êtes mariée ? m'a-t-elle demandé. C'est-à-dire, vos parents et votre sœur.

– Comment ? (La question m'avait prise de court.) Oh, non. Notre maison est située près de chez eux, et nous aurons tout le loisir de nous voir.

Je compris tout de suite que j'avais dévoilé mon jeu, et je rougis comme une pivoine. Elle me tapota la main, comme pour me rassurer. Elle et son mari étaient de la génération d'Harold et je n'étais pour eux guère plus qu'une enfant.

– Je suis convaincue que vous serez très heureuse, m'a-t-elle dit. Au début il faut s'adapter, mais ensuite tout va bien. Oh, regardez ! Ne trouvez-vous pas splendide cette lumière qui se réfléchit sur les montagnes ?

Elle n'est jamais revenue sur le sujet mais après cet échange elle m'adressa chaque soir, à l'heure du coucher, un sourire d'encouragement plein de chaleur. Je pourrais au moins me souvenir de son nom, elle qui fut mon alliée secrète.

Au cours de notre dernière soirée Harold se permit un petit extra, deux digestifs après le dîner. Ne me faites pas dire ce que je n'ai pas dit ; il n'était pas ivre, et son comportement n'avait rien du tout de choquant ; mais ce soir-là, après avoir rejoint notre chambre, il m'embrassa en y mettant du cœur, et pour la première fois nous avons fait l'amour avec un certain degré de réussite. Après, je me blottis contre lui et trouvai rapidement le sommeil. Tôt le lendemain matin, je quittai discrètement ma chemise de nuit et m'allongeai sur lui, caressant son visage jusqu'à ce qu'il se réveille... Ce qui le choqua. J'avais déjà commencé à faire mon chemin toute seule.

Malgré tout, je devins une Mrs Harold Barlow des plus irréprochables. A préparer ses repas, repriser ses chaussettes, laver son linge, tenir sa maison, le soigner les rares fois où il fut malade. A mesure qu'il gravissait les échelons chez Coombes Brothers mes obligations liées à ses fonctions prirent de l'importance, et je sus être pour lui un atout. J'opinais sagement tandis qu'il se lançait dans des discussions politiques, j'acceptais ses opinions sans rien dire. Le soir, quand il ne passait pas un de ses disques de musique classique, nous écoutions la troisième station de la BBC, et je m'occupais à tricoter ou à broder. J'ai porté ses enfants et accepté ses principes pour leur éducation. Tout cela parce qu'il était un bon mari, quelqu'un d'honnête et de travailleur, un homme bien, responsable et solide comme un roc. J'avais choisi – mettons plutôt, on avait choisi pour moi – un homme qui puisse remplacer mon père et je parvins à me convaincre que j'étais satisfaite, et même bien chanceuse. Vingt ans durant je me suis contentée d'une situation dont une partie de moi éprouvait de plus en plus de mal à se satisfaire, et personne ne s'est jamais douté de rien.

Jusqu'à ce que la mort nous... Harold est mort le 17 juin 1959, alors que mes enfants se trouvaient seuls avec lui à l'hôpital. Naomi l'ambitieuse, l'impatiente, Richard le dur et Tim le doux. Ils sont devenus si différents les uns des autres qu'il m'a fallu adapter l'amour que je leur porte à chacun. Ils restent cependant liés par cet après-midi où ils ont vu ensemble leur père mourir. Quelle qu'ait pu être leur peine, je sais bien qu'ils ont aussi éprouvé un sentiment de délivrance, ce dont ils se sentent aujourd'hui toujours coupables. J'ai bien tenté de leur dire qu'il n'y avait aucune raison, mais rien n'y fait, et cela m'inquiète. Voyez-vous, je ne suis jamais parvenue à leur avouer que pour ma part, je ne me suis à aucun moment sentie coupable de ma réaction en reposant le combiné, après que l'hôpital m'eut appelée pour me demander de venir immédiatement ; ils n'avaient pas dit pourquoi, mais je savais. Et alors que j'appelais un taxi j'eus la conscience quasi douloureuse d'être libre, soulagée que ce cher Harold, si fidèle et ennuyeux, ne sache jamais à quel point je l'avais trahi.

5

UNE TRAGÉDIE FAMILIALE

Harold Barlow s'est effondré sur une table de dessin le 14 mars 1958, alors qu'il ajoutait un détail sur un plan à moitié achevé ; la mine du crayon qu'il tenait a quitté la règle pour partir vers le haut, suivant une trajectoire incontrôlée, presque folle, avant de transpercer le papier et venir se casser contre le bois de la table. Il était inconscient quand le secouriste de Coombes Brothers déboula dans la pièce ; en soulevant ses paupières, il put voir que ses pupilles étaient dilatées, et seuls son pouls ralenti et sa faible respiration indiquaient qu'il fut toujours en vie. Transporté en ambulance jusqu'à Wilmsford Cottage Hospital, les radios révélèrent une tumeur insoupçonnée due à la rupture d'un vaisseau sanguin au niveau des méninges, la membrane située entre le crâne et le cerveau.

On l'installa dans une chambre individuelle située dans l'unité Pennine ; les hautes fenêtres à guillotine donnaient sur le parc de l'hôpital. Le sol était recouvert d'un linoléum dont la couleur rappelait celle des murs, d'un pâle vert olive ; le mobilier se limitait à trois chaises en tubes d'acier, le siège en plastique rouge de l'une d'entre elles légèrement fendu, et une table de chevet en métal sur laquelle reposaient un vase, dont les fleurs étaient changées très régulièrement par son épouse qui en apportait de nouvelles cueillies dans leur jardin, des cartes lui souhaitant un prompt rétablissement (envoyées par sa belle-sœur, les directeurs et les employés de Coombes Brothers, et ses collègues du conseil de paroisse) et une photo de ses enfants. On avait accroché au bout du lit en métal des graphes où étaient notés sa température et son pouls. Sur l'un des côtés du lit une bouteille était suspendue à l'envers, fixée à un montant ; le tube qui en sortait passait par sa narine droite, jusque dans l'estomac. De l'autre côté, un tube plus épais sortait d'un cylindre métallique noir et était relié à un masque lui couvrant la moitié inférieure du visage. Ce qui ressemblait à la vessie rose d'un ballon de football pendait du cylindre, et se gonflait et se rétractait au rythme de sa respiration régulée artificiellement. La pièce demeurait silencieuse, hormis les doux soupirs de cette vessie.

Il gisait, là, immobile, sous les draps et le dessus-de-lit couleur de sable où l'on avait cousu dans un coin, en lettres rouges, le nom de l'hôpital. A chaque visite, sa femme lui dégageait doucement le bras droit et prenait sa main tout en lui parlant du quotidien ; ce que faisaient les enfants, les menus potins de leur quartier. Deux fois par semaine, deux infirmières rabattaient draps et couvertures, lui épongeaient le corps et le faisaient ensuite basculer sur une de ses hanches afin d'appliquer des onguents sur les esquarres. On lui coupait les ongles tous les quinze jours, et les cheveux une fois par mois. Mr Hardcastle, le spécialiste, passait le voir toutes les semaines au cours de sa tournée et demandait à sœur Poole si l'on avait observé la moindre réaction au son, à la lumière ou à tout autre stimulus ; la réponse était toujours non. La tumeur, cet obstacle infranchissable, avait coupé tous les ponts le reliant à la conscience. Il demeurait dans cet état depuis presque un an quand le chirurgien maison s'entretint avec Florence Barlow, dans le bureau de la religieuse qui supervisait le service.

– Mr Hardcastle m'a demandé de vous parler à nouveau, dit-il. La semaine dernière nous avons demandé à un spécialiste de Harley Street d'examiner votre mari, et ses conclusions rejoignent les nôtres. Une opération présenterait trop de risques. Cela a déjà été tenté dans des cas similaires, mais avec pour résultat soit la mort du patient, soit un coma irréversible.

– Mais mon mari est déjà dans le coma.

– Bien sûr, mais... Mrs Barlow, je ne veux pas

vous donner de faux espoirs, mais on a connu des cas de patients connaissant au moins un rétablissement partiel. Il y a même eu récemment un article dans *The Lancet*, au sujet d'une Américaine qui a en partie recouvré ses facultés de parole.

– Au bout de combien de temps ?

Le médecin parut mal à l'aise.

– Je crains que cela n'ait pris beaucoup de temps. Environ sept ans, autant que je me souvienne.

– Et seulement pour être capable de parler un peu.

– Certes, mais le cerveau est la partie du corps sur laquelle il nous reste le plus à apprendre. Et pour ce qui s'agit de votre mari... Bon, je ne suis pas en mesure de faire de prévisions, mais presque tout reste possible.

– Y compris, naturellement, qu'il demeure dans le même état.

La première fois que le chirurgien avait rencontré Florence Barlow, il avait été surpris. Alors que son mari avait presque soixante ans, elle-même en avait bien moins de quarante. C'était une femme séduisante qui de toute évidence ne manquait pas d'intelligence. Il avait compris d'emblée qu'il ne pourrait pas la tromper avec des platitudes banales ou des espoirs infondés, aussi s'en était-il abstenu.

– L'unique certitude est que nous pouvons maintenir votre mari en vie, Mrs Barlow. Mais je ne peux rien promettre d'autre.

– Et combien de temps pouvez-vous le maintenir en vie ?

– C'est impossible à dire. A l'exception de la tumeur, sa santé est excellente pour un homme de son âge. Son cœur est solide, et nous n'avons décelé aucune maladie.

– Il pourrait donc atteindre quel âge ? Soixante-dix ans ? Quatre-vingts ans ?

– Pour parler franchement, Mrs Barlow, oui. Comme il pourrait mourir demain. Le fait est que nous ne savons pas. Et il n'y a rien d'autre à faire pour lui.

Elle contempla quelques instants son sac à main, posé sur ses genoux, puis leva les yeux et dit en hochant légèrement la tête :

– Merci, docteur. J'apprécie votre franchise. J'aimerais maintenant aller m'asseoir quelques instants auprès de lui.

– Mais bien sûr. (Il y avait longtemps que la famille n'était plus soumise au régime des heures de visite.)

– Permettez-moi tout de même de clarifier une chose, dit-elle tout en se levant. Voulez-vous dire qu'il y a une chance, même infime, que mon mari récupère complètement ?

Il déploya ses mains.

– Mrs Barlow, dans certaines circonstances il serait indécent pour un médecin de faire des prophéties. Je n'ai jamais entendu parler d'un tel cas, mais je ne peux pas dire que c'est impossible. Peut-être voulez-vous en parler avec Mr Hardcastle ?

– Me dirait-il autre chose ?

– Non... je suis désolé.

– Inutile donc que je le dérange. Il a beaucoup à faire.

Florence passa plus d'une heure assise au chevet de son mari. Elle n'avait été ni choquée ni effrayée par ce qu'elle venait d'entendre ; elle avait déjà compris la situation et, à maints égards, commencé à l'accepter. Maintenant les choses étaient confirmées, et il lui fallait envisager le reste de sa vie en intégrant la possibilité qu'Harold survive dans cet état végétatif. Elle avait toujours su rester sensée, capable de préserver ses émotions des exigences domestiques qui incombaient au quotidien à la mère et à l'épouse. Il lui faudrait prendre rendez-vous avec Mr Douglas, le patron d'Harold, pour lui expliquer la situation ; par politesse autant que pour apprendre quelle position adopterait Coombes Brothers. Jusqu'alors, le salaire d'Harold avait continué d'être versé, mais... D'ailleurs, le compte était au seul nom d'Harold, il faudrait donc aussi voir le directeur de la banque, et sans doute aussi son avocat à elle. Les professeurs principaux des enfants devaient être prévenus, même s'ils étaient déjà au courant des événements. Il y avait aussi des lettres à écrire ; au président du club de golf, à quelques amis, au cousin d'Harold qui habitait Toronto, et aussi à cet homme – comment s'appelait-il déjà ? Summers ou Summerville – de Southampton avec lequel Harold avait entrepris de jouer aux échecs par correspondance, il avait très gentiment témoigné de son intérêt. Et ce séjour touristique qu'elle avait réservé depuis plusieurs mois, en partie pour redonner un peu de normalité à cette vie devenue anormale, mais aussi dans le fol espoir de voir Harold se remettre aussi soudainement qu'il avait pu tomber malade. Il n'était pas trop tard pour annuler... après tout, pourquoi annuler, cela ne ferait qu'ajouter au sentiment éprouvé par les enfants d'avoir vu leur vie chamboulée. Elle pouvait très bien les emmener, pourvu que l'hôpital sache où la joindre ; dans la mesure du possible, elle devait continuer à vivre normalement.

Les questions d'ordre pratique finirent par tant se bousculer qu'il lui devint impossible de les envisager toutes sur le moment. Elle les oublia un instant et tendit la main pour caresser le front de son mari, des larmes silencieuses coulant le long de son visage. Elle jugeait souvent s'être mariée – ou l'avoir été – trop rapidement, mais Harold avait toujours été honnête, celui sur lequel on pouvait compter, un être certes prévisible et routinier, mais d'une correction irréprochable. Elle ne lui devait aucun étonnement, mais aucune souffrance non plus. Il n'avait jamais partagé son goût pour l'opéra – sauf pour assister par devoir à une représentation de chacune des productions dans lesquelles elle avait figuré – mais n'avait rien fait pour l'en dissuader, et elle avait continué de s'y consacrer. Cruelle ironie, peu de temps avant qu'il ne tombe malade elle avait tenu le rôle principal dans *La Veuve joyeuse* de Lehar – avec Donald Barraclough dans le premier rôle masculin. Ce cher Donald, lui qui s'était montré si compréhensif et soucieux en apprenant la nouvelle, sans parler de la délicatesse avec laquelle il s'était maintenu à l'écart, alors qu'il habitait la porte à côté...

De la confusion, elle en ressentait. Et de la culpabilité, des remords. Et que dire des promesses attirantes, tout aussi tentantes qu'interdites, et désormais d'autant plus déchirantes ? Que serait-il arrivé si Harold n'était pas tombé malade ? Qu'*était*-il arrivé au juste ? Tout avait commencé dans l'innocence la plus parfaite, avec de ces conversations légères, agréables, qui se terminent souvent en fou rire ; avant de s'engager progressivement sur un terrain plus profond, inconnu mais d'une nouveauté captivante. Ses remarques sur Cicely, au début de simples allusions détournées, mais qui le conduisirent à avouer ouvertement l'échec de son mariage ; elle-même avait eu des gestes de pure sympathie, qui avaient gagné en assurance sans qu'elle y prenne garde, jusqu'à ce soir où il l'avait embrassée, alors qu'ils se trouvaient dans sa voiture. A leur rencontre suivante il s'était excusé, affirmant qu'ils devaient rester amis comme avant, mais (et Florence reconnaissait ici sa part de responsabilité) tout avait continué ; à tel point que, durant toutes les répétitions de Iolanthe, elle n'avait écouté qu'à moitié le producteur et le chef d'orchestre, n'attendant que le moment où Donald la ramenait chez elle. C'était l'histoire d'amour qu'Harold n'avait jamais su lui apporter, une sorte de cour comme dans les opérettes, dont on se régalait d'autant plus que le frisson du péché l'accompagnait. Physiquement cela s'était limité à quelques étreintes, où se mêlaient du soulagement et le sentiment d'avoir trouvé quelque chose, mais chacune avait été plus chaleureuse, plus fiévreuse que la précédente, comme une étape franchie vers ce qui devait inévitablement arriver ; ce que Florence, qui s'accommodait de chaque nouvelle étape, savait de plus en plus vouloir. Donald avait libéré un besoin en elle, un besoin dont elle avait ignoré l'existence.

Florence réinstalla le bras de son mari sous les draps et lui embrassa le front. Il fallait d'abord voir Mr Douglas, ensuite le directeur de la banque, puis... non, la première chose était de parler aux enfants, pour leur annoncer que les médecins abandonnaient la partie, après des mois où tout avait semblé bon pour redonner espoir, envisager des examens supplémentaires, faire appel à des spécialistes, s'attacher aux signes « encourageants », se convaincre d'avoir à affronter un challenge médical. Une seule chance demeurait, que leur père se remette parce que quelque chose d'inexplicable viendrait le libérer de la prison intérieure où il était muré. Le destin aveugle et capricieux, qui l'avait réduit à son état présent, devenait son unique sauveur éventuel.

Assise sur l'établi de son père, Naomi regardait par la fenêtre du cabanon, contemplant les roses sur le treillage derrière lequel se trouvait le potager, laissé à l'abandon depuis sa maladie. Le cabanon sentait l'huile et la sciure, mais tout y demeurait en ordre et l'espace occupé au mieux, avec les outils (en état de marche) rangés à leur place, les morceaux de planches (les restes de divers travaux effectués dans la maison) conservés dans un coin, les clous, vis et rondelles rangés sur les étagères, suivant leur taille, dans des boîtes en métal étiquetées, et, pendus à leurs crochets, râteau, pelle, binette et fourche. Quand ils étaient petits, elle et ses frères avaient l'autorisation d'y jouer tant qu'ils promettaient de ne rien toucher ; elle était incapable de se souvenir quand ils s'y étaient trouvés réunis pour la dernière fois. Mais, comme par instinct, ils s'y retrouvaient en cet instant ; Richard et Tim étaient assis sur la vieille malle noire dans laquelle leur père gardait ses pots de peinture entamés. Un soleil d'après-midi s'engouffrait par la porte ouverte, et un nuage de poussière luisait avec paresse dans les rayons.

– Quand va-t-il mourir ? demanda Tim, d'une voix calme.

– Maman dit que selon le docteur il pourrait aller mieux tout d'un coup, répondit Naomi.

– Mais il a aussi dit qu'il pouvait très bien ne jamais se réveiller.

Tim se mit à sangloter et Naomi sentit tout d'un coup à quel point elle était l'aînée ; elle réagit comme pouvait le faire sa mère lorsqu'elle réconfortait son mari.

– Voyons, Tim. (Elle se laissa descendre de l'établi pour s'agenouiller à ses côtés, prenant soin de remonter sa jupe pour ne pas la salir – tous portaient encore leurs uniformes scolaires – et lui prit la main.) Ça n'est pas pire qu'avant.

– Mais ça ne s'améliore pas. Le problème, c'est de savoir quand on va y faire quelque chose.

Naomi menaça Richard du regard.

– Ce n'est pas le moment.

Il haussa les épaules.

– Tim sait très bien de quoi je parle.

Son frère hurla et, avant que Naomi ait pu l'arrêter, il bondit, se précipita hors du cabanon et courut vers la maison. Tout en se levant, elle ferma les yeux et soupira, comme de lassitude.

– Tu ne sais vraiment pas quand il vaut mieux la fermer ! Je sais très bien de quoi nous avons parlé – et que tu en as dit un mot à Tim – mais revenir là-dessus en ce moment...

Elle lui tourna le dos, aussi stupéfaite que furieuse.

Richard se souciait peu de son humeur. Dès que leur mère avait rapporté les nouvelles de l'hôpital, il avait décidé qu'il était important de saisir l'occasion. Les docteurs avaient perdu tout espoir, le moment était venu de faire valoir ses arguments à propos de la mort de leur père. Une fois Naomi acquise à sa cause – il sentait bien qu'elle avait commencé à se rapprocher de son point de vue – Tim suivrait inévitablement.

– Je me montre juste réaliste, a-t-il avancé. Ça prend encore plus de sens maintenant, non ?

– Ce n'est pas le moment d'en parler, a-t-elle répété. Je ne sais vraiment plus quoi penser.

– Alors tu laisses tomber l'idée, c'est ça ?

– Je t'en prie... ne m'en parle pas...

Trop soucieux de ne pas relâcher l'emprise qu'il avait mis des semaines à échafauder, Richard commit une erreur.

– On dirait que tu ne veux pas faire face au fait que tu le détestes.

Il glapit en recevant un coup de pied au tibia ; angoissée et enragée, Naomi s'était mise à respirer vite et fort.

– Ne redis jamais ça, Richard ! (Il tressaillit en la voyant ramener son pied en arrière d'un air menaçant, et lui adresser un signe de la tête.) Compris ?

– O.K. ! marmonna-t-il.

Elle aperçut les larmes lui venir aux yeux au moment même où il baissa la tête.

– Y a intérêt. Pour le moment, nous devons faire tout notre possible pour aider maman.

– Comment ? (Il se cacha les yeux avec le bras avant de la regarder.) La seule chose qui l'aiderait vraiment serait qu'il meure, on le sait bien. Et s'il vit comme ça des années...

– Je t'ai prévenu, Richard, interrompit-elle sèchement. Pas aujourd'hui.

– Alors demain ? La semaine prochaine ? A moins que tu n'aies une meilleure idée pour aider maman.

– Laisse tomber pour le moment, veux-tu ? Peut-être que nous... Je vais voir comment va Tim.

Après qu'elle fut partie, Richard sortit de sa poche un paquet tout froissé de cigarettes Woodbines, tout en se frottant le tibia de l'autre main ; il y avait peu de chances que quelqu'un vienne jusqu'à la remise et le surprenne en train de fumer. Les hésitations des autres l'agaçaient d'autant plus que lui-même était tout à fait décidé. Leur père n'était certes pas mort, mais c'était tout comme ; dès l'instant qu'il ne garantissait plus la stabilité financière, son existence vidée de tout sens devenait une menace. Leur mère n'avait pas parlé de son travail, sauf pour dire qu'elle comptait s'entretenir avec Coombes Brothers, mais Richard avait depuis longtemps compris qu'ils ne verseraient pas son salaire indéfiniment. Dès lors, il lui fallait maintenir Naomi et Tim en laisse tant qu'eux-mêmes ne l'auraient pas constaté. Naomi souhaitait aller à l'université, et Tim s'inquiéterait de savoir comment sa mère se débrouillerait. Richard se mit à envisager comment employer au mieux ses talents de manipulateur.

Quand Naomi pénétra dans sa chambre, Tim sanglotait, allongé, le visage enfoui dans l'oreiller. Une de ses mains serrait un lapin en peluche, rendu difforme au fil des années par la tendresse enfantine ; même les railleries de Richard avaient été impuissantes à le lui faire abandonner. Elle s'assit à ses côtés et lui caressa les cheveux pour le réconforter.

– Allez, dit-elle d'un ton apaisant. Ça fait longtemps qu'on s'y attendait.

– Mais ça ne change rien, balbutia-t-il.

– Je sais bien... mais ce n'est pas en pleurant que tu vas aider maman, et c'est pour elle que nous devons faire quelque chose.

– Comme quoi ?

– Juste en étant présents. En la soutenant. C'est peut-être terrible pour nous, mais pour elle... enfin, ce n'est pas pire, mais aussi difficile. On ne peut pas la laisser tomber.

– Est-ce que... (Il se retourna brusquement et la regarda.) Et ce que Richard a dit ?

Naomi hésita ; elle ignorait combien Richard en avait dit à Tim.

– Que veux-tu dire ?

– Au sujet de... de... Je ne peux pas le dire. Mais tu sais bien, il t'en a parlé.

– Tu veux dire de mettre un terme à la situation de papa ?

– C'est ça... pour aider maman. Ça l'aiderait, non ? Elle ne pourra pas s'en sortir si Coombes Brothers arrête de payer le salaire. Elle devra vendre la maison et habiter ailleurs, comme dans une H.L.M. Je ne pourrais pas supporter ça.

– On n'est pas sûrs qu'ils vont arrêter de payer.

– Richard m'a dit que si. Toi tu penses que non ?

– Je ne sais pas... peut-être... (Elle se mit soudain à pleurer.) Pourquoi tout cela est arrivé, Tim ?

– J'sais pas. (Il lui prit la main en la serrant très fort.) J'ai peur, Nimmy. Qu'est-ce qu'on va devenir ?

– On va s'en sortir, affirma-t-elle.

– Mais comment ? Sauf si... enfin, tu sais...

Ils se regardèrent longuement, et Naomi finit par dire :

– Tu ferais tout pour maman, non ? Moi aussi.

Elle cherchait seulement à montrer combien elle appréciait la sollicitude de son frère, mais c'était une de ces phrases que l'on prononce comme ça et dont l'autre se souvient, parce qu'il l'a perçue comme étant importante. Les enfants eurent de nombreuses autres discussions au cours de cette période, et il ne s'agissait là que d'un moment très bref, mais ce fut le tournant majeur, l'instant à partir duquel le plus réticent commença à se décider. De nouveau seul, Tim retourna les mots dans sa tête : « Tu ferais tout pour maman, non ? » Mais oui, bien sûr.

Florence avait replié ses bras devant elle, et se tenait contre le placard de la cuisine, le plus loin possible de Donald Barraclough.

– Comment ont réagi les enfants ? demanda-t-il.

– Pas trop mal. Je les ai laissés seuls pour qu'ils puissent en discuter.

– Et quand vas-tu chez Coombes Brothers ?

– Demain matin. La secrétaire de Mr Douglas m'a tout de suite donné un rendez-vous.

– Je suis certain qu'ils feront tout leur possible.

– On verra bien. Je ne me fais pas trop d'illusions. Mon père disait toujours qu'il n'y avait pas de place pour les sentiments dans les affaires.

– Mais Harold est chez eux depuis des années. Ils vont bien...

– Je ne me fais pas d'illusions, répéta-t-elle avec fermeté. Harold a toujours soutenu que le conseil devait d'abord se soucier des actionnaires.

Comme il tourna la tête, elle se mordit la lèvre. Il y avait des moments où elle le trouvait très beau, plus proche d'une idole de cinéma que d'un représentant pharmaceutique. Elle brûlait d'être dans ses bras.

– Surtout, si je peux aider en quoi que ce soit, tu n'as qu'à demander.

Florence se crispa quand il fit mine de s'avancer vers elle.

– Non, je t'en prie, Donald. Ne me touche pas. Ce serait trop cruel en ce moment.

Il s'arrêta.

– D'accord. Je suis désolé, Florence. Mais ça faisait tellement longtemps que nous n'avions pas parlé sérieusement, et je voulais... Je n'aurais pas dû venir.

– Cela m'a fait plaisir. Laisse-moi le temps de faire le point, et ensuite... Enfin, laisse-moi le temps. Mais je voudrais bien que tu partes, maintenant.

Elle se retourna et ferma les yeux, demeurant ainsi en silence assez longuement, ne les ouvrant qu'en entendant la porte se fermer derrière lui. A travers les portes en verre fumé du placard, elle pouvait distinguer le contour flou des nouvelles assiettes qu'elle avait achetées la veille qu'Harold ne tombe malade. Il n'avait pris aucun repas avec, et ne devait désormais jamais le faire. Comme il ne passerait plus ses disques de Brahms ou Bach, ne tenterait plus d'améliorer son score au golf, ne se plaindrait plus des factures, ne critiquerait plus les travaillistes, ne rigolerait plus devant la télévision, n'écrirait plus de lettres que le *Times* ne publierait pas, ne désherberait plus les plates-bandes, ne s'informerait plus des résultats de cricket... une multitude de choses infimes. Certaines l'avaient irritée, mais toutes faisaient partie de l'homme qu'était son mari. Cet homme sur lequel on pouvait compter, décent, responsable... et qu'elle avait trompé en tout, excepté l'acte ultime d'infidélité conjugale.

Il demeurait maintenant impuissant, son esprit prisonnier d'un corps qui ne valait guère mieux qu'un cadavre. Il ne comptait plus comme père, incapable qu'il était d'assumer ce que lui-même considérait être son devoir ; c'en était aussi fini de ses fonctions de directeur de la recherche chez Coombes Brothers, vu qu'il ne pouvait plus penser ; et du golfeur, il ne pouvait plus bouger, ou de l'amateur de musique, il ne pouvait plus entendre... Elle s'arrêta. Mari, il le demeurait. Peut-être cesserait-il sous peu d'assurer leur gagne-pain, et elle ne sentirait plus jamais sa présence imposante à ses côtés la nuit, comme elle ne cuisinerait plus pour lui, ne laverait plus ses habits, et ne se rangerait plus jamais à ses opinions, en épouse soumise. Mais il était toujours son mari – et le resterait peut-être encore des années.

Derrière le bureau de Douglas Coombes, un portrait de son père, Mr Thomas qui avait fondé l'entreprise en 1902, était accroché au mur ; son fils commençait à lui ressembler, avec une chevelure ondulée virant au blanc, des traits fleuris qui tendaient à s'empâter, faisant ressortir à l'excès le long nez fin propre aux Coombes. Tant qu'il l'écouta, son regard resta sympathique, plein d'attention. Quand elle eut fini il secoua la tête, l'air triste.

– Mrs Bar... Vous ne voyez pas d'inconvénient à ce que je vous appelle Florence ? Très bien. Permettez-moi d'abord de vous exprimer, au nom du conseil mais aussi en mon propre nom, combien nous sommes bouleversés et peinés de ce qui arrive. Harold était... je suis désolé, Harold est toujours un des nôtres. Quand j'ai rejoint la société, mon père s'est montré plus qu'élogieux à son sujet, et il n'était encore que cadre moyen. Mr Thomas a été ravi de suivre la progression de sa carrière.

– Harold a toujours été très heureux ici, Mr Douglas. Coombes Brothers a toujours occupé une place importante dans sa vie.

– Croyez-moi, Florence, nous en sommes tous conscients... Vous disiez que le médecin estimait qu'un rétablissement restait envisageable ?

– Oui, mais ce n'est qu'une éventualité. Et même dans cette hypothèse il pourrait y avoir des séquelles. C'est pourquoi j'ai besoin de connaître la position de votre société.

– Naturellement. (Il sortit un stylo en or de la poche intérieure de sa veste, et tendit la main pour attraper un bloc-notes.) Vous ressemblez bien à Harold, très concrète... Rappelez-moi, voulez-vous, quand est-il tombé malade précisément ?

– Le 14 mars de l'année dernière.

– Le 14. (Il écrivait tout en parlant.) Il y a tout juste un peu plus de douze mois. Comme vous le savez, le conseil a continué régulièrement d'autoriser le versement intégral de son salaire, et ce bien au-delà des six semaines d'usage.

– En effet. (Elle baissa la tête, ne pouvant supporter cette situation dégradante.) J'en suis très reconnaissante.

Douglas Coombes s'inclina en arrière, faisant pivoter son fauteuil directorial légèrement d'un côté.

– Néanmoins, vous comprendrez que nous devions revoir notre position au vu de ce que vous venez de m'annoncer, dit-il. Cela figure déjà à l'ordre du jour du prochain conseil, et la direction exigera d'être parfaitement tenue au courant. J'apporterai des éclaircissements – et naturellement, nous souhaitons tous le rétablissement d'Harold – mais en attendant...

Alors qu'il ouvrait une chemise en carton grise, Florence resserra ses mains autour du fermoir métallique de son sac, qu'elle tenait sur ses genoux.

– Harold avait accès à notre plan de retraite pour les cadres depuis cinq ans, quand il a été nommé directeur de la recherche. Il avait choisi un taux moyen de cotisation. Ce qui aurait normalement donné lieu à... enfin, il est inutile d'en parler. Tout ça pour vous dire que nous avons contacté nos assureurs qui certifient que, au cas où il ne pourrait reprendre son travail, les cotisations vous seront reversées. Intégralement.

– Cela représente quel montant ?

– Quelque chose avoisinant les deux cents livres... Si vous le souhaitez, je peux demander à ma secrétaire de trouver le chiffre exact.

– Non, merci, Mr Douglas. J'ai rendez-vous plus tard dans la matinée avec le directeur de notre banque, et il devrait pouvoir se contenter d'un montant approximatif pour me dire... (Elle baissa à nouveau les yeux.) Je vous prie de m'excuser, tout ceci est éprouvant.

– Je vous en prie. (Un court instant, Douglas Coombes ressembla encore plus à son père.) Y a-t-il autre chose que vous souhaitiez me demander ?

– Oui. (Elle passa un de ses pouces le long du fermoir.) J'ai besoin de savoir – c'est-à-dire que la banque aura besoin de savoir – si vous allez me verser des sommes supplémentaires. Je suis bien consciente de ce que la société a déjà fait, mais je dois savoir si...

– Je m'attendais à cette question, interrompit-il. Comme je l'ai déjà dit, dans le cas d'Harold nous avons déjà été bien au-delà de nos pratiques habituelles. Cependant, au vu de la situation présente, le conseil voudra... pouvez-vous me donner le nom de son spécialiste ?

– Mr Hardcastle... Il me semble que son prénom commence par un G.

– Mr G. Hardcastle. (Il écrivit le nom sur son

bloc-notes.) Si vous n'y voyez aucune objection, nous aimerions lui demander un rapport médical officiel.

– Cela ne me dérange pas.

– Je le pensais bien. Je ferai mon possible pour l'avoir avant la réunion. Ensuite... la décision appartient naturellement au conseil, mais je pense – avec regret – qu'ils devront sérieusement reconsidérer leur position.

– Vous voulez dire que son salaire ne sera plus versé ?

Il soupira.

– Je le crains... mais pas dans l'immédiat. Je proposerai au conseil que son salaire soit encore versé intégralement pendant trois mois – à compter de la réunion, cela nous mènerait jusqu'à la fin juillet – et je suis certain d'obtenir l'accord. Mais après... Je suis désolé, Florence, mais vous comprendrez bien que nous devions nous en tenir à certaines règles.

– Harold est chez vous depuis plus de trente-cinq ans.

– Comme beaucoup de nos employés, certains même depuis plus longtemps. Nous devons veiller à ne pas créer de précédent.

Florence se leva.

– Merci de m'avoir reçue, Mr Douglas. Vous avez parfaitement expliqué votre position.

Il se leva aussi.

– Je suis simplement désolé de ne pouvoir dire autre chose. Mais, vu les circonstances... et il va sans dire que si Harold récupérait, ce que nous souhaitons tous, nous nous ferions un plaisir de le reprendre.

Elle serra les lèvres.

– Et moi donc. Bonne journée, Mr Douglas. Et merci du temps que vous m'avez consacré.

Les usines de Coombes Brothers étaient situées à l'écart de la route principale où Florence Barlow devait prendre le bus qui la conduirait en ville. Elle franchit le portail de l'usine et marcha le long du grillage qui jouxtait les bâtiments récemment construits, n'entendant plus que le martèlement assourdi des machines et le hurlement soudain d'une sirène qui marquait le début de la pause matinale des ouvriers. Durant plus de la moitié de sa vie, Harold avait remonté cette route matin et soir, à pied, à vélo ou en voiture. Il se vantait de n'avoir jamais pris que cinq jours d'arrêt – un à l'occasion de la naissance de chaque enfant, et deux en 1948, à cause d'une grippe. Désormais, il ne valait plus que le reversement de ses propres cotisations de retraite et trois mois de salaire en solde. Cela la mènerait jusqu'où, avec une famille qu'il fallait encore élever, et le reste de sa vie devant elle ? Sa vision se troubla sous les larmes, non par peine ou inquiétude, tant elle avait déjà pu pleurer pour ces motifs. Ces larmes témoignaient sa colère, son ressentiment – et une partie de cette amertume visait son mari, auquel elle en voulait de continuer à vivre.

6

LE 17 JUIN 1959

Quand ils commencèrent à lui rendre visite seuls, les enfants d'Harold Barlow le faisaient par devoir – envers leurs deux parents – mais ils éprouvaient aussi un ressentiment dont ils étaient peu fiers. Aucun père de leurs amis n'avait imposé un tel fardeau à sa famille ; ils perdaient la liberté qu'ils avaient connue le samedi après-midi tandis que leur mère faisait les courses ; et que pouvaient-ils bien faire sinon contempler cet être inerte, silencieux et impotent ? Cette heure entre deux et trois contaminait le reste de la journée ; le matin on redoutait la veillée à venir, mais après coup on se sentait coupable. Au cours des premières visites ils se contentaient d'attendre, mal à l'aise, jetant fréquemment un regard furtif aux aiguilles de leurs montres, si lentes à progresser ; chaque bruit insignifiant qui témoignait de la vie de l'hôpital suffisait à rompre cette monotonie mortelle, et chaque voix entendue dans le couloir venait leur rappeler qu'il existait toujours des personnes vivantes. Petit à petit ils se sont mis à parler ; quelques remarques insignifiantes, comme il paraissait aller beaucoup mieux tel jour, tous les combien changeait-on son cylindre à oxygène, ou encore que pouvaient signifier les graphes et les données affichés au pied du lit. A mesure que la situation leur devenait familière ils l'acceptèrent, et ils amenèrent des livres pour lire, des jeux, des bandes dessinées, et même leurs devoirs. Ils prirent l'habitude de bavarder d'autres choses, au point que cette heure finit par se fondre avec le reste de leur week-end, l'homme allongé sur le lit ne méritant pas plus qu'on s'y attarde que la vue d'une fenêtre trop bien connue. Au moment du départ, Naomi l'embrassait sur le front et les deux frères lui prenaient la main d'un geste très empreint ; Harold Barlow appartenait à cette génération d'hommes que leurs fils n'embrassaient pas. C'était devenu un bref rituel qu'ils effectuaient sans y réfléchir, plus pour se conformer à l'idée qu'ils se faisaient du comportement à avoir, que pour manifester leur amour ; cela prit fin quelques mois avant sa mort.

Le personnel du service s'était tant habitué à leurs visites que personne ne remarqua, le 17 juin 1959, qu'ils étaient arrivés sans livres, contrairement à l'ordinaire. L'infirmière du service leur sourit dans le couloir, en guise de bonjour, et ils pénétrèrent dans la chambre ; Richard ferma la porte d'un air décidé. En arrivant, Naomi avait pris l'habitude d'embrasser son père sur le front tout en prononçant doucement : « Bonjour, papa », mais ce jour-là elle ne voulut pas le toucher. Il s'écoula quelques minutes avant que l'un d'entre eux ne parle :

– Et si quelqu'un entrait pendant que nous...

Tim semblait terrorisé. Richard l'interrompit sèchement :

– Ça n'est jamais arrivé avant.

Il était sur les nerfs. Son regard parcourait la pièce sans savoir s'il cherchait quelque chose, et son estomac était noué. Il avait conduit les autres jusqu'à ce point et c'était à eux de franchir le dernier pas.

Il y eut un nouveau silence avant que Tim, d'une voix douce, ne demande :

– Quand ?

Richard regarda sa montre.

– Dans environ un quart d'heure. On pourrait suspecter quelque chose si nous n'agissons pas bientôt.

Naomi se dirigea vers la fenêtre et contempla les pelouses et parterres de fleurs qui s'étendaient jusqu'aux barrières bordant la route principale. Un système d'arrosage à rotation déversait un véritable torrent sur la pelouse et, au loin, quelqu'un poussait un malade en chaise roulante. Ils se trouvaient au cœur d'un été torride et la chaleur devait persister cette année-là bien au-delà du début de l'automne. Elle aperçut un bus 47, celui qu'ils prenaient pour rentrer chez eux, s'arrêter le long de l'entrée ; plusieurs personnes en descendirent, les bras chargés de cadeaux pour des malades, et s'engagèrent dans l'allée. Eux-mêmes ne rentreraient pas en bus aujourd'hui ; on appellerait leur mère, qui ferait sans aucun doute venir un taxi. On appellerait maman après que... Naomi se détourna de la fenêtre et regarda son père. Ses bras avaient été laissés sur le dessus-de-lit ; ses mains, qu'elle avait toujours connues musclées et puissantes, avaient rétréci, le dessin des os étant devenu visible sous une peau qui semblait de cire ; les mains d'un vieillard en train de mourir.

– Nous sommes tous bien convaincus ? dit-elle. Ça semble tellement...

Sa voix s'évanouit.

– On en a déjà bien assez parlé, dit brusquement Richard. Et vous étiez tous les deux d'accord.

– Je sais bien mais... J'aimerais tant qu'il y ait une autre solution.

– Eh bien, il n'y en a pas. (Richard fit un geste en direction de leur père.) Regarde-le. Il ne s'en sortira jamais. Pas après si longtemps. Il n'est même plus vivant. Nous allons simplement provoquer ce qui arriverait de toute façon.

– Pour maman, murmura Tim, comme à lui-même.

– C'est ça, dit son frère d'un ton encourageant. Pour maman.

Naomi détourna à nouveau le regard. S'agissait-il vraiment d'agir mal, mais pour de bonnes raisons ? D'ailleurs, quelles étaient ses raisons à elle ? Ne pas pouvoir aller à l'université si son père demeurait dans son état ? Sheffield l'avait déjà acceptée, à condition qu'elle réussisse ses examens. Elle avait travaillé dur pour obtenir ce qu'elle désirait, et qu'elle estimait même mériter. Elle avait atteint le point où elle ne supportait plus les limites imposées par son père à son existence ; et maintenant ce corps vieillissant, aveugle et inutile, se mettait en travers de ses espoirs. Peu importait à son père le moment de sa mort, alors que pour elle cela pouvait tout changer.

– On s'y prend comment ? demanda Tim.

– Je t'ai déjà expliqué. C'est très simple. (Richard se montrait impatient.) Tu vois le robinet sur le cylindre ? Si nous le fermons une ou deux minutes il ne pourra plus respirer. Et il mourra en douceur.

– Il n'aura pas mal ? demanda Tim.

– Je t'ai déjà dit... commença Richard.

– Je parle à Nimmy.

– Comment ? (Elle quitta le songe où elle s'était réfugiée.) Non... ça ne peut pas le faire souffrir. Maman a bien dit que le docteur lui avait assuré qu'il ne sentait plus rien.

Tim approuva de la tête.

– Bien. Alors ça va.

Richard commença à se ronger un ongle. Si ça

capotait maintenant, il ne serait peut-être plus jamais en mesure de ramener les deux autres aussi près du but.

– Allons-y, dit-il.

– Tu avais dit un quart d'heure, lui rappela Tim.

– Ça n'a aucune importance. Allez. Le mieux serait de ne pas regarder... Regardons seulement le robinet. Vous pouvez fermer les yeux si vous voulez.

Il se dirigea jusqu'au cylindre à oxygène ; Naomi et Tim ne bougèrent pas.

– Allez, venez, les pressa-t-il.

– Tu pourrais le fermer tout seul, dit Naomi. Et nous...

– Ah non !... On s'était mis d'accord. Ce doit être nous tous.

L'estomac de Richard acheva de se nouer tandis qu'il attendait. Si seulement l'un d'entre eux voulait bien le rejoindre, l'autre suivrait, mais si aucun... Tim cligna rapidement des yeux.

– D'accord. (Sa voix d'adolescent, qui venait de commencer à muer, craqua.) Nimmy ?

Elle acquiesça de la tête, et ils se trouvèrent réunis autour du cylindre.

– On n'y pense plus, dit-il calmement. (Il sortit un mouchoir qu'il posa sur l'unique manette du robinet.) On fait comme on a dit.

Naomi se saisit la première du robinet, puis Tim et enfin Richard ; il avait soutenu qu'ils devaient procéder dans l'ordre de leurs âges, ce qui le plaçait en dernier.

– Je sens à peine ta main, Richard, murmura Tim.

– Saisis plus fermement, dit Naomi. Appuie pour que je puisse sentir. C'est mieux. Bon... maintenant.

Cinq fois, leurs mains unies tournèrent, lâchèrent puis ressaisirent à nouveau le robinet. La poche commença à se gonfler et rétrécir moins nettement, puis s'arrêta complètement. Ils se tendirent au cas où leur père émette un son qui les contraigne à le regarder, mais rien ne troubla le parfait silence qui régnait dans la chambre. Ils entendirent une cloche résonner avec urgence alors qu'une ambulance passait le portail. Naomi compta en silence dans sa tête jusqu'à cent, puis recommença, jusqu'à cinquante. Dehors, l'horloge de l'hôpital sonna la demi-heure.

– Je veux lâcher, maintenant, murmura Tim. Allez.

Naomi secoua la tête.

– Pas encore. Nous devons être totalement sûrs... Richard ! (Elle plaqua sa main libre sur la sienne comme il faisait mine de la retirer.) Je t'interdis. Nous lâcherons tous ensemble quand je le dirai.

Elle sentit sa main résister sous la sienne, mais il se soumit après qu'elle lui eut lancé un regard furieux ; Tim se mit à pleurer en silence. Naomi se remit à compter dans sa tête, s'efforçant de procéder lentement. Cinquante... cent... cent cinquante... ses mains commençaient à transpirer.

– C'est bon, dit-elle. Mais il faut d'abord le rouvrir. (Leurs mains agirent à l'unisson, et la douce respiration de la poche réintégra la chambre.) Vous pouvez lâcher, maintenant.

Richard arracha sa main et se retrouva le long du mur avant que les deux autres aient pu esquisser le moindre geste. Tim et Naomi dirigèrent leur regard vers leur père. Son torse continuait de monter et de redescendre.

– Ce n'est rien. (Naomi avait senti la stupeur de Tim.) Ce doit être la machine. Il est mort.

– Mais comment peut-on le savoir ? opposa-t-il. Qu'allons-nous dire ? On ne peut pas simplement le quitter à la fin de la visite comme si rien n'était arrivé.

Naomi hésitait tout en réfléchissant. Ils avaient conçu qu'il mourrait si on coupait l'arrivée d'oxygène, mais pour la suite, ils n'avaient eu aucune certitude sur ce qui arriverait.

– Nous n'avons qu'à leur dire qu'il a fait une sorte de bruit, proposa-t-elle enfin. Un peu comme s'il s'étouffait. Puis, quand ils viendront le voir nous... Richard ! Reviens ici !

C'était trop tard. Son frère avait déjà bondi hors de la pièce, et ils l'entendirent appeler une infirmière à l'aide dans le couloir.

– Que va-t-il dire ?

Tim avait l'air terrorisé.

– Ce n'est pas grave, assura Naomi. S'il bafouille que papa est mort, ils penseront juste qu'il panique. L'un de nous aurait sans doute réagi comme ça s'il... Dès que quelqu'un sera là, ne dis plus rien.

Il y eut un bruit de pas en train de courir, et l'infirmière du service déboula dans la chambre.

– Qu'est-ce qu'il y a ?

Naomi fit un geste vers son père.

– On ne sait pas bien. Il a... on a pensé que quelque chose n'allait pas. Je suis désolée de...

Elle s'arrêta quand la sœur du service apparut dans la porte ; toujours aucun signe de Richard.

– Attendez un instant à l'extérieur, dit la sœur. Nous allons nous occuper de votre père. Ce n'est pas grave.

Richard se trouvait dans le couloir, à côté d'un panneau d'affichage. Terrorisé, il les implora du regard mais ils attendirent sans rien dire. Moins d'une minute s'écoula avant que la sœur ne sorte.

– Venez dans mon bureau, dit-elle. (Elle les dirigea vers la pièce, chacun de ses gestes empreints de douceur.) Attendez ici, je reviens dès que possible.

– Qu'est-ce qui est arrivé ? demanda Naomi.

Elle nota qu'elle conservait tous ses esprits, et sut que cette question était la bonne. Mais la sœur ne répondit pas.

– Le médecin arrive. Il nous expliquera.

Elle sourit puis sortit, fermant la porte derrière elle. Pendant quelques instants le seul son fut celui des sanglots désespérés de Richard.

– Alors il est mort ? finit par demander Tim.

– Je pense qu'il doit l'être, dit Naomi. Nous allons bientôt le savoir.

– Ce n'est pas moi. (Prise dans les sanglots, la

voix de Richard était à peine audible, mais on le sentait défiant, comme sur la défensive.) C'est vous.

– Ne sois pas idiot, rétorqua Naomi. Nous avons agi tous ensemble.

– Parce que vous m'avez forcé !

Naomi le regarda, incrédule.

– Qu'est-ce que tu racontes ? C'est toi-même qui as eu l'idée. Nous n'y aurions pas pensé si tu n'avais...

– Bien sûr que si. Vous aviez plus envie que moi qu'il soit mort.

Elle lui tourna le dos, excédée, la colère venant se mêler à la peur qu'elle ressentait déjà d'avoir commis un acte impardonnable, étranger à ses valeurs. Soudain elle se fit l'effet de discuter avec un enfant qui a réponse à tout.

– S'ils... s'ils se mettent à poser des questions je dirai que c'est moi, dit Tim.

– Mais non ! (Naomi sourit pour atténuer l'agressivité de son refus.) Tu ne peux pas faire ça, Tim. Nous étions tous d'accord, et c'est ensemble que nous avons agi. Tous les trois. Toi y compris, Richard. Maintenant, il n'y a plus qu'à rester calmes. Aucun de vous deux ne doit parler quand la sœur reviendra. C'est moi qui parlerai. Surtout, ne vous inquiétez pas, tout ira bien.

Dans la chambre, l'infirmière et la sœur observaient le docteur qui cherchait en vain un pouls, tout en soulevant une des paupières d'Harold avec son autre main.

– Qu'est-il arrivé ? demanda-t-il.

– Ses enfants lui rendaient visite quand l'un d'entre eux est sorti en courant, criant qu'il fallait une infirmière, dit la sœur. Quand je suis arrivée, j'ai compris que c'était fini.

– Vous aviez raison. (Il lâcha le poignet d'Harold Barlow.) Mais comment ont-ils su que quelque chose n'allait pas ? Où sont-ils ?

– Dans mon bureau... Mais je ne pense pas qu'il

soit opportun de leur parler pour le moment. Ils sont sous le choc.

– Je comprends bien, mais il serait intéressant de savoir quels symptômes ils ont pu remarquer. Quel âge ont-ils ?

– Il me semble que la sœur a dix-huit ans, et les frères sont plus jeunes. Ils sont jumeaux.

– Peut-être cela sera-t-il possible plus tard. On connaît très mal ce genre de maladie, et toute information pourrait être utile. Vous avez prévenu son épouse ?

– J'ai demandé à l'infirmière Bolton de l'appeler. Elle devrait bientôt arriver.

– Bien. (Le médecin coupa l'arrivée d'oxygène.) Veuillez débrancher le goutte-à-goutte, s'il vous plaît. Je vais tenter de joindre Mr Hardcastle. Il voudra peut-être venir. Ah ! vous pouvez aussi prévenir la morgue ? Merci pour tout, ma sœur.

La sœur replaça le bras d'Harold Barlow sur le dessus-de-lit pendant que l'infirmière fermait les rideaux. Au moment de sortir, la sœur ferma la porte avec une des nombreuses clés qui pendaient à sa ceinture, puis elle regagna la salle principale.

– Mademoiselle l'infirmière, vous avez pu joindre Mrs Barlow ?

– Oui, ma sœur. Elle a dit qu'elle venait tout de suite.

– Bien. Conduisez-la à mon bureau dès qu'elle sera là. J'y serai avec ses enfants. N'oubliez pas de préparer du thé. Et prévenez Mr Marshall à la morgue que nous avons eu un décès. Mais il ne faut surtout pas emporter le corps avant que Mrs Barlow ait pu le voir, et Mr Hardcastle pourrait aussi passer. Le Dr Brevin s'est chargé de le prévenir.

La sœur quitta la salle et s'arrêta devant son bureau. Il était toujours angoissant d'annoncer une mort, aussi inévitable qu'elle ait pu être ; quand il s'agissait d'adultes elle prévoyait un peu de cognac pour accompagner le thé d'usage, chaud et sucré à souhait, mais pour l'heure elle devait faire face à trois adolescents. Elle aurait préféré attendre l'arrivée de leur mère mais elle ne pouvait les laisser seuls aussi longtemps, avec cette détresse et cette frayeur. Elle inspira profondément et ouvrit la porte. Les enfants se tenaient près de la fenêtre, trouvant du réconfort à être proches les uns des autres. Naomi avait passé un de ses bras autour des épaules de Tim.

– Votre maman arrive, dit la sœur. (Elle s'adressait naturellement à Naomi.) Elle ne devrait pas tarder. Nous pouvons attendre ici... venez vous asseoir. (Personne ne bougea alors qu'elle installait des chaises devant son bureau.) Allez.

– Notre père est mort, n'est-ce pas ? (Richard se mit à sangloter vivement quand Naomi prit la parole.) Ne vous en faites pas, nous l'avions compris.

– Asseyez-vous, répéta la sœur. (Naomi garda son bras autour de Tim tandis qu'ils gagnaient les chaises, et la sœur prit doucement Richard par le bras. Elle se sentit plus à l'aise une fois qu'ils furent assis et qu'elle les dominait en restant debout.) J'en suis désolée mais c'est vrai. Cela a été très paisible et il n'aura rien senti. Je suis triste que cela soit arrivé au cours de votre visite, mais vous saviez bien qu'il y avait un grand risque, non ?

Naomi opina.

– Mais nous ne pensions pas que ça arriverait si tôt. Maman avait bien dit que selon le docteur, il pouvait encore vivre des années.

– Bien sûr. (La sœur se sentit le devoir de défendre sa profession.) Mais certaines choses arrivent sans que quiconque puisse les expliquer... Vous voulez me dire ce qui est arrivé ? Avant que vous n'ayez appelé une infirmière ? Je m'excuse de le demander, mais Mr Hardcastle, le spécialiste qui s'est occupé de votre papa, voudra savoir. Si vous préférez ne pas...

– Pas du tout.

Alors qu'elle réconfortait Tim et demandait à Richard de cesser d'être hystérique, Naomi avait songé aux questions qu'on leur poserait et aux réponses qu'elle ferait en leur nom. Elle s'était à nouveau étonnée de pouvoir réfléchir aussi calmement.

– Nous étions assis, occupés à lui parler – je sais bien que ça a l'air bête, nous savons qu'il n'entend rien, mais on le faisait quand même. Histoire de lui raconter où on en était à l'école, comment allait le jardin. Le genre de choses qu'il aurait voulu savoir... Et puis... je ne suis pas bien sûre, on ne s'y attendait pas. C'est comme s'il avait tenté de bouger et la poche sur le cylindre a commencé à monter et descendre très vite, puis s'est arrêtée. Ça a duré... enfin, je ne sais pas, ça n'a pas paru très long... puis tout est redevenu normal. (Elle prit un air contrit.) Nous aurions dû appeler quelqu'un, mais nous avons été vers lui parce que nous pensions qu'il se réveillait. Nous lui avons pris la main en criant son nom – vous n'avez rien entendu ? Puis il a cessé de bouger... (Elle secoua la tête, désemparée.) On est désolés. Il aurait fallu vous appeler tout de suite... on est vraiment désolés... Vous auriez peut-être pu...

Le sanglot qui vint étouffer la phrase semblait traduire un chagrin empreint de culpabilité.

– Ne vous tourmentez pas. (La sœur saisit la main de Naomi.) Vous ne devez pas vous en vouloir. Votre père était très, très malade, et les médecins ne pouvaient plus rien faire pour lui.

– Mais si... je veux dire, quand il s'est mis à bouger... peut-être... peut-être revenait-il à la vie ?

– Non. (Rien ne justifiait un démenti aussi catégorique mais ce devait pourtant être dit, et même corroboré par quelques pieux mensonges.) C'est impossible. Merci de m'avoir tout raconté, mais n'allez pas penser un instant qu'il aurait pu en être autrement. Mr Hardcastle sera en mesure de nous expliquer exactement ce qui est arrivé. Je suis affreusement navrée que personne ne vous ait entendus crier son nom, mais même dans le cas contraire nous n'aurions rien pu faire. Ne l'oubliez jamais.

Nous savions tous que votre père allait mourir, et c'est épouvantable que vous vous soyez trouvés là au moment même – mais c'est tout de même mieux que s'il avait été seul, n'est-ce pas ?

Naomi lui sourit en hochant légèrement la tête.

– Oui. Merci, ma sœur. Nous pourrons le revoir quand maman sera là !

– Naturellement. Vous aurez à lui dire adieu. (Elle se redressa comme quelqu'un frappait à la porte.) Entrez... Ah ! bonjour, Mrs Barlow. Je suis vraiment navrée, mais... Bon ! je vous laisse en famille quelques instants. Quand vous le souhaiterez, vous me trouverez dans le couloir.

Naomi traversa la pièce en courant dès que la porte fut fermée.

– Maman !

– Oh ! mes chéris. (Elles se serrèrent dans les bras ; la voix de Florence Barlow était nouée sous l'effet du choc.) Tim, Richard, venez. (Ils se blottirent tous ensemble, les bras enlacés.) Tout ira bien. C'est mieux pour papa. J'aurais seulement aimé être avec vous. Je suis désolée.

– Non. (Naomi bredouillait, le visage plongé dans la manche du manteau de sa mère.) Ne dis pas ça.

– Tu sais bien ce que je veux dire. (Florence caressait les cheveux blonds de sa fille tout en les embrassant.) Nous devrions dire quelques prières pour lui.

– Pas tout de suite. (Naomi s'écarta de sa mère.) On le fera plus tard... On devrait d'abord aller le voir.

– Si c'est ce que tu veux. Richard ? Tim ? Bien, allons voir la sœur.

Les rideaux de la chambre étaient d'un tissu mauve assez fin, et le soleil qui les transperçait donnait une lumière mauve pâle qui semblait déposer un masque de lavande sur le visage d'Harold Barlow. La sœur se maintint près de la porte tandis que sa famille prenait place en silence autour du lit. Florence le regarda longuement puis se baissa pour l'embrasser.

– Adieu, cher Harold, murmura-t-elle. Et merci.

Les trois enfants se mirent à pleurer.

– Laissons-le, maintenant, dit leur mère. Dites-lui simplement au revoir. Il vous a tous tant aimés.

Un par un, ils ont embrassé leur père, même ses fils pour une fois, et Florence les fit sortir avant que la sœur ne ferme la porte à nouveau. Dans la lumière douce et sombre, des larmes de culpabilité et de peine brillaient sur le visage de Richard Barlow, avant de s'évaporer dans la chaleur de l'après-midi.

Plus tard le même jour, en voyant les rideaux fermés, les voisins de Tattersall Close furent d'accord pour y voir une délivrance. Quelle tristesse. Une famille si gentille. Et quel drame pour les enfants de perdre leur père. Mais tout de même, quel soulagement pour Mrs Barlow. Ils attendirent la parution de l'annonce dans le *Wilmsford Messenger* et vinrent à l'enterrement, certains par amitié ou par devoir, d'autres, enfin, car de telles occasions permettent d'assouvir un besoin morbide, côtoyer la peine sans ressentir soi-même la douleur d'avoir perdu un proche. Mais tous s'accordèrent pour trouver la cérémonie irréprochable. Deux véhicules noirs suivirent le corbillard au ralenti, les couronnes offertes étaient fournies juste ce qu'il faut, très digne, sans vulgarité aucune. Mrs Barlow portait du noir comme il se doit, et les enfants avaient revêtu leur uniforme d'école, avec des cravates noires pour les garçons. Dans la chapelle du crématorium, comme le cercueil glissait sur des roues en métal pour franchir les portes, ils remarquèrent que les enfants, qui se trouvaient au premier rang avec leur mère, se tenaient tous la main. Quel courage, quelle maturité pour de si jeunes enfants ; Mrs Barlow avait su les éduquer.

DEUXIÈME PARTIE

PROLOGUE

Dans la matinée du 27 décembre à 11 h 30, Daphne Byron, directrice du *Post*, lut sur son écran d'ordinateur les derniers éléments, fort contradictoires, et se tourna vers Brian Durham, son rédacteur en chef adjoint.

– Merde, on n'a pas la moindre information sur cette affaire ? demanda-t-elle.

– Trop peu, répondit-il. Autant que nous sachions, il semble que toute la famille se trouvait dans la maison, et Dick nous avait dit qu'il emmenait Stephanie. Le seul fait dont on est sûr, c'est que deux d'entre eux sont morts.

– Et toujours aucune nouvelle de Dick ?

– Non. Son portable est apparemment débranché. En attendant, le bureau de Manchester ratisse tout ce qu'il peut sur la mère et le frère de Dick, et on a envoyé un pigiste fourrer son nez à Leeds, où le fils de Stansfield va à l'université. Dick a aussi une fille à Oxford, quelqu'un est parti se renseigner. Trevor, Penny et Nick ont été mis sur le coup – j'oubliais, la police a encore repoussé la conférence de presse – et le service photo a envoyé Terry et Derek. J'ai chargé mes reporters d'appeler tout le monde à qui nous avons pu penser, mais beaucoup de gens ne sont pas encore rentrés des fêtes. C'est à peu près tout pour l'instant.

Daphne Byron alluma une cigarette, faisant tinter les bracelets dorés qu'elle portait au poignet. Elle n'avait pas prévu de se trouver au bureau ce jour-là, mais avait loué un hélicoptère privé dès que le journal l'avait appelée à son appartement parisien pour lui apprendre la nouvelle. La directrice se devait d'être présente pour une telle affaire, même si sa position demeurait ambivalente. Des années auparavant, lorsque Richard Barlow l'avait débauchée du *Daily Mirror*, ils avaient entretenu une brève liaison, l'occasion pour elle d'entamer sa marche vers le haut. Sans qu'il y voie la moindre objection – sa propre ambition se limitait à la salle de rédaction ; mais il n'avait cessé de faire jouer ce qu'il considérait être une relation privilégiée. Trop de monde au *Post* était désormais au courant, une faille dans sa réputation de professionnalisme glacial. Combien de directeurs de journaux – certains très brillants – avaient chuté pour avoir laissé transparaître une faiblesse... Si elle parvenait à se défaire de Dick Barlow, coriace parmi les coriaces du journalisme, plus personne ne viendrait s'attaquer à elle. Elle avait entamé le processus, ne le conviant plus à certaines conférences de rédaction cruciales, annulant ses décisions en prenant bien soin de le faire savoir, nommant enfin quelques personnes extérieures qui serviraient à l'isoler. En traversant la Manche ce matin-là, elle se dit que sa mort, tragique pour certains, lui épargnerait bien des effets.

– A-t-on la moindre idée de qui est mort ? demanda-t-elle.

– Rien de concluant, lui dit Durham. L'*Express* semble avoir un tuyau comme quoi il s'agirait de la grand-mère, mais personne d'autre ne l'affirme et on ne parvient pas à obtenir de confirmation. Penny essaie de faire pression sur l'officier de police qui assure les relations avec la presse, mais il ne lâchera rien avant la conférence de presse. Nous avons quelqu'un qui suit les conversations radio de la police du Hertfordshire, mais autant dire qu'ils s'en doutent. Peut-être que quelqu'un fera une gaffe, mais tout se passe par téléphone.

– Que cherchent-ils, bon Dieu ! Ils ont bien dit qu'ils allaient révéler les noms. Pourquoi pas maintenant ?

– La version officielle, c'est qu'ils n'ont pas fini leurs investigations.

– Foutaises. Encore un de ces flics qui veut son heure de gloire à la télévision.

– Possible. (Durham haussa les épaules.) Ça n'a de toute façon pas grande importance. Les noms seront annoncés bien avant la parution de demain. Reste à trouver un angle d'attaque pour nous démarquer.

– Veilles-y bien. Pas besoin d'un Dick Barlow pour qu'on rétame les autres, non ?

– Bien sûr.

Durham était tout à fait au courant de la situation. Dick Barlow était l'homme du passé et, avec un succès exemplaire sur cette affaire sa réputation d'homme indispensable en prendrait un nouveau coup – fût-il encore vivant pour que ce soit nécessaire.

– Je veux trouver copie de tout ce qui nous parviendra sur ma messagerie, ajouta Daphne Byron. J'ai bien dit tout. Les dépêches PA, les fuites, les tuyaux. Et dès que ça arrive. Compris ?

– O.K., acquiesça Durham. Je créerai un dossier intitulé « Barlow ». Tout s'y trouvera... et j'imagine que tu te charges de la conférence de rédaction de ce matin ?

– Bien sûr... On sort combien de pages demain ?

– Trente-deux.

– Merde, c'est pas assez. Je demanderai qu'on ajoute quatre pages. (Elle esquissa un geste vers l'écran de son ordinateur, tout en prenant le téléphone et composant un numéro.) Gros titre en première page, suite de l'article en page trois, et les pages quatre et cinq en entier. Si on a assez de texte on prendra aussi les pages centrales. Je veux des photos de tout le monde et des déclarations du plus de gens possible. Et pas question d'apprendre qu'un autre journal a obtenu l'exclusivité d'un de ceux qui se trouvent dans la maison. Je me fous du budget, on surenchérit sur tout le monde. Au boulot, et... Jimmy ? (elle parlait dans le téléphone.) C'est Daphne. Il me faut quatre pages de plus dans le numéro de ce soir... Je me fous qu'on ait pas de publicité pour les couvrir. On sort à combien ? Quoi ? Pas question. Ajoute au moins quarante mille. J'me charge de te fournir les articles pour les vendre... Oui, je m'en occupe aussi. Ah ! et je veux aussi des affichettes imprimées pour Londres et la grande banlieue... c'est pas à moi de savoir combien. La distribution c'est ton boulot. Autant qu'il faudra. Je t'en fais parvenir le texte au plus vite... à quelle heure ? Comment veux-tu que je le sache ? Sois prêt le moment venu.

Elle reposa le téléphone violemment et regarda Durham à nouveau.

– Une sacrée opportunité pour toi, cette histoire. Fais pas le con.

– Ne t'inquiète pas.

– Je ne me fais aucun souci, mais toi tu devrais.

En regagnant la salle de rédaction, Durham savait très bien ce qu'on attendait de lui. De meilleures photos et témoignages que la concurrence, un éclairage plus fort sur la question. Mais on pinaillerait peu sur l'exactitude ; il suffisait que ça se lise mieux. Et à son retour – s'il revenait jamais – Dick Barlow trouverait un terrain encore un peu plus miné qu'avant.

– Y'a du nouveau sur PA, Brian, lui cria un des journalistes alors qu'il venait juste de prendre place à son bureau, et il frappa aussitôt une touche programmée sur son clavier pour afficher la messagerie.

HSA581244 PAHOME PA 11.39
PASNAPFULL Cadavres/Mémo
URGENT/À L'ATTENTION DES RÉDACTEURS ET SECRÉTAIRES DE RÉDACTION
A ne pas publier. Deux hommes ont été aperçus, accompagnés de policiers, en train de quitter la demeure du double meurtre, à Brookmans Park dans le Hertfordshire.
Nous tentons d'obtenir une identification.

Durham saisit un téléphone.

– Quel est le code d'accès rapide du portable de Trevor ?

– Dix-sept dix-sept.

Il composa le numéro.

– Trevor ? Brian Durham. PA affirme que deux hommes auraient quitté la maison. Tu les as vus ? Tu n'es pas là-bas ? Tu parlais à qui ?... A quel sujet ?... putain... Tu'as intérêt à obtenir l'exclusivité, sinon le rédac'chef te bouffera tout cru au p'tit dej. J'vais tenter d'avoir Nick.

Durham raccrocha et tenta un autre numéro.

– Qu'est-ce qu'il avait à dire ? lui demanda quelqu'un alors qu'il patientait.

– Il est avec une femme qui affirme que Naomi Stansfield a acheté une carabine à son mari pour Noël. Apparemment, il est seul sur le coup. Nick est toujours sur place à la maison... Nick ? Brian... oui, ça vient tout juste de passer sur PA. Quoi ? Qui dit ça ? Ils sont sûrs ? Bon. Rappelle-moi dès que tu es en mesure de confirmer.

Il raccrocha à nouveau.

– Nick a pu les voir quitter la maison. Il dit que l'un d'eux est Stansfield, mais il n'est pas certain pour l'autre. Peut-être son fils ou bien le frère de Dick. Ils sont tout de suite montés dans une voiture. En tout cas il est certain que ce n'était pas Dick.

– La police les a conduits où ?

– Au poste, apparemment. Penny y fait le planton.

(Un téléphone sonna et il s'en saisit.) Penny ? Tu tombes bien. Stansfield est apparemment vivant, et il a été vu en train de quitter la maison avec un autre homme. Aucun signe d'eux ? Quoi ? Mais Nick l'a identifié avec certitude ! Bon sang ! Colle au cul du porte-parole... Promets de coucher avec lui s'il le faut. Je veux savoir précisément qui...

– PA à nouveau, Brian.

HSA581280 PAHOME PA 11.39
PASNAPFULL/Mémo/Urgent
POLICE/Cadavres
À L'ATTENTION DES SERVICES PHOTO
Photos des deux hommes vus en train de quitter la maison au double décès dans le Hertfordshire désormais disponibles sur PA Photos.
Recherche des identités toujours en cours.

– PA a pris une photo dans la maison, dit Durham au téléphone. On va tâcher de se baser là-dessus. Continue à chercher de ton côté. (Il raccrocha brutalement et cria en direction du bureau photo :) Le cliché PA des deux hommes qui ont quitté la baraque ! Qu'est-ce que vous foutez ?

– Le voilà. Mais la photo aurait très bien pu être prise du comté voisin. Que dit Penny ?

– On lui a dit que Dick était l'un d'eux.

– Mais elle l'a vu ?

– Non. Ils les ont débarqués par l'arrière, les salauds. Mais un des flics posté à la baraque a laissé entendre que l'un des deux était Stansfield. C'est tout c'qui nous fallait, la police qui nous nargue... La photo ! On l'envoie par pigeon voyageur ?

– Deux minutes.

Le cliché avait été pris furtivement au niveau du portail, à presque vingt mètres de la porte d'entrée ; les sujets étaient légèrement flous, et l'un d'entre eux était à moitié dissimulé par les feuilles hivernales d'un hêtre qui surplombait l'allée.

– Qu'est-ce que t'en dis ? (Durham tendit l'image à un des collègues qui regardait par-dessus son épaule.) Ça pourrait être Dick derrière l'arbre ?

– La photo est tellement à chier que même celui qu'on voit pourrait être n'importe qui.

– Est-ce que quelqu'un a déjà rencontré le frère de Dick ou son beau-frère ? cria Durham, suffisamment fort pour que toute la salle entende.

– J'ai rencontré Stansfield une fois au cours d'une conférence de presse, cria un journaliste en retour.

– Viens jeter un coup d'œil... C'est lui ?

Le journaliste approcha la photo de son visage et plissa les yeux.

– C'est possible. La taille correspond, mais je ne suis pas sûr. Désolé.

– Demandez un agrandissement de chacun à la photo, ordonna Durham. Et faites-les circuler à toute personne travaillant pour Kennet Bolingbroke qu'on peut trouver, et transmettez-les à Manchester pour qu'ils cherchent si quelqu'un reconnaît Tim Barlow.

Deux des téléphones posés sur le bureau sonnèrent en même temps, et il répondit sur sa ligne privée pendant que quelqu'un prenait l'autre appel.

– Durham... Oui, Penny... Qui t'a dit ça ?... Quelqu'un d'autre est au courant ?... Quelle adresse ? (Il saisit une feuille et se mit à écrire.) Vingt-sept... Comment ?... Colander Drive ?... Epelle, veux-tu ?... Holland Drive... C'est bon... O.K... Non, reste là-bas. Démerde-toi pour qu'il ne parle à personne. Attends une seconde ! (Il se tourna vers le journaliste qui avait tenté de reconnaître Stansfield.) Penny a obtenu un tuyau d'un jeune qui bosse pour le journal du coin ; Naomi Stansfield se serait tapé un élu local conservateur. Voilà le nom et l'adresse. Files-y pour parler au type... et fais bien gaffe que personne ne flaire le coup.

Le journaliste se dépêcha de partir et Durham reprit le téléphone.

– C'est bon, Penny. On s'en charge. Du nouveau sur qui ils ont sorti de la baraque ? Eh bien, continue de chercher.

Il raccrocha juste au moment où Daphne Byron pénétrait dans la salle de rédaction.

– J'avais demandé d'être tenue au courant.

– J'ai pas eu une minute. Ça part dans tous les sens ici. Deux hommes ont été vus en train de quitter la maison, et Dieu seul sait qui ils sont.

– Est-ce que l'un d'eux est Dick ?

– C'est ce qu'on a dit à Penny, mais on n'est pas certain. (Il lui tendit la photo reçue par télex.) Regarde toi-même. Cette connerie d'arbre empêche de reconnaître celui de gauche, et c'est guère mieux pour celui qu'on peut voir.

– Est-on sûr que ce soient deux hommes ? demanda Byron. Derrière l'arbre, ce pourrait être une femme en pantalon.

– Fais-moi voir... Mince, c'est vrai. J'vais mettre Penny là-dessus. En passant, Trevor suit une piste comme quoi Naomi aurait acheté une carabine à son mari pour Noël. Et on a affirmé à Penny qu'elle était la maîtresse d'un élu local. Mark vient de partir interviewer le type.

– On est les seuls sur ces deux pistes ?

– Autant que je sache.

– Débrouille-toi pour qu'il en reste ainsi. Et je veux tout sur ma messagerie. Maintenant.

Au fil de la matinée, réalité et fiction, rumeurs et hypothèses se bousculèrent tandis que des informations, souvent contradictoires, étaient recueillies par les autres journaux. Les journalistes savaient que la vérité se trouvait au sein de la demeure située Devon Lane, mais une fois qu'elle serait révélée chacun s'en saisirait, ce qui lui enlèverait toute valeur. Ce qui comptait, c'était le point de vue exclusif ; aussi traquaient-ils le moindre élément – des rumeurs, que rien ne corroborait, des hypothèses gratuites, des intuitions – promettant d'y conduire. Sans doute y avait-il du faux dans ce qu'on leur disait, mais pour un métier où la réussite tient à la lisibilité des mensonges, peu importait.

1

ROBERTA

HSA581300 PAHOME PA 11.50
POLICE/Cadavres/Développements
Steven Boussana (orthographe corrigée), vingt-quatre ans, petit ami de Roberta Stansfield, étudiant à la London School of Economics a déclaré : « Je devais me rendre dans le Hertfordshire avec elle pour Noël, mais ma mère est tombée malade et j'ai dû annuler. Roberta m'a appelé le matin de Noël, elle avait l'air en forme. En tout cas, elle n'a rien dit qui puisse laisser croire que quelque chose n'allait pas. J'ai essayé d'appeler, mais la police ne veut rien dire. Ils n'acceptent de parler qu'à la famille, mais quasiment toute la famille de Roberta était sur place, et il n'y a personne que je puisse contacter. J'me fais un sang d'encre à son sujet. Elle aurait tout fait pour me prévenir, me dire qu'elle allait bien. » Mark Dyson, producteur des journaux de BBC Radio, a déclaré de même ne pas avoir eu de nouvelle de Roberta Stansfield depuis l'annonce du drame.
« Nous en sommes réduits à penser qu'elle est trop occupée à réconforter le reste de la famille pour nous contacter et nous dire que tout va bien », a-t-il ajouté.

Il y a deux ans, j'étais tellement folle de bonheur que je prenais peur si j'y pensais trop. Martin était le centre de ma vie, j'étais partie dans un trip genre « c'est l'homme de ma vie et je veux avoir ses bébés ». Peu de temps après notre rencontre il a obtenu son diplôme de médecin, a rejoint l'hôpital St Bartholomew et entrepris de faire une carrière ; j'étais ridiculement entichée. On a visité l'Inde et la Californie, on se tenait la main au cinéma, on découvrit de nouveaux restaurants, on échangeait des blagues qui ne faisaient rire que nous ou des remarques que nous étions seuls à comprendre ; j'avais sa photo dans mon sac à main et il m'arrivait de la sortir juste pour la contempler. Un soir, j'ai dû quitter le studio plus tôt parce que je me sentais mal ; en arrivant à la maison, je l'ai trouvé au lit avec la fille qui partageait l'appartement avec moi. Ce qu'on appelle une expérience formatrice.

Le pire dans tout ça fut de me sentir aussi peu à la hauteur ; mais en contrepartie ça m'a rapprochée de maman et papa. Je me suis réfugiée à la maison ; j'en ai passé des nuits à sangloter, à déverser mon cœur, et ils m'ont écoutée des heures durant, tout comme ils ont compris les coups de déprime ou les crises d'hystérie ; ils ont su être là. Je ne vois pas bien comment je m'en serais sortie sans eux, voire si je m'en serais sortie tout court. Quand j'eus quitté cet état quasi suicidaire ils m'ont laissée partir, sans chercher à me culpabiliser ou me faire comprendre que je leur devais quelque chose. J'aime croire qu'un jour viendra où je serai suffisamment confiante pour retomber folle amoureuse, et cette fois je ne me ferai pas ratatiner, mais qui que ce soit, il lui faudra accepter que je ne lui donne pas tout, une part de moi restera réservée à mes parents. Au moment présent de ma vie, ils sont mes meilleurs amis ; rien à voir avec un complexe freudien, je reconnais simplement ce qu'ils ont fait pour moi. Mais naturellement cette attitude changera.

J'ai maintenant cessé de m'apitoyer et j'habite un autre appartement, à Muswell Hill (cette fois, pas de colocataire). Steve est le deuxième depuis *La Catastrophe*, mais je commence à trouver qu'il s'attache trop, et le moment des adieux approche peut-être ;

je ne suis vraiment pas encore prête. Je suis assistante de production aux actualités pour Radio 4, un poste vers lequel j'ai plus ou moins dévié après une licence moyenne en histoire médiévale européenne, à Somerville, ce qui offrait des opportunités de carrière plutôt limitées ; pour être franche, le sujet ne me passionnait pas des masses mais je tenais à faire Oxford. Je ne sais pas bien ce dont j'ai envie maintenant ; pour des raisons évidentes, je reste prudente vis-à-vis des engagements de toute nature. J'ai vingt-trois ans, je mesure un mètre soixante-cinq, et je suis très fine – maigre, pour être plus franche. Je possède ce que les auteurs romantiques auraient décrit comme un visage en forme de cœur, ce qui revient, pour les moins poétiques, à avoir le front large et le menton effilé ; mes lèvres sont fines, mes yeux noisette et je porte des cheveux bruns virant au roux, coupés à la garçonne. Mon tour de poitrine fait soixante-dix centimètres – la barbe ! – mais j'ai de belles jambes, même si elles passent la plupart de leurs journées dans des pantalons fuseaux.

Même après que papa et maman m'eurent à nouveau lâchée dans la nature, je n'arrêtais pas de retourner à la maison, histoire de réamorcer la pompe à confiance. Une fois mes marques retrouvées – je réalisai alors que je risquais de devenir égoïste – ça s'est un peu calmé, mais je les vois toujours régulièrement ; ils sont à moins d'une demi-heure en voiture. Et ils s'étaient montrés si bons avec moi que j'ai senti le besoin de m'intéresser à eux de plus près. Qu'est-ce que je pense d'eux ? Vous m'accorderez peut-être que la personnalité des individus se reflète dans leur apparence extérieure, aussi je vais commencer par les décrire.

Maman s'est mise à faire de l'humour sur son âge, avec une pointe d'autodérision, juste après avoir eu cinquante ans, mais elle reste très séduisante ; plus grande que moi, blonde – en grande partie naturellement, mais avec tout de même un peu d'aide – et avec une ligne impeccable. Son visage... tout dépend du moment où vous la prenez. Elle ne rit pas assez ; quand ça arrive, elle est merveilleusement belle, avec son regard bleu ciel qui pétille. Mais elle succombe fréquemment à ce que mon frère David et moi appelons le *Grand Chagrin de maman* ; à la voir en ces moments-là, on croirait qu'elle tient la place d'honneur à une messe gigantesque donnée pour les funérailles de toutes les personnes qu'elle connaît. Nous n'avons jamais compris ce qui pouvait provoquer un tel état. Son mariage avec papa est réussi, David et moi ne sommes pas du genre à lui donner du souci – du moins pas en ce moment – et elle ne manque de rien, elle a une foule d'amis et largement de quoi s'occuper. Mais c'est comme si... Je ne suis pas sûre de pouvoir expliquer... Comme si, juste sous la surface, subsistait quelque chose qui l'inquiète en permanence. J'ai tenté d'en parler avec elle mais elle s'y refuse ; elle dit que ce n'est rien d'important. Mais elle ment, et après m'être moi-même tant confiée à elle, j'aimerais qu'elle en fasse autant.

Papa est un banquier d'affaires qui gère les finances de gouvernements modestes et de conglomérats internationaux. Il fait partie de ces personnes qui vieillissent bien – sur ce plan les hommes sont souvent plus chanceux que les femmes – et son visage... Ce n'est pas facile de décrire un visage... Je dirais qu'il est à la fois maigre et courtois, comme un sportif qui aurait fait sa philo. Je n'aime pas dire que je suis plus proche de lui, parce que j'ai l'impression de trahir maman, mais c'est la vérité. Je me souviens, toute petite, avoir attendu d'entendre sa clé dans la serrure quand il rentrait, pour pouvoir me précipiter à sa rencontre ; ça n'est probablement pas arrivé autant que je le pense, mais c'est le genre de souvenir qui continue de marquer la relation que j'ai avec lui ; son large sourire quand il posait sa mallette et se penchait pour me saisir dans ses bras, me lever au-dessus de sa tête alors que je riais ; la figure de héros la plus sécurisante que j'aie jamais connue.

N'allez pas vous faire une idée bête ; cet amour est sans ombre, et je le chéris.

On peut donc dire que j'ai eu beaucoup de chance avec mes parents, et un peu avec le reste de ma famille, car aucun n'est totalement épouvantable, et tous ont quelque chose d'intéressant. J'éprouve toujours du plaisir quand nous sommes tous réunis désormais, c'est-à-dire seulement à Noël.

David a deux ans de moins que moi, et il suit des études d'architecte ; il est d'une beauté enrageante, et le sait très bien. Je prends un malin plaisir à dire à la longue liste de ses petites amies qu'il porte un dentier (ce qui est faux, bien sûr). On s'entend bien mais quelque peu dans un registre amour/haine.

La famille élargie ne se trouve que du côté de maman. Papa est fils unique, et son père se trouve dans une maison de retraite, avec cette saloperie de maladie de Parkinson. Ça pèse lourd pour moi, même si j'en parle peu. Quand j'étais petite, grand-papa était un vrai trésor ; il nous a gâtés pourris, David et moi, et s'est toujours montré très attentif, d'une patience incroyable. Il m'a appris tout ce que je sais sur le vin et c'est lui qui m'emmena à Paris pour la première fois, où nous avons flâné des heures au Louvre et où il m'a fait boire mon premier verre. Aujourd'hui, il me fait penser aux ruines d'une belle maison que vous avez aimée, dans laquelle vous avez grandi, et chaque fois que je le vois j'ai envie d'engueuler Dieu pour avoir permis qu'une telle chose arrive à un homme aussi charmant... Excusez-moi, j'aurais dû éviter d'en parler. Oubliez tout ça.

A l'âge de quinze ans j'avais décidé de devenir écrivain et je m'entraînais avec la famille. Je décrivis oncle Tim – je l'appelais toujours ainsi à l'époque – comme « une de ces personnes condamnées à jouer du triangle dans le grand orchestre de la vie ». (J'avais lu Saki, ce qui était très contagieux.) Toutefois, ça résume bien le personnage, entouré de gens qui accomplissaient quelque chose, et qui attend humblement de pouvoir apporter sa petite contribution. Son visage exprime toujours de la retenue, un air contrit, et l'on hésite entre l'embrasser avec compassion ou lui mettre une claque par agacement. Je jurerais qu'il dort avec son veston en Harris Tweed, même s'il semble posséder plusieurs pantalons qui vont avec. Il est instituteur à Wilmsford JMI, l'école qu'il a lui-même fréquentée, y a plus de quarante ans, comme s'il ne l'avait jamais quittée. Claire, son épouse, a une personnalité toute recroquevillée sur elle-même, comme un jouet en caoutchouc coincé dans une boîte trop petite, cherchant toujours à se libérer. Ce n'est pas seulement parce qu'elle est mariée à Tim ; il y a longtemps, ils ont eu un bébé qui est mort, et elle ne peut plus en avoir. Elle est infirmière en crèche – une sublimation banale – et elle me fait beaucoup pitié car je sens bien à quel point elle est frustrée. Ils donnent tous deux l'impression d'être raisonnablement satisfaits, mais je me demande parfois s'ils sont heureux, voire même s'ils l'ont jamais été.

Ensuite, il y a le frère jumeau de Tim, et il s'agit vraiment d'un autre monde. Richard, la moitié du temps je le méprise, mais l'autre moitié je l'admire malgré moi. C'est un parfait salaud, de la tête aux pieds – qui plus est, épouvantablement phallocrate – mais, étant moi-même journaliste, je dois reconnaître que c'est un professionnel remarquable. Le *Post* est un journal de merde, bien sûr, mais c'est ce que plus de trois millions de personnes ont envie de lire chaque matin. Son visage est très dur – imaginez James Mason de mauvaise humeur – et il porte les cheveux courts, coiffés vers l'avant ; à voir ses dents, on croirait qu'il mâche du bois en permanence. Depuis qu'il a quitté sa femme Kate, il y a eu la succession habituelle de minettes propres à satisfaire les besoins d'un homme de quarante ans, la dernière en date étant Stephanie, qui a la capacité cérébrale d'une amibe et les glandes mammaires de trois femmes normales réunies. Ses deux filles sont comme le jour et la nuit. Kathy, l'aînée, étudie l'anglais à Balliol, mais Emma, qui a dix-sept ans, crèche avec une bande d'indésirables à Hackney, avec drogue et Dieu sait quoi d'autre à la clé. Richard les aime profondément, un des rares traits qui le rachète, et il se fait plus de souci pour Emma qu'il ne veut bien l'admettre.

Vient ensuite la mère de maman, que j'adore à la folie. Quand j'étais petite je l'appelais Nana, puis Granny pendant un certain temps, et désormais c'est grand-maman, un brin grandiloquent, mais nous en sourions. En revanche, quand je lui rabats son caquet, c'est grand-mère Florence. Elle vient d'avoir soixante-dix ans, mais on ne dirait pas, toute légère qu'elle est, espiègle à souhait – voire caustique quand elle veut –, à toujours laisser entendre, maligne, que si elle se mettait à dévoiler l'histoire de sa vie... Je me contente déjà de ce qu'elle a bien voulu me confier en secret ; ma bonne petite grand-mère a été une belle fonceuse, en son temps. Alors que maman et ses frères la considèrent comme la *Vieille Aïeule*, et elle se comporte différemment avec eux. Cela doit tenir au fait d'avoir été conditionnés à la voir d'une certaine façon depuis leur jeunesse, alors qu'ils ignorent bien des choses – cela vaut peut-être mieux – que je ne peux même pas leur révéler. Le pire sur ce plan reste Tim, qui habite toujours près de chez elle à Manchester, et passe la voir au moins deux fois par semaine. Le syndrome du petit garçon qui n'a jamais grandi dans toute sa splendeur ; c'en est presque drôle, mais je pense souvent qu'il y a quelque chose dans son comportement qui irrite grand-maman. Enfin... ce n'est pas tant de l'irritation... d'une certaine façon ça l'inquiète. Je me demande souvent si ce n'est pas lié à ce que je n'ai jamais pu clarifier ; ce qui est arrivé au mari de grand-maman.

Les faits sont simples ; il est mort en 1959 d'une tumeur au cerveau, après être demeuré inconscient environ un an. Dix ans avant que je naisse, et il n'a donc jamais rien représenté pour moi, si ce n'est un nom, un visage vu sur des photos, où il a l'air terriblement vieux jeu – comme tout le monde sur ces photos, d'ailleurs. Une chose a d'abord attiré mon attention, la difficulté manifeste qu'éprouve maman à parler de lui, ce qui est assez curieux, vu qu'il s'est écoulé plus de vingt-cinq ans entre sa mort et le moment où j'ai commencé à poser des questions ; j'avais peine à croire que sa douleur demeure intacte. Elle semblait n'avoir qu'un souvenir, d'une fessée reçue un jour parce qu'elle avait acheté un disque de rock ; et pour lui faire sortir ça j'ai eu l'impression de lui arracher une dent, et elle n'a plus rien voulu dire après. Mes oncles se sont montrés plus ouverts, mais j'ai eu l'impression qu'ils se souvenaient de deux personnes différentes. Richard avait tout dit une fois qu'il l'avait traité de « vieux con chiant » ; même dans sa bouche, ça sonnait bien trop excessif pour décrire son père. Pour Tim, c'était l'extrême inverse ; d'un sentimentalisme gênant, ne cessant de dire combien il avait été un père génial, qui leur avait appris à jouer au cricket, et quel malheur que ses petits-enfants ne l'aient pas connu... Ceci dit, pour tous les trois il semblait y avoir une limite stricte sur ce qu'ils étaient disposés à dire ; à certains moments, je me suis fait l'effet d'une intruse.

Ça m'était sorti de la tête quand, un an après, je suis allée rendre visite seule à grand-maman, à Manchester. Un après-midi, nous discutions tout en faisant de la broderie, quand j'aperçus la photo de grand-père sur le bureau, et tout me revint en tête.

– Comment était... Je suppose que je dois dire grand-papa... à quoi ressemblait-il ? ai-je demandé.

Elle regarda par-dessus ses lunettes, m'adressant un regard que je connaissais, et qui voulait dire « où veux-tu en venir, jeune demoiselle ? ».

– Grand-papa ? Oui, c'est sans doute comme cela que tu l'aurais appelé. Pourquoi veux-tu savoir ?

Je haussai les épaules.

– Ça m'intéresse. Et on n'en a jamais parlé. Tu penses que je tiens de lui ?

Elle rit.

– Pas le moins du monde. Il faudrait que tu sois un vestige du siècle passé. Je ne suis pas certaine qu'il aurait pu te comprendre.

– Mais toi tu y arrives bien.

Elle sembla réfléchir un instant à ce que je venais de dire puis, ayant posé son ouvrage, se leva de sa chaise pour aller vers un bureau situé dans un coin de la pièce ; elle ouvrit le tiroir du haut et en sortit un album photo.

– Oui, tu as raison, confirma-t-elle. Et je pense que ça aussi il aurait eu du mal à le comprendre. Regardons quelques photos.

Pour la première fois je réalisais à quel point elle avait pu être belle. Il y avait des photos prises au Pays de Galles au cours de leur lune de miel, et elle y était vraiment ravissante, avec le genre de physique qui ne passe pas avec les modes. Grand-papa – non, je ne peux vraiment pas l'appeler comme ça ; je vais dire Harold, comme elle – Harold était aussi assez beau, mais uniquement au regard des normes de l'époque, avec une petite moustache et les cheveux gominés, l'air plutôt coincé et sévère, me sembla-t-il, pour un homme censé passer un moment agréable.

– Mais à quoi ressemblait-il ? ai-je demandé à nouveau, alors que les années défilaient sous nos yeux, et que nous arrivions à des photos prises avec leurs enfants. Il a l'air tellement emprunté sur certaines de ces photos...

– En effet, il l'était. (Elle sourit.) Même si je ne le voyais pas sous ce jour. Pas à cette époque. C'était quelqu'un de très comme il faut. L'idée de s'amuser ne lui venait pas naturellement.

– Mais ça ne t'agaçait pas ? Tu es tellement amusante.

– Tu es gentille. (Elle passa sa main dans mes cheveux.) Je fais de mon mieux. Mais Harold n'était simplement pas fait comme ça. Je ne me souviens pas que cela m'ait agacée. Je l'acceptais comme il était. Et c'était un bon mari – et un bon père.

Au fil des pages elle raconta diverses anecdotes à son sujet – rien de très intéressant – et nous sommes arrivées à la fin des photos. Une inscription figurait sous la dernière, *Mars 1958 : Harold dans le jardin, deux jours avant de tomber malade.* Grand-maman la regarda un instant, puis referma l'album.

– Bien sûr, il n'y a plus eu de photos après, dit-elle, et il était difficile de ne pas remarquer la fébrilité dans sa voix.

– Que s'est-il passé exactement ? ai-je demandé. Je sais bien qu'il a eu une tumeur au cerveau, mais on ne pouvait vraiment rien faire ?

– Pas en ce temps-là ? (D'un doigt, elle fit mine d'écrire les lettres dorées du mot « Photographies », inscrit en relief sur l'épaisse couverture.) Aujourd'hui on tenterait peut-être de faire quelque chose, mais à l'époque ils ne pouvaient que le maintenir en vie... si l'on pouvait appeler cela vivre. Ils m'ont dit qu'il pouvait tenir des années.

– Mais il est mort assez vite, non ?

– Oui. C'était... laisse-moi me souvenir... oui, environ quinze mois après l'attaque. Très soudainement, mais paisiblement, à l'hôpital.

Je lui ai serré la main très fort, pour la réconforter mais aussi comme pour m'excuser.

– Excuse-moi, je ne voulais pas te contrarier.

– Ce n'est rien. Tu traverses une phase dans tes émotions où la douleur te semble épouvantable. C'est tout à fait normal, mais quand tu auras mon âge, tu verras... (Elle eut l'air confuse.) Oh, mon Dieu, tu dois me trouver bien pontifiante ?

– Un peu, oui, ai-je dit.

– Alors à moi de m'excuser. (Elle alla ranger l'album dans le bureau.) Bien évidemment, ce fut très douloureux, mais la vie doit continuer.

– Et comment ont réagi maman et les garçons ?

Elle ne répondit pas d'emblée et me parut, sans

raison, attacher beaucoup d'importance à ce que l'album regagne le tiroir.

– Tu veux dire sur le coup, ou bien après ? a-t-elle fini par demander.

– Les deux, je suppose.

Elle me regarda de l'autre bout de la pièce, pensive et perplexe.

– Tu en as déjà parlé avec l'un d'eux ?

– Oui... enfin non, pas directement. J'ai demandé comment il était, mais...

– Qu'ont-ils répondu ?

Je ne m'attendais pas à être coupée aussi vivement.

– Pardon ? Oh... Je ne me souviens pas de tout. C'était il y a longtemps. J'ai l'impression que maman le regrette toujours, même après toutes ces années. Et oncle Tim m'a raconté comment il leur avait appris à jouer au cricket. (Je gardai pour moi la remarque de Richard.) Pour être franche, je n'ai pas eu l'impression qu'ils avaient vraiment envie d'en parler.

– Ah oui ? (Elle sembla intéressée par cette remarque.) Ont-ils dit qu'ils l'aimaient ?

– Bien sûr. (Mais en y réfléchissant, seul Tim avait prononcé les mots.)

Grand-maman sembla réfléchir à nouveau comme elle regagnait son fauteuil préféré.

– Et au sujet du jour de sa mort ? Ils t'en ont parlé ?

– Je ne me souviens pas qu'ils en aient fait mention. (Je commençais à me demander où j'avais fourré les pieds ; avec le recul, c'est au cours de cet après-midi que notre relation a pris une nouvelle tournure, et elle se confia de plus en plus à moi.) Si ce n'est d'avoir dit qu'il était toujours à l'hôpital et qu'il ne s'était jamais réveillé... mais, il est tout simplement mort, non ?

– Oui, il est tout simplement mort... Ils t'ont précisé qu'ils étaient seuls avec lui quand c'est arrivé ?

– Quoi ? (J'étais saisie.) Non. Vraiment ?

– Oui. J'avais l'habitude de lui rendre visite chaque après-midi de la semaine. Mais le samedi, pour que je puisse faire les courses et toutes les autres choses qui avaient dû attendre, c'est eux qui s'y rendaient. Je venais à peine de rentrer quand l'hôpital a appelé, mais je ne suis arrivée qu'une demi-heure après que ton grand-père est mort.

– Et ils se trouvaient là-bas au moment où c'est arrivé ? Ça a dû être terrible pour eux... comme pour toi.

– Ça n'a pas été trop dur pour moi. Naturellement ce fut un coup, parce que rien ne laissait présager que ce serait aussi soudain, mais je m'étais faite à l'idée que cela surviendrait tôt ou tard. Quant à ce qu'ils ont pu ressentir... eh bien, Roberta, pour être honnête je n'en sais rien. Et si leur souhait est de ne pas en parler, mieux vaut peut-être en rester là. (L'horloge sur la cheminée sonna 4 heures.) Mon Dieu, regarde quelle heure il est ! J'ai rendez-vous chez le coiffeur au quart. Je serai rentrée d'ici 5 heures et demie... Tu n'as qu'à te faire du thé et regarder la télévision.

C'était une raison tout à fait valable pour mettre un terme à la conversation, mais je sentis immédiatement qu'elle était en quelque sorte soulagée d'avoir trouvé cette excuse. Elle alla enfiler son manteau et m'invita, pensant que je m'en régalais encore, à prendre des biscuits fourrés à la figue (ce qui n'était pas faux, mais je commençais à faire attention à ma ligne). Après qu'elle fut partie, je ressortis l'album et le feuilletai à nouveau, songeant à ma mère et mes oncles, au chevet de leur père au moment où il était mort ; c'était horrible, mais bien des personnes vivaient la même chose. Je n'avais jamais vu de cadavre, aussi le fait d'en imaginer un entraînait une sorte de fascination répulsive, quelque chose que vous voudriez connaître tout en cherchant à l'éviter.

Je tentai d'imaginer ce que cela avait dû être. Ils étaient adolescents, et je m'efforçai de penser à ce que j'aurais ressenti, assise dans une chambre d'hôpital, à côté de mon père alité, silencieux et paralysé. Un état qui était le sien depuis plus d'un an. Au cours des premières visites, je les imaginai bien mal à l'aise, incapables de rien faire, tout en estimant déplacé de chercher à se comporter avec un quelconque degré de normalité. Après un certain temps, ils s'y étaient sans aucun doute accoutumés, intégrant l'anormal comme une partie de leurs vies. Puis, un après-midi, ils se rendent compte qu'il est mort. Comment ? L'un d'entre eux a bien dû remarquer quelque chose. Mais alors quoi ? Maman s'était-elle jetée sur lui en sanglotant ? Est-ce qu'ils avaient tous pleuré ? Avaient-ils envie que leur mère soit là ? Pour moi, je sais que ça aurait été le cas.

Au bout du compte, je pouvais imaginer ce que j'aurais ressenti dans le cas de papa, mais j'étais incapable de m'immiscer dans leurs têtes. Cependant, ce qui m'a marquée le plus fortement, c'est qu'il était impossible pour eux d'avoir oublié qu'ils étaient présents, alors qu'aucun ne l'avait dit. Pourquoi ? La douleur était-elle toujours présente après toutes ces années ? Se sentaient-ils encore coupables de ne pas avoir remarqué ce qui n'allait pas suffisamment tôt pour appeler une infirmière, ce qui l'aurait peut-être sauvé... peut-être aussi ne voulaient-ils pas que son état s'améliore et, ayant vu quelque chose d'anormal, n'avaient rien fait avant qu'il soit trop tard ? Etait-ce cela que grand-maman soupçonnait ? Que si elle avait été présente, elle aurait tout de suite appelé les secours, et il aurait peut-être survécu ? Mais à tout prendre, il était comme mort de toute façon, et c'était à n'en pas douter un acte de gentillesse que de le laisser mourir en douceur. Je retournais la chose dans ma tête dans tous les sens, sans savoir si ce que j'imaginais correspondait à la vérité, et j'y pensais encore quand

Tim est passé le lendemain après-midi avant de rentrer chez lui. A son habitude, il m'agaça avec sa façon de me traiter comme une enfant – lui-même n'avait pas mûri, et semblait penser que moi non plus – et son attitude envers grand-maman m'ulcéra. Comme si elle était sénile, alors que je la savais astucieuse et capable. Je l'accompagnai jusqu'à sa voiture au moment où il partit.

– Grand-maman m'a parlé de mon grand-père, ai-je lancé négligemment.

Il était sur le point de mettre la clé dans la serrure de la portière et s'arrêta.

– Qu'a-t-elle raconté ?

– A quoi il ressemblait. Ça m'intéressait.

– Je t'en avais parlé, dit-il. Il était très gentil.

– On a aussi parlé de quand il est mort, ai-je ajouté. J'ignorais que toi, maman et oncle Richard étiez présents quand c'est arrivé.

– Elle t'a dit ça ? (La question fusa.)

– Oui. C'est vrai, non ? Il n'y avait que vous trois. Mais aucun de vous ne l'a mentionné quand je vous ai parlé de lui.

– Ah oui ? (Il baissa les yeux, comme pour s'assurer qu'il insérait la clé au bon endroit.) Eh bien, il y a certaines choses dont on n'a pas à parler.

– Et pourquoi ? ai-je demandé. (Je n'allais pas le laisser filer aussi facilement.)

– Tu comprendras quand tu seras plus grande.

La serrure fonctionna et il ouvrit la portière.

– Je comprendrai quoi ? (J'enrageais face à une telle arrogance.) Ça a dû être affreux, mais il n'y a pas de quoi avoir honte.

– Bien sûr. (Il semblait sur la défensive.) Mais nous n'en parlons pas.

– Jamais ? ai-je insisté. Pas même entre vous ?

– Enfin, il nous arrive de... tu arrêtes parfois de poser des questions, Roberta ?

Avant que j'aie eu le temps d'ajouter quoi que ce soit il monta dans la voiture et alluma le moteur.

Il n'esquissa aucun geste de la main en s'éloignant.

Je demeurais énervée par sa condescendance tout en éprouvant une pointe de culpabilité, comme d'avoir cherché, sans ménagements, à rouvrir une vieille cicatrice très douloureuse. Tim sait certes se montrer énervant, mais il a la vulnérabilité de quelqu'un de doux, et j'avais été méchante de chercher à le presser de la sorte. Mais... oh, je ne sais même pas ce que peut recouvrir ce « mais ». Parce que tout avait eu lieu il y a si longtemps, parce qu'ils avaient bien dû finir par accepter, parce que beaucoup de choses...

Et je me souvenais d'eux tels qu'ils étaient à l'époque où je rêvais de devenir écrivain, alors que je cherchais à puiser une quelconque matière première dans ma propre famille, et que je désespérais de nous voir si ennuyeux, à l'abri du besoin, des petits-bourgeois ordinaires, semblables à tout le monde. Jane Austen aurait su en tirer quelque chose, mais pas moi. J'attendais des névroses dignes des Brontë, des infortunes à la Dickens, ou des passions à l'image de Dante et Béatrice ; je me serais même contentée du bégaiement de Somerset Maugham. Mais on ne m'avait servi que le banal et l'accessoire, pas un mot sur cet après-midi bouleversant à l'hôpital.

Bien sûr, cela n'a aucune importance, c'est du passé, mais il m'arrive de me demander pourquoi ils ont gardé le silence, comme si cela était honteux.

2

NAOMI

HSA581309 PAHOME PA 12.11
POLICE/Cadavres
Le Dr Patrick Evans, président des Services d'Assistance à l'Enfance pour le nord de Londres et le Hertfordshire, a décrit Naomi Stansfield comme un de ses membres les plus dévoués, notamment pour la collecte de fonds.
« Cette femme a un cœur en or, a-t-il déclaré. Vous ne la dérangez jamais, et elle se montre toujours à l'écoute des besoins d'autrui. C'est une des femmes les plus gentilles que je connaisse, d'ailleurs elle témoigne de la même ouverture d'esprit envers tout le monde. Je vois mal quelles critiques on pourrait lui adresser. Elle a beaucoup d'affection pour sa famille, et bien que sa mère vive si loin, ils sont tous très liés. Ces meurtres doivent être le fait de quelqu'un d'extérieur. Un vol à main armée a été commis dans le coin, il y a tout juste quelques semaines, et je suis convaincu que c'est à nouveau le cas, mais avec cette fois des conséquences tragiques. »

Ce qui compte le plus à mon sujet – ce qui m'a permis de survivre – c'est que je ne suis plus Naomi Barlow. Je suis Naomi Stansfield, et pas du seul fait de mon mariage ; non, tout en moi y contribue. Cela remonte à si longtemps que ça m'est devenu tout à fait naturel. Ma vie n'est pas un mensonge, je suis simplement devenue une autre personne. Au moment de notre mariage, en 1967, huit ans après la mort de père, Charles travaillait chez Conrad International, mais il a rejoint Kennet Bolingbrocke en 1983. Son métier implique de fréquentes obligations mondaines auprès des grands de ce monde, dignitaires étrangers, diplomates, économistes respectés de Whitehall, voire même à l'occasion un membre de la famille royale. Je dispose d'une garde-robe complète destinée à ces seules soirées, où je tiens parfaitement mon rôle d'épouse d'homme d'affaires, polie et respectueuse envers les hommes, m'enquérant auprès des femmes de leurs enfants ou des destinations de leurs vacances. J'ai en réserve une série de menus propos adaptés à toutes les situations, et je m'efforce d'amener dans toute conversation au moins trois nouveaux sujets.

Chez moi à Brookmans Park – en pleine ceinture verte, dans le Hertfordshire, à environ une demi-heure du centre de Londres – j'adopte de même une attitude très comme il faut. Participer au conseil d'administration de l'école, être impliquée dans les activités paroissiales, organiser des collectes à domicile pour la Croix-Rouge ou la lutte contre le cancer, aider quelques heures à la boutique de charité de l'Association d'aide à l'Enfance, mettre sur pied des petits déjeuners de bienfaisance au profit de toutes les causes imaginables, remplir des enveloppes et faire du démarchage électoral pour la section locale du parti conservateur... Charles et moi allons au théâtre dans le West End au moins deux fois par mois, et notre villa en Dordogne est aussi élégante et somptueuse que la maison de Brookmans Park. La fille de l'ingénieur qualifié et l'univers des classes moyennes de Manchester semblent bien loin ; et c'est mieux ainsi. Mes amis d'aujourd'hui, sans parler des admirateurs – j'ai eu l'occasion de me faire draguer, de manière on ne peut plus respectable, par un ambassadeur, un haut fonctionnaire et, quelle épreuve pour les nerfs, l'épouse d'un Grand-Croix de l'ordre de St Michael et St George – lèveraient un sourcil très indigné s'ils savaient certaines des choses qui sont arrivées dans la période qui suivit cette journée où Naomi Barlow avait fui en hurlant, face au cadavre accusateur de son père.

J'avais commencé à trouver des petits amis au cours de l'année qu'avait en gros duré sa maladie. Ce ne fut pas très difficile ; j'étais plutôt séduisante, mais je n'avais jamais osé tant qu'il se trouvait à la maison ; il les aurait éconduits, me conseillant plus d'application à mon travail. Mère ne fit aucune objection – elle avait de toute façon bien d'autres soucis – et je m'aventurai vers les découvertes habituelles, pelotage au dernier rang des cinémas – heureuse quand je rentrai à la maison que les chemisiers en Nylon ne fassent pas de plis –, voir ma main guidée jusque vers des pantalons enflés sur le devant, alors qu'on me pressait d'une voix étouffée de serrer plus fort. Je trouvais cela agaçant les fois où j'avais envie de voir le film, mais c'était une chose escomptée s'il avait payé les places. Je me suis aussi mise à boire du cidre, et je n'ai appris que des années après que c'était plus alcoolisé que la bière. Des garçons maladroits de leurs doigts défaisaient certes mes boutons, tout comme ils tripotaient les bretelles de mes soutiens-gorge, mais j'avais mes limites, et je n'épargnais aucun effort pour les faire respecter. Dans les cas extrêmes, penser à mon père inconscient s'est révélé d'une efficacité redoutable pour tuer tout désir, et j'y ai recouru fréquemment. Je n'ai jamais compris pourquoi, mais je mentais aux autres filles du lycée, leur faisais croire qu'il s'était passé beaucoup plus, alors que l'après-midi du 17 juin 1959 j'étais toujours une jeune fille vierge, quoique un peu défraîchie. L'enterrement de père eut lieu une semaine après, et deux semaines plus tard, au cours d'une sombre et chaude soirée, dans l'herbe haute sentant la poussière qui borde les terrains de sport de Wilmsford, je pleurais de douleur au moment de perdre mon innocence avec un garçon de terminale dont j'ai oublié le nom, mais il avait un bouton d'acné d'adolescent dans le cou. En fait c'est faux ; mon innocence, je l'avais perdue dans cette chambre d'hôpital.

Ce mois de septembre-là, je commençai mes études d'anglais à l'université de Sheffield ; si la baise avait été une matière, j'aurais obtenu les félicitations du jury. (La menace de ma génération était la bombe, pas le sida.) J'ai oublié le nom de la moitié d'entre eux, et je ne m'aventurerais jamais à calculer leur nombre ; il y eut une semaine où quatre différents se succédèrent. Du sexe à n'en plus finir, sans relâche, dénué de tout sens. Rageuse, insatiable, telle une affamée se gavant dans un supermarché. Cela ne m'a passé qu'au tout début de ma dernière année, un matin dans mon studio, en me réveillant pour découvrir que mon dernier amant de rencontre était déjà parti. Sans laisser de mot, sans avoir cherché à me réveiller légèrement, histoire de me chuchoter un adieu reconnaissant ; non, tout juste sautée et abandonnée. Un déclic eut lieu et, pour la première fois depuis la mort de père, j'ai pleuré ; puis je me suis cloîtrée pour me remettre les idées en place.

J'assumai les raisons de mon comportement. Ayant tué mon père, j'avais besoin de me dégager de lui en agissant le plus possible en opposition extrême avec ce qu'il avait fait de moi. J'avais passé deux ans à braver son fantôme. Regarde-moi. Impossible que je sois ta fille. Ce n'est pas la Naomi Barlow sage comme une image. C'est une traînée, prête à se foutre à poil pour n'importe quel homme à qui elle plaît – et il y en a un certain nombre. J'ai été enculée au lit, par terre, à l'arrière d'une voiture, contre un mur au cours d'une beuverie... Il te faut plus de preuves ? Je le ferai avec deux en même temps, quelqu'un prendra des photos, et même... Pourquoi ? Mais parce que ça veut dire que je ne suis pas ta fille, naturellement, et j'ai besoin de cela, car si je suis ta fille, *je craque !*

Je ne peux pas vivre avec l'idée de ce que je t'ai fait. Veux-tu que je me sente coupable pour le restant de mes jours ? Je t'en prie. Va-t'en. Laisse-moi en paix.

Il était inévitable que je me tourne un certain temps vers la religion ; bien sûr toujours pour fuir, mais cette fois en restant habillée. Je tâtai du bouddhisme, trouvai un prêtre jésuite à qui me confier, lu *Dam Julian* de Norwich, et assitai même à une réunion évangéliste de Billy Graham où j'ai payé dix shillings pour trouver mon salut. Je finis par me convaincre que je me dirigeais avec cahot vers une sorte de rédemption, au point même d'envisager brièvement – quel ridicule – de me faire bonne sœur. Comme tout le reste, ça m'a passé, et j'ai rejoint progressivement le terrain familier et sécurisant de l'Eglise d'Angleterre, m'accrochant à l'idée assez vague qu'une vie consacrée aux bonnes œuvres ferait l'office de pénitence. Quand je n'étais pas occupée à prier je m'attelais aux études, et mes résultats y gagnèrent beaucoup. C'est au cours du dernier trimestre que Paul Fletcher, un de mes maîtres de conférence, m'invita chez lui. Sur le coup je le soupçonnai de me faire des avances – j'étais devenue excessivement sensible face au sexe, y voyant comme un démon n'attendant que la première occasion pour s'emparer de moi à nouveau – mais décidai au fond de moi d'être charitable. Il approchait de la quarantaine, était marié avec des enfants, et rien n'avait jamais indiqué qu'il fasse partie de ces enseignants qui considèrent les étudiantes disponibles comme un des bonus du boulot. Et le jour où il m'invita, nous venions de discuter d'une de mes dissertations, il témoigna d'un intérêt et d'une perspicacité surprenants.

– Quelque chose ne va pas ? demanda-t-il négligemment.

– Que voulez-vous dire ?

– Ces derniers temps... vous semblez vous être renfermée. Vous m'avez habitué à vos questions surprenantes, mais désormais vous restez assise dans votre coin, comme une souris perdue dans une église... et puis, vous avez l'air très malheureuse.

Je reculai vivement ; j'étais encore trop fragile pour accepter sa gentillesse.

– Je vais très bien. C'est juste que je travaille trop.

– Je m'en rends très bien compte, et je suis très heureux que vous en soyez aussi consciente, dit-il sèchement. Vous aviez pris l'habitude de ne fonctionner qu'à mi-régime. J'avais l'impression que vous passiez beaucoup de temps à sortir.

– Je ne crois pas que ça regarde personne d'autre que moi.

Je n'avais pas l'âme à me confesser ce matin-là.

– Tout à fait, admit-il. Si vous continuez à y mettre toute votre énergie, néanmoins, vous devriez sortir avec un diplôme correct. Bien, même heure la semaine prochaine. Merci Naomi.

Il entama la lecture de la dissertation d'un autre élève mais, alors que j'allais pour sortir, il parla à nouveau sans lever les yeux.

– Vous ne seriez pas libre dimanche après-midi ?

– Pourquoi ?

– Mon épouse et moi avons invité des étudiants et quelques professeurs, histoire de boire un verre dans le jardin. Voulez-vous venir ?

– Oh. (C'était la première fois qu'il proposait de nous voir en dehors du cadre de mes études.) Merci. Je veux bien.

– Bon, vers 15 heures alors. (Il tourna une page après y avoir inscrit un commentaire.) Vous savez où nous habitons ? Au coin de Warwick Road, l'ancien presbytère. Ne vous en faites pas si pour une raison ou une autre vous ne pouviez pas venir. Ce sera tout à fait informel.

Je rentrai à pied tout en méditant sur cette invitation. Il semblait que le Dr Fletcher se soit pris d'un soudain intérêt pour moi, vu le travail que je m'étais subitement décidée à fournir. Deux de ses collègues avaient témoigné un intérêt qui tenait à de tout autres raisons, sans que je les déçoive, ajoutant dans un des cas l'adultère à la liste de mes exploits. Je décidai de m'y rendre ; cela s'accordait bien avec ma nouvelle personnalité plus pure.

En arrivant – je portais un chemisier ras du cou et une simple jupe noire, avec des chaussures plates ; je n'étais pas maquillée mais j'avais une croix en chaîne – la porte d'entrée était ouverte, ce qui m'offrait une vue jusque dans la cuisine située à l'arrière, au-delà du long vestibule. Plus loin encore, on apercevait le jardin par la fenêtre, et j'entendais très clairement le brouhaha de la conversation des invités. Je sonnai tout de même et attendis de voir une femme apparaître dans la porte de la cuisine, un verre de vin à la main.

– Bonjour ! Ne restez pas là comme ça. L'entrée est libre.

Elle attendit que je vienne vers elle. Dans le nord, on l'aurait décrite comme bien portante, une manière polie de dire qu'elle était grosse, ce que même un ample caftan en coton ne parvenait à dissimuler. Son visage arrondi était doux, et ses cheveux châtain bouclés.

– Margaret Fletcher. (Elle me tendit la main dès que je fus arrivée à son niveau.) Laquelle pouvez-vous bien être ?

– Naomi Barlow. Merci de m'avoir invitée.

– Naomi. Ah, oui, Paul a beaucoup parlé de vous. Venez, allons rejoindre les autres. J'imagine que vous connaissez déjà la plupart des invités.

Les conversations ressemblaient bien à ce que l'on pouvait attendre d'un pot entre universitaires, les débats politiques et les discussions philosophiques venant se mêler aux bavardages plus anodins.

Les quatre enfants Fletcher couraient partout en criant. La bière et le vin bon marché ne manquèrent jamais. De jeunes hommes aux cheveux longs et à l'air très sérieux débattaient de questions obscures avec leurs enseignants ; une fille de deuxième année, très maniérée, s'enflamma au sujet de Castro, un autre s'efforça de convaincre le professeur de musique de l'existence d'une filiation entre Wagner et Stan Kenton, un de mes ex – le seul présent à ma grande surprise – en revenait toujours au nihilisme et, pour clore les arguments, on finit par lui dire de la fermer. Ce fut une des plus chaudes journées de l'année.

Après m'avoir accueillie, le Dr Fletcher me présenta aux gens que je ne connaissais pas. Deux verres suffirent à me détendre et je commençai à me mêler aux conversations. J'appris que Margaret Fletcher avait suivi des études de logique et d'éthique, abandonnées au moment de fonder une famille, et elle se faisait un bonheur évident de pouvoir discuter sérieusement ; je passai un moment agréable. Je me pris à regretter mon attitude passée, source de bien des occasions perdues. Je m'aperçus au bout d'un certain temps que je ne tripotais plus ma croix tel un talisman sécurisant pour mon âme fragile. Je ne me souviens pas précisément de quoi nous avons parlé, mais le fait est que l'on m'écoutait, et je donnais l'image d'une étudiante dont mon père eût été fier. De nouvelles perspectives se dessinaient au cours de cet après-midi ; peut-être fallait-il envisager un doctorat, suivi d'une thèse et du professorat, une vie de retraite purement intellectuelle... mais quelqu'un évoqua un meurtre horrible survenu quelques semaines auparavant, un homme qui avait étranglé un enfant.

L'affaire avait ravivé l'âpre débat entourant la peine de mort. De vives protestations avaient suivi la pendaison de Ruth Ellis en 1955, et la Grande-Bretagne se dirigeait vers l'abolition, qui ne survint pourtant que fin 1969. Ceux avec qui je me trouvais exprimèrent tous des opinions tranchées, étayées par des a priori, des statistiques, des valeurs morales ; bien évidemment, aucun terrain d'entente n'existait sur une telle question et la discussion monta d'un ton, à tel point que j'eusse préféré être ailleurs. Margaret Fletcher, le visage rougi par l'alcool et l'excitation, se déchaînait sur un professeur de mathématiques.

– Tu déconnes Bernard, disait-elle, lui crachant quasiment les mots à la figure. On n'est pas en train de parler de valeurs absolues. Deux plus deux font peut-être toujours quatre, mais ce genre de raisonnement est beaucoup trop simpliste quand il s'agit de vie ou de mort. La pendaison – comme toute autre peine capitale, d'ailleurs – est barbare, et c'est un échec pour une société que d'y recourir. La loi reconnaît bien dans certains cas qu'un homicide peut être justifié, il n'y a qu'à extrapoler.

– Tu n'affirmes tout de même pas que tout meurtre est justifié ? demanda-t-il.

– Il faudrait commencer par définir ce qu'on entend par justifiable, répondit-elle du tac au tac.

– Je ne suis pas certain d'en être capable, mais la loi semble y parvenir.

Elle grogna d'énervement.

– Ce n'est pas une réponse. Qu'en dis-tu, Naomi ?

– Pardon ? (J'espérais qu'elle m'avait oubliée.) De quoi ?

– La loi peut jouer sur les deux tableaux en disant d'une part « Tu ne tueras point » mais en tuant elle-même des individus, peu importe les circonstances.

– Je... J'avoue n'y avoir jamais réfléchi.

– Mais tu devrais. Ta génération est concernée. Et c'est à vous de faire quelque chose. Vu le nombre de vos aînés dont on pourrait attendre un peu de sagesse mais qui refusent de voir la barbarie que cela représente... autre chose, Bernard...

Elle était repartie et j'en profitai pour m'écarter. Les voix s'estompèrent, je n'entendais plus qu'un bourdonnement, et les couleurs des parterres de fleurs se mirent soudain à danser follement devant moi.

– Quelque chose ne va pas ?

Je commençais à vaciller quand le Dr Fletcher me prit le bras.

– Non... Excusez-moi, ce doit être la chaleur. J'avais un peu le tournis.

– Venez vous asseoir. (Il me conduisit vers une chaise longue usée, située pour partie à l'ombre d'un cytise.) Voulez-vous un verre d'eau ?

– Non, tout va bien. Je me sentirai mieux après m'être assise. Je suis navrée, je ne veux pas vous empêcher de profiter de vos invités. Je vous en prie... j'aimerais rester seule quelques instants.

– Mais naturellement. N'hésitez pas à me demander si vous souhaitez aller vous allonger dans la maison.

Je lui étais reconnaissante d'avoir senti à quel point je pouvais être gênée. Il s'éloigna, et je m'étendis en fermant les yeux.

Je conçois que cela puisse paraître incroyable, mais je n'avais pas envisagé une seconde la peine de mort ; j'avais eu trop à faire, je prenais beaucoup sur moi, ce qui avait laissé peu le loisir de se soucier des conséquences pénales. J'avais dix-huit ans au moment de la mort de père, à n'en pas douter trop jeune pour... Terrorisée, je sentis la nausée m'envahir et m'agrippai aux montants en bois du transat, mais j'ouvris subitement les yeux en sentant la chaise vaciller. L'air penaud, une des enfants Fletcher se trouvait à mes pieds, étalée dans l'herbe.

– Pardon, dit-elle le souffle court, juste le temps de sauter sur ses pieds et repartir, poursuivie par les autres, dans des cris de joie.

Je les regardai courir jusqu'au mur situé au fond du jardin, les rires se mêlant à leurs cris. Elle avait deux frères plus jeunes, des petits monstres débraillés, et elle attrapa l'un d'eux par la taille avant de redémarrer de plus belle, toujours en criant : « Tu n'm'attraperas pas ! » Libre, excitée, indomptable comme les enfants savent l'être un jour d'été ; je me revoyais plus jeune, avec Richard et Tim. Il y avait quoi – tout juste dix ans ? – j'étais comme elle. Bien sûr, chacun perd tôt ou tard ce bonheur innocent et pur, mais je sentis soudain que rien de plus durable ne viendrait jamais le remplacer. Il y aurait toujours des moments, quand je m'y attendrais le moins, où ce que j'avais fait viendrait me frapper, tel un coup de poignard, et ma conscience tressaillerait de douleur. Impossible d'y échapper, cela resterait toujours présent, attendant de surgir... Je m'accrochai alors à une idée que je ne formulais encore qu'imparfaitement. En affirmant ne pouvoir y échapper, je parlais de Naomi Barlow, cette fille que j'avais cherché à nier – voire même à détruire – en allant d'un lit à l'autre. J'étais sur la bonne voie, mais je m'y prenais mal ; il me fallait trouver une nouvelle personnalité qui me permette de fuir, une personnalité si éloignée des rêves de Naomi Barlow que cela eût semblé impossible à réaliser. Je me surpris à sourire en pensant qu'une solution serait d'épouser le Prince Charles et de devenir reine ; mais bon, quelque chose d'aussi impensable : être la première femme Premier ministre – en 1961, devenir reine semblait encore plus plausible – ou bien... Je m'arrêtai ; je ne pouvais me permettre de ruiner un espoir aussi fragile en me montrant aussi bête.

J'avais entrevu le bout du tunnel et je me sentais étrangement mieux ; mon tourment avait semblé sans issue, et j'envisageais enfin d'en être soulagée. J'aurais à vivre dans le mensonge, mais cela restait plus supportable qu'une vérité que je portais comme une croix.

– Comment vous sentez-vous ?

La voix du Dr Fletcher mit fin à mes songes.

– Beaucoup mieux, merci. (Je me levai.) Je suis vraiment désolée.

– Pas la peine de vous excuser. Venez donc manger quelque chose. Je sais bien que les étudiants se nourrissent mal.

Il y a quelques années, j'ai appris avec beaucoup de tristesse sa mort, en lisant le *Daily Telegraph* – il avait cinquante-sept ans. C'était un bon pédagogue, un homme gentil, très à l'écoute. Et je me suis souvenue de ces instants passés à l'ombre du cytise. J'ai ensuite adopté une attitude très déterminée, très calculée, sans en faire pour autant une obsession. J'obtins mon diplôme d'anglais avec un classement honorable, et je devais décider ce que je ferai ensuite. Il était bien évidemment exclu de rentrer à Manchester, et je rejoignis donc ce que les sociologues appelèrent la « Marche vers le Sud », gagnant

Londres où j'avais décroché un emploi dans une agence de relations publiques. Je trouvai un appartement à Kentish Town. C'étaient les folles années soixante, le temps des coiffures en casque de minerve, des minijupes, de ces ravissantes bottes en cuir très montantes, une époque de grande liberté, enivrante. J'étais jeune, belle et célibataire, avec tout de même une idée fixe en tête. Je portais ce qui se faisait de mieux sur Carnaby Street ou Kings Road, et je parvins à changer de personnalité tout en m'amusant. Ne jouissant pas d'un accent de Liverpool – d'un chic très original dans le Londres de cette époque – je devais me débarrasser de mes origines provinciales. Je suivis des cours d'élocution, me plongeai dans les manuels de savoir-vivre et dévorai toutes les revues de mode possibles. Je compensai un manque de sophistication avec des voyages à Paris et Florence, assistai aux expositions du moment à la Tate ou la National, citai les livres à la mode que j'avais lus, et je ne ratai ni un film ni une pièce qu'il fallait avoir vus. En l'espace de quelques années j'étais devenue capable de me faire passer pour un pur produit londonien, avec même, pour un œil exercé, un soupçon des écoles les plus choisies. J'espaçais le plus possible mes visites à Manchester – « Désolée, maman, mais tu ne peux pas imaginer à quel point nous sommes surchargés » – et je chassais l'image de mon père chaque fois qu'elle refaisait surface.

L'étape suivante ne pouvait qu'être le mariage. Les prétendants ne manquaient pas – au regard de mes normes d'avant, je me suis montrée frugale, mais j'ai tout de même couché avec deux d'entre eux – mais aucun ne tranchait suffisamment. Mes attentes s'enflaient à mesure que je gravissais les échelons de la société. C'est alors que j'ai rencontré Charles, à Wimbledon en 1966. Je m'occupais d'accueillir les invités d'un de nos clients, aussi étais-je présente le jour de la finale masculine, à distribuer le champagne et les canapés. Je choisissais avec soin les vêtements portés pour ce genre d'événements, rien de trop provocant, de l'élégance avec une touche coquine ; mes antennes étaient sorties au maximum pour ce genre d'occasion, je devais être en alerte. Charles se trouvait parmi un groupe de banquiers, certains plus âgés que Mathusalem, et autant dire qu'avec ses trente-six ans il sortait du lot ; qui plus est, il n'était pas accompagné d'une épouse et il fut un des seuls à aller voir le match. Je me trouvais naturellement coincée dans la tente tandis que Santana battait Ralston en trois sets, mais à son retour je lui ai demandé si la partie avait été belle. Il crut d'abord que je me contentais de bien faire mon métier, mais se montra ensuite heureux de tomber sur quelqu'un qui semblait s'intéresser à ce qui se passait ; en fait, c'est à lui que je commençais à m'intéresser.

Les détails importent peu, mais disons que j'ai accepté une invitation à venir jouer au tennis dans son club privé – j'étais assez douée à l'école, et j'avais jugé essentiel pour mon nouveau style de vie de continuer – ce qui a conduit à une invitation à dîner, et par la suite au lit. Il avait perdu sa femme dans un accident d'avion moins d'un an après leur mariage, était donc très disponible et nous sommes tombés amoureux. C'est simple... enfin, lui est sincèrement amoureux ; moi, j'ai laissé agir l'amour, puisqu'il correspondait parfaitement à mes besoins. Au mois de novembre qui suivit notre rencontre, il m'emmena passer un week-end chez ses parents ; ma confiance n'avait cessé de croître jusqu'à ce moment, mais là j'abordais l'épreuve décisive. Ils habitaient un manoir du Buckinghamshire – je n'exagère pas – certaines parties dataient de Jacques Ier, et ils l'ont vendu plus tard pour un million et demi de livres. Je fus très souriante, prenant le dessus sur la terreur que j'éprouvais, et je fus peu loquace sur mes origines, bien que ce ne soit pas vraiment nécessaire. Ils m'ont acceptée exactement pour ce que je semblais être : une jeune femme bien de sa personne, dont leur fils se sentait suffisamment proche pour avoir envie de la leur présenter. Le père de Charles a aujourd'hui plus de quatre-vingts ans, il souffre de la maladie de Parkinson ; à l'époque il demeurait très énergique, et s'est montré d'une rare gentillesse avec moi. Ce premier week-end, il me fit visiter le jardin – je devrais dire la propriété, il y avait plus de quinze hectares – où se trouvait un mûrier planté, selon la tradition familiale, par le prince Albert ; des membres de la famille royale avaient réellement figuré au nombre de leurs invités. Toute femme fait des efforts quand elle rencontre l'homme qu'elle sait vouloir épouser ; moi, je suis passée à la vitesse supérieure à compter de ce moment-là, bien que je me fusse déjà convaincue qu'il finirait par me demander ma main.

De retour à Londres, je consacrai une soirée entière à rédiger une lettre de remerciement pour ses parents, que j'accompagnai de fleurs. A Noël, j'offris à sa mère une broche très coûteuse et à son père la meilleure boîte de cigares que j'avais pu trouver. J'éprouvais plus de peine avec le cadeau de Charles – pour le coup, c'était vraiment l'*homme qui a tout* – avant de m'arrêter sur une idée qui pouvait sembler bête à première vue, mais dont je sentais bien qu'elle pourrait avoir l'effet désiré. Nous n'habitions pas ensemble – j'avais décidé que ce n'était pas opportun – mais j'avais la clé de son appartement de St John's Wood où je me rendais fréquemment après le travail pour l'attendre. La veille de notre départ pour le Buckinghamshire, où nous allions passer les fêtes, je m'y rendis et l'appelai au bureau.

– Bonjour, mon chéri. J'ai ton cadeau de Noël.

– Merci. Je te promets de ne pas l'ouvrir avant le 25.

– Non, je préfère que tu l'aies ce soir. A dans une heure.

Peu avant 7 heures, je l'entendis rentrer et se rendre dans le salon.

– Naomi ? Où es-tu ?

– Dans la chambre.

Il s'arrêta sur le pas de la porte en m'apercevant sur le lit, un énorme ruban argenté formant un nœud autour de ma taille ; avec mon Chanel n° 5 c'est tout ce que je portais. J'ouvris grand les yeux et pris un air désespéré.

– Je ne voyais pas quoi t'offrir qui puisse exprimer ce que je voulais te dire. Tu veux bien de moi comme cadeau ?

Il resta immobile encore un instant, et son visage s'emplit du plus beau sourire. Je savais combien il était devenu sérieux après la mort de Sarah, et qu'il serait touché par un peu de frivolité. Quand il s'est approché du lit j'ai passé mes bras autour de son cou pour l'embrasser.

– Joyeux Noël, mon chéri, ai-je murmuré.

Il me demanda de l'épouser le jour de Noël ; comme cadeau, il avait choisi une bague de fiançailles.

Le mariage fut célébré l'été suivant, en l'église de la paroisse dont dépendaient ses parents. Ils avaient proposé que nous options pour mon église, mais c'était impossible. Je n'étais pas retournée à St Luke de Wilmsford depuis l'enterrement de père. Je soutins que la leur avait plus de cachet, et restait attachée à de nombreux souvenirs de famille qui comptaient pour eux. J'appréhendais quelque peu la réaction de mère et de mes frères face à un mariage que couvrirait la presse locale, où seraient invités un secrétaire d'Etat ainsi que le représentant de la Couronne dans le comté, mais tout se passa pour le mieux. Mère s'en sortit, surmontant sa nervosité, et Richard se montra très blasé ; il tenait déjà de Fleet Street une vision amère de la richesse comme de la gloire. J'avais demandé à Tim de me donner le bras lors du cortège. J'avais bien des raisons de ne pas le faire, mais ce rôle lui revenait et la famille de Charles n'en attendait pas moins. Il a d'abord rechigné, mais je lui ai fait remarquer qu'il était après tout, quoique de justesse l'aîné de mes frères, et j'ai beaucoup insisté. Il s'est senti mal à l'aise tout du long mais a survécu à l'épreuve.

Ma robe venait de chez Dior ; j'économisais depuis longtemps pour pouvoir l'acheter. L'instant dont je me souviendrais toujours, plus que de la remontée de l'allée avec ces quantités de jaquettes et de tenues haute couture, plus encore que l'échange de nos vœux face au recteur ou même que les pétales de rose, dans des tons rose et jaune, qui se sont accrochés à mon voile que le soleil transperçait, fut de signer le registre de mariage dans la sacristie. Je m'arrêtai une fraction de seconde pour contempler ce que je venais d'écrire – Naomi Jean Stansfield – et me sentis soudain comme allégée d'une charge formidable que j'aurais portée des années. Au cours de la réception, sous une grande tente fleurie à souhait que le traiteur avait installée sur la pelouse de Temple Manor, mère s'approcha de moi et me prit les deux mains.

– Tu as l'air si belle et heureuse, dit-elle d'une voix douce, avant que les larmes ne lui viennent. Il aurait été si fier de toi.

Je parvins à retenir mes propres larmes et me penchai pour l'embrasser sur la joue, par affection mais surtout pour lui cacher mon visage, qui trahissait le soulagement que j'éprouvais de savoir que Naomi Barlow n'existait plus.

Il lui arrive pourtant de resurgir de temps à autre, non pas tant comme la personne que je fus, plutôt comme une connaissance que j'aurais oubliée. C'est devenu moins fréquent, mais il arrive tout de même que le visage de cette étrangère surgisse devant moi. Je lui rétorque qu'elle est morte, comme lui ; je les ai assassinés tous deux à leur manière. Le fantôme disparaît alors, jusqu'à la prochaine fois.

3

TIM

HSA581322 PAHOME PA 12.23
POLICE/Cadavres/Mémo
À L'ATTENTION DES RÉDACTEURS ET SECRÉTAIRES DE RÉDACTION
Conférence de presse de la police sur le double meurtre du Hertfordshire repoussée à 15 heures.

HSA581340 PAHOME PA 12.29
POLICE/Cadavres/Développements
Barry Hughes (30 ans), directeur de l'école primaire JMI à Wilmsford, dans la banlieue de Manchester, où Tim Barlow enseigne depuis presque trente ans, a déclaré : « Nous sommes tous sous le choc. Tim et son épouse Claire ont toujours passé Noël dans le Hertfordshire, chez sa sœur. Ils emmènent la mère de Tim. C'était devenu une tradition, un Noël tranquille et heureux. Comment imaginer que ce serait différent cette année ? On ne pensait pas une seconde que ce genre de chose puisse arriver aux Barlow.
» Tim fait partie de notre école depuis si longtemps qu'on aurait du mal à imaginer les lieux sans lui. J'ai même reçu plusieurs coups de fil de collègues, en pleurs après avoir appris la nouvelle. On se doute bien qu'un drame est survenu, mais on espère seulement qu'il est sain et sauf. »

Un ami m'a raconté l'autre jour qu'il s'était rendu dans son école maternelle après avoir appris qu'elle allait fermer. Il n'y avait pas pénétré depuis plus de vingt ans.

– J'ai eu l'impression qu'ils avaient tout abattu pour reconstruire ensuite à une plus petite échelle, m'a-t-il dit. Je me souviens de la grande salle où nous étions réunis pour la prière du matin, elle me faisait l'effet d'une cathédrale ; je l'ai trouvée presque exiguë. J'étais avec d'autres personnes, nous avons déambulé plus d'une heure sans pouvoir nous mettre d'accord sur la salle que nous avions occupée en deuxième année.

Mon école – enfin, la première que j'ai connue – a aussi changé, mais sans que je m'en rende vraiment compte, car j'étais là tandis que l'évolution se faisait, petit à petit. Il y avait en réalité deux écoles du temps où j'étais élève – la maternelle et l'école primaire –, dirigées par deux personnes différentes, miss Day et Mr Tonks. Désormais c'est JMI, sous la seule direction de Barry Hughes, et les enseignants sont beaucoup plus jeunes que ceux que j'ai connus. Cela tenait au fait qu'en temps de guerre on avait rappelé de nombreux instituteurs en retraite pour remplacer les jeunes partis rejoindre les forces armées ; beaucoup étaient encore présents en 1946, quand je suis arrivé. Ils vous faisaient entonner en chœur les tables de multiplication, croyaient aux vertus de la dictée, et imposaient la discipline sans difficulté ; nous ne procédons plus de la même façon aujourd'hui, mais je me dis souvent que nous avons perdu certaines vertus de l'ancien système.

Quand je suis devenu instituteur à l'école primaire en 1964, les vieux maîtres étaient partis, mais Mr Tonks demeurait présent, même s'il n'était qu'à deux ans de la retraite. Ma salle de classe était celle que j'avais connue occupée par Mr Foden ; les bureaux aux pieds en métal étaient toujours les mêmes, avec leurs plans inclinés pourvus d'un creux pour les encriers en porcelaine – qui eux, bien sûr, avaient disparu, vu que l'on autorisait les stylos bille – et le tableau noir était celui qu'il avait utilisé ; on n'avait toujours pas remplacé la vis dans le coin en haut à droite, celle qui dépareillait avec les autres. Une des choses qui m'a le plus étonné survint le premier jour où je fus de garde pendant la récréation. Un mur longe l'un des côtés de la cour, avec des piliers décoratifs disposés à intervalles réguliers, environ tous les trois mètres, de sorte à délimiter douze espaces. Une bande de garçons jouaient au football et ils utilisaient comme but la troisième section en partant du coin.

– Pourquoi utilisez-vous comme but cette section-là plutôt qu'une autre ? ai-je demandé à l'un d'entre eux.

Il me regarda, comme stupéfait, puis haussa les épaules, dédaigneux face à l'ignorance du nouveau que j'étais.

– Sais pas. C'est toujours ça le but.

Il avait raison. C'était déjà ainsi en 1946. Et personne n'avait eu l'idée d'y changer quelque chose, même si la logique n'y était pour rien. L'école datait des années vingt, et un garçon inconnu avait pris la décision au cours d'une des premières parties de foot, jouée probablement avec une vieille balle de tennis et un nombre fantaisiste de joueurs dans chaque équipe. Les petits enfants sont très conservateurs, aussi le but n'avait pas bougé pour les milliers de parties qui avaient suivi, jusqu'à aujourd'hui. C'est plutôt rassurant.

Pourquoi suis-je devenu instituteur ? Je ne sais pas vraiment. Le métier me plaisait. Je savais bien que mes résultats scolaires ne suffiraient pas pour suivre Nimmy à l'université, mais ils me permettaient à l'époque de suivre une formation de maître. Le poste à Wilmsford s'est trouvé être disponible quand j'ai terminé, et puis... Ça n'a pas d'importance. Il fallait bien que je fasse quelque chose et l'enseignement vaut bien un autre métier. J'aime ce que je fais et j'y suis doué. Je regrette juste de ne pas avoir été nommé directeur, mais de toute évidence j'étais trop jeune au moment de la retraite de Mr Tonks. Et quand Gordon Davies, son successeur, est parti, les autorités locales, travaillistes, tenaient à avoir quelqu'un qui soit acquis à leurs idées ridicules, comme d'apprendre l'alphabet très tôt ou de laisser les enfants s'exprimer en hurlant beaucoup. Dieu merci, ces idioties ont passé. Mais quand le poste fut à nouveau libre on me jugea trop vieux ; j'ai une génération de différence avec certains de mes collègues – notamment Barry – et je sais bien qu'en salle des professeurs on me surnomme « Mr Loyal » dans mon dos, mais ça ne me dérange pas.

J'aurais pu changer de poste. A une époque j'ai d'ailleurs postulé pour d'autres places, mais rien n'a abouti. J'ai tout de même failli décrocher le premier, mais fus étonnamment soulagé de ne pas être retenu après le deuxième entretien. Je compris alors que je n'avais pas vraiment envie de quitter Wilmsford JMI – j'aurais rencontré les mêmes difficultés dans une autre école, et mon salaire suffisait à mes besoins ; tout bien réfléchi j'étais largement satisfait. Claire, ma femme, habite aussi Wilmsford depuis toujours, et ni elle ni moi n'avons jamais vraiment eu envie d'aller ailleurs. Tous nos amis sont dans le coin et nos racines se trouvent ici. Nimmy et Richard habitent quasiment à deux cents miles, et il ne reste donc que moi pour m'occuper de maman. Elle reste tout à fait indépendante mais elle a dépassé les soixante-dix ans, et qui sait quand elle aura besoin de... J'aimerais mettre un certain nombre de choses au point.

D'abord, je ne m'accroche pas au passé ; bien des choses sont beaucoup trop douloureuses, et je ne souhaite qu'oublier. Ensuite, je ne vois pas ce qu'il y a d'étrange dans l'affection que je porte à maman. Je ne critique en rien Richard et Naomi, et ce qu'ils ont fait de leurs vies – c'est leur choix et je le respecte – mais vous trouverez bien des familles où un enfant est resté plus proche des parents que les autres. Enfin, les gens qui me trouvent ennuyeux ne me connaissent pas ; en fait, personne ne me connaît vraiment. Ils croient voir un homme terne, sécurisé par la routine de son univers familier, et ne peuvent imaginer qu'il y ait autre chose. A l'école, Tim est celui sur qui on peut compter en cas de besoin. Faire le bouche-trou quand quelqu'un est absent, se taper avec le sourire les excursions des plus petits, organiser le spectacle de Noël... Aux yeux des autres, Claire et moi sommes ce couple morne qui circule dans une Ford Sierra vieille de dix ans, ceux qui sortent rarement et reçoivent peu. Certains se souviennent de ce qui est arrivé à Harry, et témoignent d'un peu de compassion ; mais ça a fini par devenir condescendant. Ils se figurent que rien n'existe au-delà des apparences. Ils auraient pourtant du mal à croire ce qu'ils trouveraient.

Pour commencer, j'ai assassiné mon père sur son lit d'hôpital, alors qu'il gisait sans défense. Cet homme ne m'avait jamais fait de mal, et avait toujours agi pour ce qu'il jugeait sincèrement être mon bien. Vous connaissez quelqu'un dont les complexes puissent rivaliser avec ça ? Vous pensez que mes collègues, ces gamins, pourraient ne serait-ce que concevoir une telle chose sur mon compte ? Ensuite, il y a la mort d'Harry. Cela remonte à plus de vingt-cinq ans, mais je continue pourtant d'en souffrir. Pas à cause de la peine – on finit par s'y habituer, malgré la douleur – mais parce que Claire et moi ne sommes jamais parvenus à le remplacer.

Ni elle ni moi n'avons le moindre problème physique ; ce serait plus supportable si tel était le cas. C'est tout simplement que je suis incapable d'avoir des rapports sexuels avec ma propre femme. C'était déjà suffisamment difficile avant Harry ; après coup j'ai trouvé cela impossible. Nous avons eu quelques disputes acharnées sur le sujet, elle m'accusait de lui refuser un autre enfant par peur, et exigeait ensuite des explications que je ne pouvais fournir. Nous avons naturellement cherché du soutien – conseil matrimonial, sexologue – mais rien ne marcha. Une des personnes consultées fit une fixation sur ma famille. Quels souvenirs avais-je des relations entre mes parents ? Se témoignaient-ils de l'affection ? S'embrassaient-ils, échangeaient-ils des gestes tendres en ma présence ? Eprouvais-je des difficultés à parler de ce genre de choses ? Bien sûr, mais allez lui dire pourquoi ! Je pouvais très bien parler de maman – le problème n'était pas là – mais pas de papa. Il me fallait me retrancher, sans même pouvoir expliquer pourquoi à Claire. Nous avons cependant toujours refusé d'envisager le divorce. Claire n'est pas portée à l'excès sur la religion, mais a toujours affirmé prendre très au sérieux les vœux du mariage, et pour ma part, je ne pouvais pas envisager de m'en sortir sans elle. Hormis une courte période pendant ma formation de maître, je n'ai jamais vécu seul.

Nous avons donc appris à vivre avec – du moins, en tournant le dos au problème – mais le moindre recoin de notre vie finit par en porter la marque. Le sexe présente aujourd'hui l'inconvénient d'être si envahissant ; difficile d'allumer la télévision sans tomber sur un couple au lit, et à chaque fois l'un de nous deux quitte la pièce sans rien dire. Je ne sais pas comment Claire s'en sort, il m'est impossible de le lui demander, mais je vois bien à quel point ça me mine. Il m'arrive de la désirer, mais je n'envisagerais jamais de faire le premier pas, tant je sais qu'un mur surgira inévitablement entre elle et moi, et que chacun souffrira à nouveau. Elle m'a longtemps accusé d'être homosexuel, mais je ne le suis pas. Je trouve les autres femmes séduisantes, c'est tout ; et je suis sûr que tout marcherait très bien avec elles. Non pas que j'aie essayé, j'ai préféré me tourner vers d'autres substituts. Mais ça ne regarde que moi, et personne n'est au courant.

Voilà donc ce que cache ce bon vieux Tim Barlow, sous des dehors si rasoirs. Je comprends très bien la culpabilité que je peux éprouver au sujet de papa, mais beaucoup moins le malaise face à mon mariage. Claire est devenue infirmière en crèche. J'eus droit à quelques remarques amères quand elle décida de suivre cette formation, comme quoi elle avait besoin d'enfants dans sa vie. Nous évitons de trop regarder les lézardes, espérant qu'elles ne se creuseront pas. Si l'on excepte cette difficulté de taille, nous avons bricolé une relation fondée sur la raison. Nous sommes membres de la troupe d'opéra amateur de Wilmsford, où nous nous sommes d'ailleurs rencontrés ; maman continue aussi d'en faire partie. Nous partageons un même goût pour le jardinage, et visitons souvent des châteaux afin d'y dénicher quelques idées. On ne peut pas vraiment dire que nous soyons riches mais nous vivons confortablement. On a fait au mieux, et je m'accommode très bien de ce que je suis.

Nous voyons peu le reste de la famille, excepté ma nièce Roberta qui vient souvent passer quelques jours avec mère. Je lui en suis reconnaissant, mais, pour reprendre les mots de Claire, c'est une vraie petite bourgeoise comme il faut. Toujours vêtue au dernier cri, conduisant une Golf GTI dont elle a fait pousser le moteur, la ramenant sans cesse avec les endroits branchés de Londres ou les nouvelles modes. Nous la trouvons prétentieuse et pourrie gâtée, mais elle semble s'entendre à merveille avec maman, ce qui est étrange, vu le peu qu'elles semblent avoir en commun. Je n'aime pas passer quand elle est là, même si je le fais quand même.

Nous passons tous les Noël chez Naomi et Charles parce que cela fait plaisir à maman ; c'est la seule occasion qu'il nous reste d'être réunis. Mon beau-frère est riche comme Crésus mais il garde sa simplicité. Pour un banquier d'affaires je le trouve très au fait des questions d'éducation, et nous avons souvent eu des discussions intéressantes. Il y a toujours un arbre de Noël à peu près aussi imposant que ceux des grands magasins, couvert des babioles les plus chères de chez Harrod's, que Naomi prend soin de remplacer d'une année sur l'autre. Nous ne cherchons plus à rivaliser avec leurs cadeaux ; on ne peut pas se permettre de dépenser une fortune comme Naomi. Cela a longtemps gêné Claire.

– Regarde-moi ça, avait-elle murmuré un matin de Noël – en 1976 il me semble – pendant que l'on distribuait les cadeaux. (Naomi lui avait offert un chemisier.) C'est de la soie. Ça a dû coûter une fortune.

– Moi, j'ai eu un stylo plaqué or, ai-je marmonné, ma voix couverte par le bruit des autres conversations.

– Elle essaie de nous en jeter plein la vue – et à toi tout particulièrement. Elle se débarrassera probablement de notre plat en inox dans une vente de charité.

– On ne peut rien y faire, ai-je répondu. Elle est comme ça.

Chacun ouvrait ses cadeaux, et je me fis la remarque que c'était devenu une seconde nature pour Naomi que de faire étalage de son argent, pas simplement avec nous mais avec tout le monde. Ils avaient aussi invité cette année-là un associé de Charles et son épouse, et j'avais entendu Naomi lui expliquer combien cela avait coûté de refaire la cuisine avec des éléments sur mesure en chêne massif. Sans compter le carrelage, le double four, l'énorme congélateur et un des premiers lave-vaisselle que je voyais. Je songeai alors à la cuisine de maman à Tattersall Close. Le lino avait été changé depuis notre enfance, mais elle utilisait toujours la même cuisinière, et avait conservé la table en Formica où nous nous serrions pour le petit déjeuner avant de partir à l'école. Ma sœur était devenue snob, la dernière chose que j'aurais imaginée quand nous étions enfants.

Richard rigola, ce qui coupa le fil de mes pensées ; je tournai mon attention vers lui. A l'époque, il était toujours marié avec Kate et Emma, sa plus jeune fille, avait environ dix-huit mois. Lui me faisait moins l'effet d'un étranger ; j'avais décelé son absence de pitié bien des années auparavant, mais dans son cas aussi j'avais du mal à retrouver les enfants que nous avions été dans les adultes que nous étions devenus. Je ne veux pas faire le vertueux, mais nous avons été élevés suivant certains principes, illustrés à merveille par notre engagement dans le scoutisme. Il fallait dire la vérité, respecter un certain code de l'honneur, ne pas mentir ; le genre de choses que je tente d'inculquer à mes petits de neuf ans, en même temps que l'écriture. Mais Richard mentait désormais avec beaucoup de facilité, dans la plupart de ses écrits comme dans ses conversations ; je me souviens comment il me confia avoir ruiné la carrière prometteuse d'un jeune parlementaire, en soûlant une actrice de seconde zone afin qu'elle lui révèle une imprudence vieille de plusieurs années. Il se vanta même d'avoir trafiqué l'enregistrement de la conversation pour que cela semble encore plus grave. Quand je lui fis remarquer que cela ne me semblait pas très juste, il se moqua de moi :

– Sors un peu de ta foutue école primaire, Tim, dit-il. C'est la dure réalité, et dans mon boulot tout est permis. J'ai obtenu une prime de cinq cents livres – non déclarée, rien pour le percepteur – pour ce petit brin d'exclusivité. Qu'est-ce que t'en dis, pas mal ? J'imagine que tu ne dirais pas non à un petit extra de ce genre.

J'ai failli lui demander comment père aurait réagi, mais c'est un sujet que nous évitons.

Il y eut un incident plutôt étrange ce jour de Noël. Le téléphone sonna au cours de la soirée et Charles revint du vestibule en annonçant que c'était pour mère. Elle ne sembla pas surprise, et resta muette quand l'un d'entre nous demanda qui ce pouvait être. Elle avait quitté la pièce depuis environ dix minutes quand je traversai le vestibule pour me rendre aux toilettes du rez-de-chaussée. Elle était assise sur une chaise, près de la table où reposait le téléphone, et elle rigolait ; en me voyant elle se pressa de raccrocher.

– Qui était-ce ? ai-je demandé.

– Juste une connaissance.

Elle se leva et se regarda dans le grand miroir ovale doré qui était suspendu au-dessus de la table, faisant mine de réarranger sa coiffure.

– Ah oui ? Mrs Jackson ? Quelqu'un de la paroisse ?

– Non, c'était... Mon Dieu, je suis toute décoiffée. (Elle tapotait sa permanente, comme agacée.) Je vais monter réarranger ça. Tu n'as pas trouvé la dinde délicieuse ? Je ne pourrai plus rien manger avant le nouvel an. J'ai remarqué que toi non plus tu ne t'étais pas fait prier. Ça me fait plaisir, tu ne manges pas toujours assez. Et ça ne te ferait pas de mal de prendre un peu de poids. Pourquoi ne demandes-tu pas à Claire de te préparer de bons vieux puddings, ceux à base de viande et de rognons...

Elle avait disparu dans un des virages de l'escalier, et je ne pouvais plus distinguer les propos anodins qu'elle m'adressait.

C'était la première fois que je lui connaissais le moindre intérêt pour mes habitudes alimentaires, elle cherchait clairement à changer de sujet. Je fus alors frappé de remarquer qu'aucun de ses amis ne me semblait du genre à l'appeler le jour de Noël. Après avoir rejoint les autres, je demandai discrètement à Charles si la personne avait donné son nom.

– Non, répondit-il. Il a juste demandé à parler à Mrs Barlow. Il s'est présenté comme un ami qui voulait lui souhaiter un joyeux Noël.

– Il ? ai-je répété. Il appelait de loin ?

– C'est possible. La ligne était plutôt faible. Pourquoi ?

– Je me demandais juste de qui il pouvait s'agir.

– Tu n'as qu'à lui demander... Tu as toujours à boire ?

Dans la voiture, en rentrant vers Manchester, maman s'est extasiée de son séjour, vantant la générosité de Charles et Naomi, et leur maison si belle, et... Du coin de l'œil je voyais Claire, assise à côté de moi à l'avant, serrer les dents. Je changeai de sujet.

– Au fait, qui était l'auteur du coup de fil mystérieux ? ai-je demandé subitement.

– Quel coup de fil ? Ah, le jour de Noël. Je t'ai déjà dit que c'était une connaissance.

– Un homme, ai-je ajouté.

– Comment le sais-tu... ? Oui, Tim, en effet. Mais je ne vois pas en quoi cela peut te concerner.

Je ne m'attendais pas à ce qu'elle réponde aussi sèchement et me sentis mal à l'aise.

– On ne se fait pas de secrets, d'habitude, dis-je.

– Ah oui ? (Elle laissa ces mots planer quelques instants puis se tourna vers Claire.) Je trouve ce livre sur la famille royale que vous m'avez offert tout à fait passionnant. J'ai commencé à le lire au lit hier soir. Il faudra que vous me l'empruntiez. Saviez-vous que...

Je fixai l'autoroute devant moi. Qui pouvait être cet homme dont elle refusait de dire le nom ? Elle avait... Voyons, c'est simple à calculer... Elle aurait cinquante-neuf ans en février, mais au mieux de sa forme on lui aurait donné dix ans de moins. Quelqu'un d'autre dans sa vie ? Impensable. Elle n'avait besoin de personne. J'étais là pour son bricolage, il y avait les après-midi au bridge ou au Women's Institute, et les excursions en bus au Lake District ou à Blackpool, pour voir le front de mer illuminé. Ce n'était tout de même pas quelqu'un qu'elle aimait ; elle avait aimé papa. Arrête d'imaginer des bêtises. Elle a dû simplement rencontrer quelqu'un qui se sentait seul, ils ont fait connaissance, se sont invités plusieurs fois à prendre le café, se sont même peut-être baladés dans le parc de Wilmsford. Il s'était trouvé seul le jour de Noël et l'avait appelée, faute de mieux. De là à imaginer que... Non. Voyez-vous, je la connais mieux que personne – c'est ma mère – et jamais elle ne ferait une chose pareille.

Je fus alors saisi d'un doute ; quand elle avait remis en question le fait que nous n'ayons pas de secrets l'un pour l'autre, peut-être entendait-elle qu'il y avait des choses que je lui avais cachées sur mon propre compte. Au sujet de Claire et moi, ou bien... Des choses personnelles... Sur papa et comment il était...

– Attention à la voiture !

Claire cria à l'instant précis où la panique me saisissait, et j'eus le réflexe de braquer vers la file de droite.

– Sois plus attentif, Tim, me dit maman, fâchée. Personne n'a envie de mourir.

Le flou s'estompa, je voyais à nouveau l'autoroute M1 ; mais la terreur passagère s'était muée en un nœud d'angoisse que je ressentais comme une douleur physique. Je comprenais que si l'impensable survenait – si Naomi ou Richard craquait et venait à tout confesser – peu m'importerait alors le châtiment qu'on m'infligerait. Maman saurait alors tout, et je la perdrais.

4

CLAIRE

HSA581293 PAHOME PA 12.09
POLICE/Cadavres/Mémo
A L'ATTENTION DES SERVICES PHOTO
PA photos diffusera sous peu des clichés couleur de Timothy et Claire Barlow, et Charles et Naomi Stansfield (plan élargi pour ces deux dernières), en référence au dossier POLICE/Cadavres

HSA5811344 PAHOME PA 12.33
POLICE/Cadavres/Développements
A L'ATTENTION DES RÉDACTEURS ET SECRÉTAIRES DE RÉDACTION
NE PAS DIFFUSER
Un voisin de Timothy et Claire Barlow, sur Hillcrest Road à Wilmsford (Manchester), a indiqué que Claire Barlow aurait eu un amant, et songeait peut-

être à quitter son mari. Nous avons son nom et cherchons à le contacter pour obtenir une réaction.

HSA5811359 PAHOME PA 12.57
POLICE/Cadavres/Développements
Le conseiller municipal conservateur Christopher Taylor, président de la commission aux Affaires sociales de Wilmsford, a nié aujourd'hui avoir eu une relation avec Claire Barlow. « Je suis scandalisé par de telles affirmations, a-t-il déclaré. Je connais Mrs Barlow et son mari depuis de nombreuses années, et notre amitié est toujours demeurée irréprochable. Il est consternant que quelqu'un ait choisi ce moment pour se livrer à de telles allégations. »
NOTE POUR LES RÉDACTEURS ET SECRÉTAIRES DE RÉDACTION (à ne pas divulguer) : Mr Tay lor a affirmé qu'il confierait l'affaire à un avocat. Deux autres voisins de Hillcrest Road ont déclaré ne pas être au courant d'une quelconque relation de la nature évoquée. Nous reprenons contact avec la source d'origine.

HSA581400 PAHOME PA 13.26
POLICE/Cadavres/Développements
URGENT/A L'ATTENTION DES RÉDACTEURS ET SECRÉTAIRES DE RÉDACTION
Ignorer impérativement POLICE/Cadavres env. 12.55, avec déclaration du conseiller mun. Christopher Taylor. La source d'origine retire ses affirmations.

J'assiste tous les ans au défilé de Wilmsford, bien que ça ait beaucoup perdu. Quand j'y participais dans mon enfance, il s'étalait sur près d'un quart de mile, avec trois fanfares, des chars aux tableaux somptueux, des centaines d'enfants déguisés, le maire qui paradait dans une Rolls-Royce décapotable en saluant de la main. Quantités de photos paraissaient dans le *Messenger*, et même les actualités régionales de Manchester en faisaient écho. Dès ma première participation – en 1948, je représentais mon école déguisée en elfe, on avait utilisé du papier crépon vert – j'ai rêvé d'être un jour la reine du cortège, vêtue d'une longue robe de satin blanc, arborant une large ceinture rouge écarlate et la couronne dorée, trônant au centre de ma compagnie, sur le haquet surchargé de fleurs, tiré par des chevaux de trait tout reluisants sous l'abondance de parures en cuivre et de rubans. Le rêve devint enfin réalité, en 1956, le jour de mes quinze ans. Il fit très chaud et, du moment où je me suis réveillée, à 5 heures et demie du matin, jusqu'à mon coucher, sur le coup de minuit quand maman me borda, je connus la plus merveilleuse journée de ma vie ; jamais je n'ai été plus heureuse ou comblée. Avec le recul, seules des déceptions ont suivi.

Vous ne trouvez pas cela horrible ? Je sais bien que c'est ma faute mais j'ai passé mon temps à en vouloir aux autres : mes parents, mon mari, le sort. Accepter les compromis, capituler en acquiesçant, le sourire aux lèvres, faire marche arrière... Alors qu'il eût été préférable de se battre, j'obéissais plutôt que de me révolter, je collaborais à ma propre destruction en tant qu'individu. Je comprends votre envie de m'engueuler, de me gifler, de me secouer pour que je réagisse ; je vous semble idiote, vous me méprisez. Tous les gens que je connais sont plus heureux que moi ; j'ai rarement entendu parler de quelqu'un qui ne le soit pas.

J'essaierai au moins de faire court ; une existence gâchée est suffisamment pénible en soi pour qu'on épargne les détails. Fille unique de parents possessifs, jamais question de jouer avec ces « garnements » pour ne pas salir mes jolis habits, présentée à l'école comme une enfant « délicate », timide, prise dans un cocon protecteur où j'ai failli étouffer. Soumise à un matraquage incessant, comme quoi je devais borner mes espoirs dans la vie, me soumettre telle une petite fille bien sage. Ma mère lisait Bar-

bara Cartland et mon père se vantait d'être le voisin d'un homme qui avait serré la main de Robert Donat (si vous êtes trop jeune pour vous en souvenir, c'était une grande vedette de cinéma originaire de Manchester). De petites gens à l'esprit étriqué, qui m'avaient mise en cage, d'où je ne pouvais contempler le monde qu'à travers des barreaux.

C'était un petit univers banal, très régenté, où il était exclu de remettre en cause l'ordre préétabli, sans compter aller chercher l'aventure. Les pêches en conserve invariablement servies avec de la glace ; le salon toujours impeccable pour faire bonne impression ; la bouteille de sherry qu'on ouvrait à Noël, et qu'une autre venait remplacer l'année suivante, avant qu'on ne l'ait finie ; écouter *Family Favourites* à la radio pendant le déjeuner du dimanche – un des clous de la semaine – les housses en crochet qui recouvraient le salon trois pièces ; les livres condensés du Reader's Digest ; les primes d'assurance que collectait tous les vendredis soir un homme qui portait des pinces de cycliste ; la lampe que l'on remplissait d'une cire couleur d'ambre qui fondait lentement, en faisant des bulles, lorsqu'on l'allumait ; jouer au canasta ; le porte-pipes de mon père, posé sur la cheminée, avec l'inscription *Souvenir of Morecambe* fixée sur le socle. C'était ça la maison. Toute une façon de vivre que je ne devais en rien contester.

Il m'arrivait bien sûr de rêver, comme tous les prisonniers. J'ai connu une période où je m'imaginais être Shelagh Delaney, qui devint célèbre du jour au lendemain en écrivant *A Taste of Honey* à l'âge de dix-huit ans. Elle habitait à quelques miles, à Salford, dans une de ces maisons adossées les unes aux autres que mes parents méprisaient tant. J'ai lu tout ce que je pouvais à son sujet, comment elle avait pu rencontrer des tas de gens importants après le triomphe de sa pièce dans le West End et à New York, combien d'argent elle avait gagné, ce qui lui avait permis de s'installer à Londres... Si elle était parvenue à échapper à son milieu, pourquoi pas moi ? Je me savais incapable d'écrire une pièce, mais le théâtre offrait bien d'autres possibilités. Je m'engageai dans la troupe amateur d'opéra de Wilmsford, convaincue que quelqu'un saurait reconnaître mon superbe potentiel d'actrice ; fini les chœurs, mon nom s'illuminerait en grand sur la façade du Palace Theatre, sur Oxford Street (je n'avais pas le nerf de pousser mon imagination plus loin que Manchester). Quelle bêtise. Je n'ai jamais brillé par mes talents de chanteuse, et je manquais trop de confiance – par éducation – pour faire autre chose que ce que l'on attendait de moi ; j'étais incapable de la moindre créativité. Et je ne parvins qu'à rencontrer Tim et sa mère.

Florence Barlow m'intrigua. Elle avait l'âge de ma mère mais paraissait tellement plus jeune ; elle était une des vedettes de la troupe, on lui donnait toujours les meilleurs rôles. C'était une belle femme, pleine de vie, ce qui ne manquait pas de me surprendre ; j'imaginais les veuves comme de petites femmes flétries, tristes, en ayant fini avec la vie. Elle était différente, et je commis l'erreur de supposer que son fils le serait aussi, le genre d'homme qui me permettrait de changer. Il semblait du genre tranquille, mais je me convainquis qu'il dissimulait une fougue intérieure, riche de multiples passions. Je n'ai jamais connu d'autre petit ami et après un certain temps il sembla acquis que nous allions nous marier. Je quittai une prison pour une autre. Comme les choses deviennent évidentes avec le temps – j'étais une enfant qui en épousait un autre – il n'a jamais grandi et s'est employé à ce qu'il en soit de même pour moi. Nous sommes de petits individus, chétifs ; pire, lui s'en contente, pas moi.

Il ne ressemble en rien à son frère et sa sœur. La première fois que j'ai rencontré Naomi, elle était encore à l'université (mes parents n'estimaient naturellement pas que les gens de mon espèce pussent y avoir leur place). Un seul regard suffit, le dégoût fut réciproque. Outrageusement maquillée, le cheveu long et en bataille, elle affichait une arrogance sans gêne ; toujours vêtue de noir, elle s'extasiait à n'en plus finir sur le cinéma français. Et ne se privait pas de me provoquer délibérément, histoire de m'embarrasser.

– Vous prenez bien des précautions, Tim et toi ? me demanda-t-elle un jour.

Nous étions à Tattersall Close, dans le salon ; j'étais venue voir Tim mais il n'était pas encore rentré et je l'attendais.

– Des précautions ? (Je ne comprenais vraiment pas.) Que veux-tu dire ?

– Mais quand vous baisez, bien sûr.

Elle sourit de contentement en me voyant devenir aussi rouge que mon cardigan, et je baissai les yeux.

– Nous ne sommes pas encore mariés.

– Où est le problème ? Ce n'est pas interdit par la loi.

Mais si, justement. Cette loi parentale, incrustée au plus profond de moi, au point d'avoir honte chaque fois que je permettais à Tim de me toucher la poitrine.

– Il y a un temps pour tout.

Je marmonnai la réponse habituelle de ma mère, incapable de trouver autre chose à dire.

– Mais je rêve ! Déride-toi un peu. (Elle prit un air provocant.) C'est la seule chose qui vaille le coup, et si les Russes balancent leur bombe, tu n'auras plus que quatre minutes pour en profiter. Enfin, pour apprendre dans ton cas.

Je pataugeais complètement ; j'étais stupéfaite de ce que cela sous-entendait.

– Tu veux dire que tu as... (Je ressentais une gêne effroyable et haussai les épaules.) Tu vois bien ce que je veux dire...

Elle me regarda avec pitié.

– Bien sûr.

– Vous êtes fiancés ? Comment s'appelle-t-il ?

Je ne crois pas l'avoir jamais autant détestée, quand elle rigola comme si j'étais la pire des idiotes.

– Il ? Fiancés ? Ma pauvre Claire, tu es vraiment coincée. (Elle se pencha en avant sur son fauteuil, un éclair de malice dans le regard.) Mais je ne me contente pas d'un seul... Tu es si naïve que ça ? Essaie de deviner mon score.

Je n'en pouvais plus. Le ton railleur, elle se moquait de toutes les valeurs qu'on m'avait inculquées – et je ne doutais pas qu'elle mentait – en rajoutant pour les besoins. Il n'y avait que les prostituées pour se conduire ainsi. Je me levai, serrant mon sac à main contre moi, l'attitude que prenait ma mère quand elle était offusquée.

– Ce n'est pas pour moi, vois-tu, dis-je sèchement. Peux-tu dire à Tim que je suis passée, il faut vraiment que je rentre maintenant.

Elle resta silencieuse mais leva une main et se mit à compter avec les doigts tout en prononçant les nombres en silence, du bout des lèvres. Cinq... dix... quinze... J'étais en larmes quand je claquai la porte et sortis en courant. Comment pouvait-elle se montrer aussi cruelle ? Pourquoi se moquait-elle de moi d'une façon si dégoûtante alors que je n'avais jamais cherché à la blesser ? Elle ne savait rien de moi – jamais je ne lui avais connu le moindre intérêt pour ma personne – et ne pouvait donc qu'ignorer combien je désirais me donner à Tim, tout en redoutant de le faire. Toute autre fille aurait compris et partagé mon tourment et, qui sait, tenté de m'aider à vaincre mes peurs. Naomi s'est contentée de se moquer en me narguant avec ses cochonneries. Elle a bien sûr changé avec les années ; elle tient maintenant son rôle de salope friquée, avec cet accent huppé qui sonne faux, préférant se vanter de ses fréquentations que de ses coucheries. J'ai trouvé d'autres raisons de la détester.

Richard, le frère jumeau de Tim, est tout aussi bourré de fric – même s'il se plaint toujours d'être fauché – si tous les journalistes sont comme lui, vous pouvez vous les garder. Il a au moins le mérite de ne pas prétendre être autre chose qu'un salaud – contrairement à Naomi, qui la ramène sans cesse avec ses bonnes œuvres – mais c'est un type vicieux, imbu de lui-même et d'une rare prétention. Tout à fait le genre de personne que je chercherais à éviter si nous n'étions pas apparentés.

Quant à ma belle-mère... disons que j'ai fait de mon mieux. J'ai tout tenté pour lui être agréable, j'ai cherché à être une amie autant qu'une belle-fille. Non pas qu'elle soit jamais désagréable, mais j'ai toujours l'impression quand nous sommes ensemble qu'elle préférerait se trouver avec quelqu'un d'autre. Au début, elle semblait rechigner à la simple idée de me prêter attention, et n'acceptait presque jamais de passer prendre le thé pour bavarder avec moi – alors que ma mère le faisait sans arrêt. Cela s'est un peu aplani à mesure qu'elle a vieilli.

Je me sentais brisée, délaissée par tous et je vivais telle une automate quand j'eus mon petit Harry. La première fois que je l'ai tenu dans mes bras, j'ai eu le sentiment d'avoir enfin accompli quelque chose. Je portais *mon* bébé ; lui m'aimerait en retour, saurait me soutenir par son estime... Il deviendrait fort, intelligent... Mon Dieu, comme j'ai pu être heureuse. Il devint le centre de ma vie, sans que je sois pour autant trop possessive. Je désirais simplement lui donner tout ce dont j'avais pu être privée. La liberté, l'indépendance, la possibilité d'envisager les projets les plus fous. J'avais suffisamment peiné pour l'avoir, et désormais rien ne comptait plus. Je le partageais avec Tim, comme il se doit ; après tout il s'était décidé – enfin – à rendre la chose possible. Mais Harry c'était moi.

Il est mort un mois après son troisième anniversaire. Ce ne fut la faute de personne, même si j'ai longtemps hurlé des accusations incohérentes envers quiconque m'approchait. Il courait sur le terrain de jeux de Wilmsford Park, nous étions un peu en arrière, et il est tombé en arrivant devant les balançoires. Sa tête a heurté le montant en métal, il est resté là, allongé, sans bouger ; j'ai d'abord cru qu'il s'était évanoui, mais en le prenant... Le docteur parla de malchance, une chose qui n'arrivait qu'une fois sur un million ; d'ordinaire de tels accidents ne blessent pas gravement les petits enfants.

Tim fut effondré. Il m'a cependant énormément soutenue ; je lui reproche suffisamment de choses aujourd'hui pour lui reconnaître au moins ça. Nous sommes restés proches tant que durèrent la douleur et les remords. Mais je ne lui pardonnerai jamais ce qui est arrivé ensuite.

J'avais une très bonne amie à l'époque, une Samaritaine ; elle est restée longtemps très présente, bien après que les autres se furent lassés. Elle m'a épaulée tandis que le deuil faisait son chemin, toujours là pour m'écouter déverser ma douleur ; jamais rebutée par mon amertume. Elle attendit que je sois dans de bonnes dispositions pour nous conseiller de prendre quelques jours, dans un endroit où nous serions seuls, libres de discuter, loin du spectre d'Harry... Elle me tenait par la main tout en me parlant, d'une voix douce mais ferme... Vous n'êtes pas les premiers, Claire, la vie continue... Je me souviens bien que vous parliez d'avoir d'autres enfants... Les larmes étaient revenues, mais j'ai hoché la tête pour lui montrer que je comprenais. Elle sourit et me fit promettre de lui envoyer une carte postale.

Nous sommes donc partis. Et nous avons parlé. Et tenté. En vain. Alors nous nous disputions. La situation se dégradait à mesure que les échecs se répétaient. Nous avons donc abandonné. Et je suis désormais trop âgée.

Other people's babies that's my life ; je trouve cette chanson de Noel Coward très triste. A la crèche, je retrouve Sharon, Peter, Rupert, Jessica et... Ils sont nombreux. Ils m'appellent tatie Claire et aiment venir sur mes genoux pour jouer avec mon pendentif tandis que je leur lis des histoires ; ils m'embrassent, me font des petits cadeaux ; je me retrouve dans leurs dessins ; ces gentillesses raniment tout juste ma douleur. Le jour vient où ils partent, mais d'autres toujours les remplacent... Et je vous prie de m'épargner vos conseils de psychologue amateur. Je sais très bien ce que je fais.

Toutes ces histoires de sexe ne figurent plus dans nos conversations, et le choix commun d'avoir des lits séparés nous a épargné tout nouvel affront. Je ne m'en porte pas plus mal ; je n'étais plus intéressée dès lors que Tim ne pouvait plus me donner de nouvel enfant. Je fus dégoûtée de découvrir les revues et vidéos qu'il pensait avoir si bien cachées, mais je me suis gardée d'en parler. Cela ne pouvait plus me blesser et j'y attachais donc peu d'importance. Je souffre beaucoup plus de voir que Naomi et Richard ont des enfants. Je ne supporte pas l'attitude condescendante qu'ils prennent envers moi, leur tante un peu pitoyable ; je ne peux tolérer le fait même qu'ils existent. Je méritais Harry plus que leurs parents ne les méritent.

Il n'y a pas que le travail à la crèche ; je conserve aussi mon univers imaginaire, où je rêve d'amants romantiques pour compenser la perte morbide que je ressens par ailleurs. J'ai aussi commencé à fumer en cachette. Tim serait furieux – enfin, tout est relatif – s'il savait, mais je le fais dans le jardin, de sorte qu'aucune odeur ne vient me trahir quand il rentre. Quand ça va vraiment mal, je sors sur le patio, je ferme les yeux et j'imagine me trouver à la terrasse d'un hôtel parisien très exotique, richement vêtue, élégante à souhait, affichant mes charmes avec naturel alors que j'attends mon petit ami milliardaire. Si quelqu'un m'apercevait – et je soupçonne que c'est arrivé une fois à Mavis Goss, la commère d'à côté – il verrait une ménagère entre deux âges, occupée à se taper furtivement une Silk Cut avant de rentrer éplucher les choux de Bruxelles.

Je pourrais bien évidemment partir ; Tim n'aurait pas le cran de m'en empêcher, et je saurais très bien me débrouiller seule. Je finirais par obtenir un divorce et j'aurais droit à la moitié de la valeur de la maison, ce qui me donnerait une certaine indépendance. Mais j'ai peur, et je ne le fais pas. Je ne crains pas de me retrouver seule, mais je redoute l'idée même de faire quelque chose pour *moi*. J'ai toujours vécu comme un élément de la vie des autres. Le bébé adorable, la petite fille traitée comme un animal chéri, l'épouse obéissante, la maman d'Harry, la bonne de son mari. Une succession de rôles à n'en plus finir, toujours concoctés pour satisfaire les besoins des autres. Et je me retrouve donc incapable d'agir sans qu'un autre vienne me fixer les règles. Le pire, c'est que je pense pourtant que j'arriverais... Non, je le *sais*, j'en suis incapable. Ce serait peut-être différent si Tim mourait ; la dernière ancre de salut aurait alors lâché prise, je pourrais m'abandonner à la marée. Peu m'importe pour aller où, ce serait forcément mieux. Mais Tim ne va pas mourir, pas avant des années, et je n'aurai qu'à vieillir, m'effaçant progressivement, plus triste chaque jour.

5

CHARLES

HSA581423 PAHOME PA 13.44
POLICE/Cadavres/Développements
Elisabeth Kerr, associée chez Kennet Bolingbroke, unc banque d'affaires de la City, affirme que Charles Stansfield participait à l'enquête sur Stallion et Dupont, le conglomérat suisse dont la faillite, survenue il y a quelques mois, a laissé un trou de plus d'un milliard et demi de livres.
« Il soupçonnait l'existence d'un lien avec les trafics d'armes vers le Moyen-Orient, a-t-elle déclaré. Il avait été contacté par un ancien conseiller de Sad-

dam Hussein – l'homme vit aujourd'hui caché à Londres – qui affirmait que les participations détenues par Stallion et Dupont dans les industries pétrolières et minières ne servaient que de façade.
» Charles était soucieux du tour que prenaient les choses, et il avait contacté le MI5 ainsi que la Special Branch. En tant que banquier, il ne souhaitait pas se trouver mêlé à une enquête sur les ventes d'armes et sur d'éventuelles infractions à l'embargo des Nations unies, avec tous les risques que cela aurait impliqués. »
Plusieurs informations ont fait état d'enquêtes menées par les centrales de renseignement britanniques et européennes auprès de personnes impliquées dans la faillite de Stallion et Dupont. Il semblerait aussi que des poursuites soient engagées à l'encontre d'hommes d'affaires très en vue, à Londres, Zurich et Vienne.

Je tiens un journal depuis mes années de collégien à Marlborough ; rien qui puisse rivaliser avec Pepys ou Evelyn, mais du moins je m'y suis attaché scrupuleusement. J'y inscris tous les soirs quelques remarques sur ma journée – sans faute – chaque jour depuis l'âge de seize ans, même quand cela allait très mal ; certains passages trop elliptiques sont devenus aujourd'hui incompréhensibles, tels des fragments de ruines. Mais dans les pires moments, le fait de m'appliquer à écrire offrait toujours une catharsis ; et le résultat demeure, interdisant tout oubli. Pour ce qui me concerne uniquement, bien sûr ; si Roberta ou David les lit, après que je ne serai plus là, ils apprendront les faits, mais pas ce que j'ai ressenti.

J'ai moi-même l'habitude, de temps à autre, de feuilleter ces pages, chronique d'un temps qui fut souvent gaspillé, où je déterre les traces de choses oubliées, désormais étrangères. Telles les heures de réunion de la Cambridge University Communist Society ; je n'ai jamais adhéré au parti, mais tout de même, cela aurait pu être gênant si j'avais souhaité par la suite me lancer dans la politique. Je note aussi le nom de cette Margaret, qui paraît avoir beaucoup compté durant quelques semaines au cours de ma première année d'études, même si je n'ai plus le moindre souvenir d'elle ; il semble que je l'ai emmenée passer un après-midi à Grantchester, et je lui aurais même récité du Brooke. Et comment expliquer que j'aie pu avoir un entretien avec la Royal Shakespeare Company ? Il y eut ensuite le service militaire en Malaisie, et je n'ai pas besoin de mon journal pour me souvenir de ce villageois que j'ai abattu, un type plus jeune que moi.

Les passages vraiment pénibles commencent avec la mort de Sarah ; non pas du fait de la douleur, mais à cause du soulagement coupable que j'ai pu ressentir. Mon premier mariage fut une erreur, nous l'avions tous deux vite compris. Il y avait eu quelques scènes très violentes et nous avions décidé, une fois le calme revenu, d'envisager sérieusement une solution, dès son retour de Nouvelle-Angleterre. Je n'ai jamais su pourquoi elle se trouvait sur ce petit avion particulier, et je n'avais aucune idée de qui pouvait être le pilote, un certain Tony Merengo, d'après mon journal. J'ai tout de même choisi de croire, sans la moindre preuve, qu'il était son amant ; je suis hautement révulsé en relisant le gros de mes notes d'alors, où filtre une pointe de satisfaction toute puritaine. En revanche, je ne parvins jamais à mettre noir sur blanc qu'il m'était arrivé d'envisager la mort de Sarah comme la solution parfaite. Un divorce aurait fait désordre et coûté cher, alors qu'un décès simple et sans bavure m'aurait épargné de mentir – je savais que ce serait inévitable – à mes parents et amis pour leur expliquer où j'avais échoué dans mon mariage. Sa mort me fut accordée ; ainsi que les condoléances, préférables à la réprobation. Une certaine dose d'égoïsme transpire des passages relatifs à cette époque, un trait que l'on retrouve bien des années plus tard.

Ensuite Naomi fait son apparition ; dans un premier temps de façon espacée, des semaines s'écoulant sans que son nom soit cité, puis le rythme s'accélère, et son initiale seule suffit à l'identifier. « Chez Gerald et Miriam avec N... N. malade. Envoyer des fleurs... A Dollington avec N. Père semble très emballé par elle, et mère est très clairement impressionnée. Chambres séparées, naturellement ; l'ordre parental n'a toujours pas digéré la libération des mœurs. N. a été exquise avec eux... Anniversaire de N. Bracelet en argent et dîner chez *Leopold*. Je lui ai dit que je l'aimais pour la première fois. Pourquoi avoir attendu ? Je me suis enfin détaché de Sarah ? N. m'a surpris avec sa réaction, presque comme si elle avait peur. Festina Lente. Le voyage à Boston devrait lui donner un peu d'air... N. a dit oui cet après-midi. J'ai compris qu'elle s'était décidée la veille de notre départ pour venir ici. Père et mère ravis. »

Quelle époque merveilleuse ; comme le sont toujours de tels instants. La découverte d'une autre personne, la nouveauté qui semble marquer toutes les choses faites ensemble, les fous rires sans raison. Le seul problème restait sa famille, ou du moins que Naomi se montre si déterminée à les exclure aussi longtemps. Après la décision de nous marier, mes parents insistèrent pour qu'ils viennent à Temple Manor, et... Les prétextes de Naomi devinrent tellement ridicules que je choisis de m'en expliquer avec elle.

– Combien de temps cela va-t-il durer ? ai-je demandé. Mère s'est mise à me demander ce que tu leur cachais. Comme tu me le caches aussi à moi... Elle est consternée de savoir que je n'ai même pas encore fait la connaissance de ta famille.

– Il n'y a vraiment pas de problème, c'est juste que... (D'un large geste de la main elle indiqua la pièce où nous étions, la bibliothèque à Dollington.) C'est tout ça. Peu importe ce que tes parents pensent de moi, ma famille reste affreusement ordinaire.

Mère habite un pavillon et mes frères... Je t'ai bien sûr déjà parlé de Richard, mais Tim n'est qu'un petit instituteur, et ils sont tous si.... si petits-bourgeois, j'ai peur de ce que tu...

– Oh je t'en prie ! ai-je lancé. Je pensais que tu me connaissais un peu mieux.

– Que veux-tu dire ?

– Mais que je suis tout sauf snob. Et que je n'aime pas te voir l'être, surtout quand il s'agit de ta propre famille.

– Tu me trouves vraiment snob ?

– Oui. Pire, tu fais du snobisme à l'envers. Si tu crois que j'ai mis du temps à comprendre que j'avais peu de chances de tomber sur ta famille chez Debrett's... Et ça ne m'a pas empêché de te demander de m'épouser.

– Mais tes parents...

– Et alors, mes parents ? Tu leur es très chère, et ils savent combien je t'aime. Rien d'autre n'a d'importance. C'est toi qui as un problème, Naomi, pas eux.

Elle se détourna.

– Tu as raison. Je m'excuse d'avoir été trop soucieuse. Mais souviens-toi bien d'une chose quand tu les rencontreras. Ils ont beau être ma famille, je reste ce que je suis.

– C'est-à-dire ?

– Tu comprendras. Pourvu que tu m'aimes tout ira bien.

J'ai donc fini par les rencontrer. Même après les avoir vus je n'ai jamais compris ce dont Naomi avait voulu parler. Elle s'était employée à enfouir son propre passé. J'imaginais les efforts, à la limite de l'obsession, qu'elle avait accomplis pour changer à ce point. Pourtant je ne voyais pas ce qui avait pu justifier une telle évolution, du moins au point auquel elle l'avait poussée. Ce n'était plus de la simple ambition, le désir normal de progresser dans la vie ; non, elle avait tout rejeté en bloc, sans ambages. J'aurais très bien compris si elle était venue d'une famille repoussante à souhait, mais tel n'était pas le cas. J'avais devant moi des gens de la petite bourgeoisie, tout à fait respectables, et je me suis toujours bien entendu avec eux.

Elle a fini par montrer plus de tolérance envers eux, dès lors qu'elle-même s'est sentie en confiance – après bien dix années de mariage et l'arrivée des enfants – toute trace de mépris vis-à-vis de ses parents pauvres (attention, Richard dispose d'un sacré capital) a aujourd'hui disparu. Je ne comprends pas pour autant ce qu'elle avait à dissimuler si profondément, et elle a toujours refusé d'en parler. J'ai préféré laisser tomber. Quelle que soit la complicité qui vous unit à un autre, il demeure toujours un jardin secret dont lui seul garde la clé. Je sais que pour moi c'est le cas ; j'y conserve le souvenir de ce qui arriva avec Charlotte.

Je l'avais prise comme secrétaire intérimaire pendant le congé maternité d'Angela. Elle était beaucoup plus jeune que moi – comme il se doit – et la suite fut prévisible à en mourir. Le verre un soir après le bureau, les sous-entendus à peine voilés, histoire de flatter la vanité de l'homme mûr qu'elle avait bien perçue, et enfin, pour reprendre l'expression d'un autre, l'excitation de la chair fraîche. Je crois avoir agi de la sorte parce qu'on n'en attendait pas moins d'un homme dans ma position. Cela dura six mois, le temps de réaliser que je ne pouvais plus repousser l'heure de la décision. Charlotte s'est révélée plus à la hauteur que je ne l'étais ; elle m'énuméra tous les prétextes que je m'apprêtais à lui fournir, ajoutant qu'elle s'en contentait. Quant aux excuses, elle promit de m'envoyer quelque chose à la figure si je m'aventurais à en formuler la moindre.

– Retourne sagement auprès de ta femme, dit-elle. J'ai toujours su que tu l'aimais.

– Mais alors pourquoi...

– Parce que j'en avais envie. Tu es un bel homme... même si comme amant... désolée, ce n'est pas ce que je voulais dire. Tu es marié, c'est tout.

Et malheureusement pour moi, je ne suis pas l'épouse.

Je m'en suis sorti aussi facilement que ça ; hormis l'exception notable de Sarah, j'ai eu de la chance avec les femmes de ma vie.

Autre facette de Naomi, elle sait faire preuve d'une obstination inébranlable. J'ai accepté ce trait de caractère comme un parmi d'autres ; le plus souvent, notre vie de couple s'en est un peu ressentie. Habituellement nous tombons d'accord, et l'un ou l'autre finit toujours par céder quand ce n'est pas le cas. Nous avons eu des disputes, mais la plupart tenaient à des bêtises ; sauf la dernière en date, très mémorable, au sujet de mon père.

Il avait très bien réagi au moment de la mort de mère, en 1980 ; après avoir vendu Temple Manor au plus fort de la frénésie immobilière, il avait acheté un appartement à Brighton, ce qui lui permettait de se rendre à Londres pour suivre ses affaires et passer à son club. Il profitait de ses nombreuses visites chez nous pour gâter les enfants et s'abandonner aux petits soins de Naomi. Il restait serein face à sa propre mort, aimant rappeler que ses deux frères et son père avaient succombé à des crises cardiaques foudroyantes ; il s'excusait d'avance de nous infliger un tel choc, mais faisait remarquer que c'était préférable à la sénilité. On a décelé sa maladie de Parkinson en 1988 ; un an après nous l'avons installé dans la maison de santé qui se trouve à moins d'un mile de la maison.

Je trouvai cela fortement troublant. Cet homme avait conservé une existence active, de même que toute son agilité intellectuelle, bien au-delà de ses quatre-vingts ans ; nous assistions subitement à un véritable film d'horreur, où un corps sain pourrit et se désintègre à moitié en quelques secondes. Ses muscles se relâchèrent, sa voix devint indistincte et son regard d'une tristesse incroyable, implorante. Naomi lui rendait visite quasiment tous les jours, et je passais le soir en rentrant du bureau, sauf quand il était trop tard. Je lui parlais de mon travail, des performances de ses titres en bourse, des derniers potins de la City, et lui hochait la tête. J'ignore à quel point il comprenait, mais je me pris à espérer que ce soit le moins possible ; tout cela avait tant compté pour lui, et il s'en trouvait désormais exclu. Les visites devinrent de plus en plus pénibles.

– Comment va-t-il ? me demanda un soir Naomi comme je pénétrais dans la cuisine ; une question gratuite que nous avions pris l'habitude de poser malgré son inanité.

– Pareil, en gros. (La réponse habituelle venait tout aussi machinalement.) Que mange-t-on ?

– Du bœuf bourguignon. Je le réchauffe au micro-ondes, ça ne prendra que quelques minutes. Tu n'as qu'à prendre ton whisky.

Je gagnai le salon où je me versai à boire, puis m'affalai dans le fauteuil situé près de la cheminée. Naomi vint me rejoindre, un verre de vin à la main, et s'assit dans la chaise en face de moi ; son doigt allait et venait le long de l'arête que formait le pied du verre.

– Cela devient pesant, non ? dit-elle. Je pense d'ailleurs qu'il s'en rend compte.

– Je n'ai aucune idée de ce qu'il peut penser. (Je me sentais très fatigué.) J'ai parlé avec la sœur ce soir, elle trouve que son état s'est sensiblement dégradé depuis une semaine.

– A tel point que je ne vois pas comment nous pourrions partir le mois prochain ; mais tu as tout de même besoin d'une coupure.

– Je m'en remettrai. (Je bus une gorgée de whisky et fixai la cheminée, me décidant à évoquer une idée que je nourrissais depuis un certain temps.) J'envisage de l'installer ici.

– Ici ?

Naomi sembla stupéfaite.

– Pourquoi pas ? On pourrait l'installer dans la chambre avec la salle de bains, et on prendra une infirmière à temps plein. Nous lui fournirons tout le matériel nécessaire.

– Qu'est-ce que cela apporterait de plus ?

– Il nous verra plus. Et puis... J'aimerais qu'il meure ici plutôt que là-bas.

Naomi baissa les yeux tout en hochant la tête.

– Je ne veux pas.

– Ce ne sera pas long, ai-je répliqué. Le docteur dit qu'il y en a pour un an tout au plus.

– Non ! (Elle se leva, alla jusqu'à la fenêtre et entreprit de fermer les rideaux, bien que la nuit ne fût pas encore tombée. Quand elle parla à nouveau sa voix était tendue.) Personne ne sait exactement combien de temps cela durera, et je ne peux pas... Je ne peux pas accepter qu'il se trouve si près de moi. Je suis désolée, mais... Je l'aime... Je ferais tout pour... Mais pas ici.

– Mais l'infirmière sera là, répétai-je. A temps plein. Il n'y aura aucune différence avec maintenant.

– Bien sûr que si. Je saurai qu'il se trouve dans la maison. En train de mourir et... Le dîner ! Il doit être prêt.

Elle sortit presque en courant. Je restai là quelques instants, perplexe, mais je finis par comprendre et m'en voulus de ne pas avoir eu les idées plus claires. J'allai vers la cuisine. D'une main tremblante, Naomi s'affairait à servir le dîner.

– Je m'excuse, dis-je. Je suis très fatigué, et je me fais tellement de souci pour lui. J'oubliais que tu avais déjà vécu tout cela.

– Ça n'a aucune importance. (Elle se fâcha.) Cela remonte à une éternité et n'a rien à voir avec ce qui se passe aujourd'hui. Je refuse simplement de me trouver seule avec lui dans cette maison.

– Mais l'infirmière sera...

– A chaque instant ? Elle ne prendra peut-être aucun congé ? (Sa colère s'accentua brutalement, virant presque à l'hystérie.) Il lui faudra bien sortir de temps en temps, non ? Et moi je devrai donc rester ici. Jamais je ne pourrai supporter ça !

Elle posa la louche et alla pour sortir, me bousculant au passage ; elle heurta la main dans laquelle je tenais toujours mon verre, en renversant le contenu par terre.

– Finis de te servir tout seul ! Je n'ai pas faim !

Je l'entendis monter en martelant le plancher puis claquer la porte de la chambre ; je sentais ma colère monter. J'acceptais volontiers avoir commis un impair en oubliant ce qui était arrivé à son père, mais sa réaction me paraissait insensée. Voilà des années que nous vivions avec cette maladie, chacun avait toujours soutenu l'autre. Je ne voyais rien de choquant à lui permettre de passer les derniers mois de sa vie auprès de ceux qu'il aimait et pour qui, – d'ailleurs Naomi le savait très bien – il avait tant fait. Je ne me sentais pas d'humeur à laisser les esprits se calmer et je montai donc tout de suite la voir. En ouvrant la porte de la chambre, je la trouvai assise devant sa coiffeuse, me tournant le dos.

– Tu m'as toujours dit combien tu l'aimais, ai-je lancé d'un ton accusateur. Et je n'estime pas te demander grand-chose pour lui.

– Je le sais bien. (Elle me regarda dans la glace qui lui faisait face.) Je suis désolée.

– Mais alors donne-moi une raison. Quelque chose qui tienne la route.

– J'en suis incapable.

– Il n'y en a donc pas.

– Mais si.

– Mais alors quoi ?

Je m'étais laissé gagner par sa colère, et nous haussions maintenant tous deux le ton. Elle venait d'attraper un petit miroir en argent et je me précipitai pour m'en saisir et le lancer sur la coiffeuse.

– Ne me cherche pas, Charles !

– Je ne te cherche pas ! J'aimerais simplement que tu te montres plus sensée ! Il s'agit de mon père !

– Bon. (Elle pivota sur son tabouret et me regarda droit dans les yeux.) Si jamais je me trouvais seule ici avec lui, je serais incapable de l'approcher. Même s'il criait au secours. Satisfait ? Il n'y a plus rien à dire. Fin de la conversation. Laisse-moi tranquille maintenant. S'il te plaît.

Elle se leva et entra dans la petite pièce qui lui servait de garde-robe ; je l'entendis fermer à clé. J'attendis là quelques instants avant de redescendre ; je finis de me servir à dîner et emportai le tout dans la salle à manger. Comme d'habitude Naomi avait installé le couvert pour deux, avec des verres d'eau minérale ; le courrier, qui arrivait toujours après mon départ le matin, était posé sur la table. Nous attachions beaucoup d'importance au dîner, un moment privilégié de chaque journée, où nous pouvions nous retrouver seuls ensemble, protégés par le répondeur, libres de déverser le trop-plein de tracas accumulé. Même à l'époque où l'espace se faisait rare – il fallait s'accommoder de deux générations, nos enfants et nos parents – nous conservions cette oasis où échanger quelques caresses. Et il fallait que je me retrouve seul ce soir-là, au moment où j'avais le plus besoin de son soutien, de sa compréhension.

Je sentis la colère s'estomper – au profit d'un ressentiment – comme je m'occupais à lire le courrier, portant diverses annotations sur quelques lettres afin de me rappeler ce que je devais faire. J'étais calmé quand j'eus terminé. Je retournai dans le salon et allumai un cigare ; je m'installai à nouveau près du feu et cherchai à comprendre. La *mort du père* se répétait certes, mais la réaction de Naomi demeurait trop excessive. Comment expliquer la charge d'angoisse que continuait de receler cette mort, alors qu'elle avait passé plus de trente ans à effacer toute trace de son enfance, modifiant sa personnalité au point de me laisser seulement deviner ce à quoi elle avait pu ressembler ? Un parallèle devait exister. Je m'efforçai de rassembler ce que je savais. Il était mort à l'hôpital, pas chez lui, ce qui excluait tout souvenir de l'avoir soigné ; de toute façon il n'était pas question de soins dans le cas présent. Je n'avais jamais parlé de la mort de son père avec les autres membres de sa famille ; d'ailleurs, seul Tim acceptait de parler de lui tout court. J'avais d'abord trouvé cela un peu bizarre mais fini par ne plus y prêter attention, les faits s'étant produits tant d'années avant notre rencontre.

– Je m'excuse.

Je me retournai dans ma chaise. Naomi se trouvait dans l'embrasure de la porte, le visage rouge d'avoir pleuré, serrant un mouchoir dans une main.

– Tu m'as manqué pendant le dîner, dis-je. C'est peut-être ridicule, mais je tiens beaucoup à ce moment-là de la journée. Je pensais que toi aussi.

– Bien sûr.

– Peut-être, mais tu n'étais pas là. Tu te trouvais je ne sais où, bien loin de moi. Au moment où j'avais besoin de ta présence.

– Arrête, dit-elle. Je préférerais encore que tu te fâches, que tu cries. Dis que tu me détestes, que je suis une putain d'égoïste... Mais ne reste pas si calme, c'est trop cruel. Je sais que tu as raison, et crois-moi, j'en souffre.

– Ça ne servirait à rien de crier, répondis-je. Il serait plus utile de s'asseoir calmement pour que tu m'expliques clairement quel est le problème. Je m'en doute en partie, mais il doit bien y avoir autre chose, et j'estime avoir le droit de savoir. Après tout, j'ai simplement souhaité que mon père puisse mourir auprès de ceux qu'il aime – et qui l'aiment aussi. Je ne pense pas que ce soit trop demander.

– Mais non. (Elle s'assit à nouveau en face de moi et prit son mouchoir, ne le quittant pas du regard alors qu'elle le pliait et dépliait machinalement.) Je ne peux pas... tout expliquer. Mais tu dois me faire confiance. Tu sais combien j'aime papa et comme je souffre de ce qui lui est arrivé. Je redoute sa mort tout comme je la souhaite un peu. Je vais le voir chaque fois que c'est possible, non pas que cela me coûte le moins du monde. Mais je ne veux pas de lui ici ; parce que...

J'attendis pendant que le mouchoir prenait la forme d'un triangle de plus en plus petit.

– Oui ?

J'essayai d'amener la suite. Naomi me regarda droit dans les yeux.

– Je t'ai déjà expliqué en haut. A cause des moments où je me retrouverai seule avec lui. Je sais bien qu'il y aura l'infirmière, mais ça pourrait tout de même arriver.

– Pas nécessairement. Nous pouvons trouver une infirmière qui assure les remplacements. (Elle baissa à nouveau les yeux quand je la regardai.) Pourquoi cherches-tu des prétextes ?

– J'ai quelque chose... Je ne peux pas tolérer la présence si proche de la mort. Je t'en prie, essaie de comprendre.

– Cela fait une heure que je m'y efforce. Je comprends bien que tout est lié à la mort de ton père, mais...

Subitement elle se leva.

– Je ne veux plus en parler. C'est ton père, fais donc ce que tu veux. Mais si tu l'amènes ici, je pars. Je suis désolée, Charles, mais je ne plaisante pas.

Elle sortit de la pièce et ne voulut plus jamais entendre parler du sujet. J'ai envisagé un instant de passer outre ses objections en lui imposant un fait accompli, mais j'ai préféré le laisser à la maison de santé. Je me persuadai qu'il n'aurait pas été plus heureux ailleurs ; en songeant le faire venir à la maison, je visais peut-être plus à me réconforter moi-même. Naomi a eu d'autres occasions de me décevoir et je le lui ai bien rendu ; ainsi survivent les mariages, à force d'amnistier les trahisons – mais je conservais dans ce cas un sentiment troublant, comme d'avoir entrevu chez elle une zone inconnue. Je la connaissais depuis très longtemps, et je fus dérangé de découvrir seulement alors l'existence, au sein de son jardin secret, d'une force si puissante. J'ai beaucoup écrit à ce sujet dans mon journal, au cours des semaines qui suivirent. Surtout des hypothèses fortuites, mais un soir, je sentis bien que j'avais mis le doigt sur ce qui me troublait. Je ne saurais accepter que Naomi me mente. Je suis plus inquiet de voir qu'elle se ment peut-être à elle-même. Sans que je sache pourquoi.

J'en parlai à Roberta dès qu'elle passa nous voir ; mais avant d'en dire plus sur sa réaction je ferais mieux de décrire les relations que j'ai avec mes enfants. David figure parmi les hédonistes de l'existence, intelligent et travailleur juste ce qu'il faut, mais je crains que nos efforts pour ne pas le pourrir aient échoué, et il s'emploie à éviter tout ce qui pourrait le gêner, voire l'ennuyer. Trop soucieux de ne rien se refuser, il ignore jusqu'à la notion même d'engagement envers les autres. Roberta est tout le contraire ; fascinée par les gens – un trait qu'elle tient de moi –, elle leur donne beaucoup – une qualité qui, en revanche, ne tient qu'à elle. Je sais bien qu'on ne devrait jamais faire de distinctions entre ses propres enfants, mais j'aime la personne que ma fille est devenue alors que je trouverais sans doute mon fils trop égoïste si je le rencontrais par hasard.

En ce moment notre relation avec Roberta souffre d'un certain déséquilibre, qui remonte à la rupture de ses fiançailles avec Martin. Pendant quelques semaines, la jeune femme confiante, débordante d'énergie, était redevenue subitement la petite fille qui dépendait tant de nous ; elle s'entêtait à nous demander d'arranger les choses. Nous nous contentions d'écouter ce qui devint, comme toujours dans de telles circonstances, le récit à n'en plus finir de son désespoir, conscients tout du long qu'elle s'en sortirait toute seule ; le mieux était qu'elle panse ses plaies elle-même. Elle se porte bien dorénavant, même si je trouve sa gratitude excessive ; elle surestime ce que nous avons pu faire. Et je souhaite pour elle que ce sentiment s'efface. En attendant, je lui confie certains de mes problèmes, histoire de renverser les rôles pour rééquilibrer son point de vue.

Je ne suis pas entré dans les détails, relatant simplement ce que j'avais suggéré et le refus de Naomi. La première réaction de Roberta fut de compatir.

– Pauvre papa, dit-elle. C'est déjà tellement difficile pour moi, ce qui arrive à grand-père. Ça doit être dix mille fois pire pour toi.

– Penses-tu que nous devrions l'installer ici ?

– Je ne sais pas. Après tout, ce ne sont pas mes affaires... Je n'habite plus ici... Tu en as vraiment envie ?

– Pas à tout prix semble-t-il, répondis-je. Sinon, le refus de maman n'aurait pas suffi à m'en empêcher. Mais de toute façon, grand-père ignore peut-être où il se trouve, et la question devient alors bien théorique.

– Oui, et ce qui te travaille, au fond, c'est bien de comprendre pourquoi maman s'est braquée ?

Je lui adressai un sourire.

– Je reconnais mon petit génie. Quelles sont tes hypothèses ?

– Sois un peu sérieux, dit-elle. Nous connaissons tous les deux très bien la raison. Cela doit être lié à la mort de son père... Que sais-tu exactement à ce sujet ?

– Très peu de choses. Il avait une tumeur au cerveau, ou quelque chose dans le genre, et il est resté en gros un an dans le coma avant de mourir. Le parallèle est évident, mais après tout ce temps, je n'aurais pas cru que cela compterait toujours autant.

– Mais souviens-toi que maman, Tim et Richard se trouvaient seuls avec lui au moment où c'est arrivé, alors... (Elle s'arrêta net en voyant la tête que je faisais.) Mon Dieu, tu ne savais pas ?

– Non. Comment es-tu au courant ?

– C'est grand-maman qui m'a raconté, il y a des années. Je suis désolée, je n'en ai jamais parlé, mais j'étais persuadée que tu le savais.

Je hochai la tête.

– Maman n'y a jamais fait allusion... mais ça explique naturellement pourquoi elle ne voulait pas de grand-père à la maison. Elle craint de se retrouver seule avec lui quand il mourra.

– Mais ce n'est pourtant pas la raison qu'elle t'a donnée, non ? fit-elle remarquer. Autrement, tu aurais été au courant avant que j'en parle... Pourquoi ne t'a-t-elle pas donné cette raison, papa ? Maintenant que j'y pense, pourquoi n'en a-t-elle jamais parlé avec toi ?

Nous nous sommes tus quelques instants, puis je demandai :

– Cela a-t-il une grande importance ?

– Pour maman, oui ! Si je lui en parlais pour...

– Non. (Je l'interrompis ; elle se montrait trop désireuse d'aider.) Laisse-moi faire. Je vais y réfléchir.

Ce que je fis un certain temps, sans jamais pour autant confronter Naomi. Cette explication eût été parfaitement acceptable, mais elle avait déjà eu vingt-cinq ans pour me raconter ce qui était survenu. Libre à Naomi – comme à Tim ou Richard, d'ailleurs – de préférer garder tout cela pour eux. Je conserve bien moi aussi, dans mon passé, des choses ignorées de tous, même de Naomi. Cela n'a aucune importance.

6

RICHARD

HSA581456 PAHOME PA 14.00
POLICE/Cadavres/Mémo
Bref portrait de Richard Barlow à suivre sous peu, en référence au dossier POLICE/Cadavres.

HSA 581469 PAHOME PA 14.14
POLICE/Cadavres/Développements
Richard (Dick) Barlow (49 ans), rédacteur en chef

au *Post* depuis 1976, est une des figures les plus respectées du journalisme.
Il se fait un nom dès 1970, en révélant l'existence d'un réseau de prostitution enfantine où étaient impliqués des hommes politiques de premier plan et des célébrités du show-biz, une enquête qui lui aurait valu des menaces de mort. Il est couronné journaliste de l'année deux ans après, suite à ce que l'on a appelé le scandale des déchets, où il avait publié des documents ultra-confidentiels qui déterminaient les emplacements éventuels de décharges de déchets nucléaires.
Un ancien collègue a eu ces mots pour décrire sa carrière de reporter : « Dès qu'un autre journal apprenait que Dick Barlow était sur un coup, il envoyait trois journalistes, juste dans l'espoir de le talonner. La plupart du temps ils échouaient. »
Daphne Byron, directrice du *Post*, a déclaré à la Press Association : « Dick Barlow est un des tout meilleurs responsables avec lesquels j'ai eu à travailler, et sa réputation est sans rivale. En attendant d'avoir de ses nouvelles, nous nous efforçons de faire notre métier avec la qualité que lui-même aurait visée. »
Une source au *Post* a exprimé l'inquiétude ressentie au journal face au silence de Mr Barlow : « Dick Barlow est le journaliste par excellence. Ces décès le touchent certes personnellement, mais il ferait tout pour couvrir l'événement. »

C'est fou les conneries qui se disent sur le fait de perdre son père quand on est jeune ; je l'ai vécu et ça ne m'a pas foutu en l'air pour autant. Vos copains prennent un air gêné en vous disant combien ils sont désolés, et les adultes vous prêtent un peu plus d'attention quelque temps, mais c'est tout. Ça finit par passer, et vous n'êtes plus qu'un de ces gosses dont le père est mort, et de toute manière vous avez votre propre vie à vivre. Dans mon cas ça voulait dire quitter l'école au plus vite et faire du journalisme.

J'ai décroché un poste d'apprenti reporter au *Wilmsford Messenger*, le modeste hebdo du coin, avec un petit coup de pouce du fantôme du vieux. Au cours de notre entretien, j'ai remarqué que le rédacteur en chef portait un pin's du Rotary et j'ai mentionné au passage que papa avait été président quelques années auparavant. Plus aucun problème après ça, et je commençai pour eux en janvier 1960. Je quittai Tatersall Close – Naomi était partie à l'université mais Tim habitait toujours à la maison – et trouvai un studio dans le centre-ville, au premier étage au-dessus d'un magasin. J'avais signé un contrat d'apprentissage de trois ans, mais au bout de deux ans je n'avais plus rien à apprendre au *Messenger* et je partis rejoindre l'*Evening Telegraph* à Blackburn ; je me débrouillai pour placer quelques papiers dans la presse nationale et le bureau local du *Daily Mail* finit par me proposer un poste à Manchester. On ne me facilita pas la tâche. J'ai passé les six premiers mois dans l'équipe de nuit, à appeler d'heure en heure tous les commissariats du nord de l'Angleterre, sans compter les casernes de pompiers, pour vérifier si rien n'était arrivé. Mais j'ai su me tenir à carreau, et offrir un verre à qui il fallait au vieux Press Club situé sur Albert Square ; je m'efforçais surtout de toujours fournir de meilleurs papiers que la concurrence. L'impact comptait plus que le respect des faits. Résultat, au début de 1965 je me retrouvais adjoint du rédacteur en chef de l'équipe de nuit, dirigeant des journalistes qui étaient dans le métier bien avant ma naissance. La prochaine étape ne pouvait qu'être Londres et j'avais déjà tout prévu, quand un soir j'ai jeté au panier un papier de merde qui se trouva avoir été écrit par un ami de la femme du rédacteur en chef, et pas un de ces salauds ne m'avait prévenu. Je n'avais pas eu le temps de réaliser que déjà je me retrouvais dehors, devant les bureaux du *Mail*, un chèque de remerciement en poche ; le mot avait commencé à circuler dans le milieu qu'aucun boulot ne devait plus m'être proposé nulle part ailleurs. Ils me faisaient tous chier, et je décidai d'utiliser une partie de l'argent pour partir quelques jours avec une poule que je me tapais. J'avais pensé à l'étranger, mais elle s'est montrée toute sentimentale en évoquant le sud du Pays de Galles et je me suis laissé convaincre ; quelle que soit la vue qu'on a de la fenêtre, un lit reste un lit. Je venais de prendre une des plus belles décisions de ma vie.

La catastrophe d'Aberfan, en 1966, vous vous en souvenez ? Ce terril monstrueusement énorme qui avait enseveli l'école du village, enterrant au passage cent quarante-quatre corps, surtout des enfants – et nous étions à moins de cinq miles. J'ai entendu un flash à la radio et, à part la presse locale, je fus le premier journaliste sur place. Le temps que la meute débarque de Fleet Street et j'avais déjà sympathisé avec une bonne partie des équipes de secours. Quand je pense à ce que j'ai pu pondre – et je n'ai même eu à inventer qu'une partie des témoignages. J'avais tous les journaux en ligne (sauf le *Mail* ; je les ai bien coincés). Le deuxième jour, alors que j'étais au téléphone avec le secrétaire de rédaction du *Post*, il me dit que Stan Leatherhead, le rédacteur en chef, souhaitait me parler. Il m'acheta une fortune l'exclusivité sur tout ce que je pouvais leur amener, et demanda que je reste quelques jours de plus, tous frais payés. Après, il demandait que je vienne le voir. Je fournis au *Post* des articles dont les autres ne pouvaient que rêver. Le meilleur fut sur le père qui priait, agenouillé dans les gravats ; s'il avait existé, le pauvre homme n'aurait jamais dit les choses avec le talent que j'avais trouvé pour les écrire. La fille que j'avais emmenée ne cessait de se plaindre, aussi lui ai-je donné de quoi se payer un billet pour rentrer à Manchester, et j'ai ainsi pu me concentrer sur les choses importantes. Dès que la frénésie fit mine de s'épuiser – même les meilleurs sujets finissent par lasser, au bout de quelques jours – je fis mes valises et gagnai Londres.

Je ne suis pas du genre à m'émouvoir, mais je me souviens encore du sentiment que j'éprouvai en sortant de la station de métro Temple, pénétrant pour la première fois dans Fleet Street. Le bâtiment en verre fumé du *Daily Express* dominait tout, et le journalisme était présent où que vous regardiez, son odeur reconnaissable partout. Les bobines géantes de papier journal que l'on déchargeait, les photographes qui sortaient des locaux de Reuters ou PA, les journalistes hélant des taxis, les pubs où vous pouviez rencontrer René McColl, Vincent Mulchronne, Sefton Delmer ou Hannan Swaffer... Même leurs noms sonnaient juste à cette époque. Et le vacarme, la nuit venue, des presses et des camions de livraison ; le bourdonnement d'un univers affairé qui était perceptible même à 11 heures du matin. Bien sûr, ils sont aujourd'hui tous disséminés un peu partout ; c'est un des rares regrets que je nourrisse dans la vie. On avait l'impression d'appartenir à un milieu, et ça me manque.

Les bureaux du *Post* étaient situés sur Bradley Court, juste derrière St Bride's Church. Passé la réception, toute reluisante de marbre, vous trouviez le bordel habituel en salle de rédaction, au troisième étage. Stan Leatherhead me soumit à un semblant d'entretien, mais nous n'avions qu'à discuter du montant et de la date à laquelle je commencerais, et il m'entraîna ensuite dans un déjeuner qui se limita à des aliments bien liquides. En sortant, nous avions croisé le directeur dans le couloir, et il avait émis quelques grognements de satisfaction sur mon boulot à Aberfan, ajoutant qu'il se félicitait de mon arrivée. Stan me fila quelques tuyaux pour trouver un logement, et deux semaines plus tard, dans mon appartement de Battersea, je relisais avec plaisir le premier article publié sous ma signature. Au lieu de quoi, si j'avais emmené cette poule dans le sud de la France comme je l'avais suggéré... Vous avez beau avoir du talent, il faut toujours un peu de chance.

J'ai compris d'emblée que Stan était dépassé – il passait trop de temps au pub, avec d'autres vieux cons, à échanger des souvenirs de reportage sur le blitz – et avait un vrai branleur pour adjoint. Quand Murdoch a lancé le *Sun*, bouleversant les vieilles méthodes de Fleet Street, Stan n'arrêta pas de débiter ses idioties sur la responsabilité du journaliste et jura qu'une paire de seins en page trois ne marcherait jamais ; mais la chute vertigineuse des ventes du *Post* l'aspira avec elle ; je ne fus pas le seul à lui planter un poignard dans le dos, mais c'est moi qui le remplaçai. On me donnait douze mois pour retrouver les cent mille exemplaires perdus au niveau des ventes ; je fis deux fois mieux. De nos jours, les journalistes ont une trouille bleue rien qu'à l'idée d'être engueulés par moi, s'ils oublient une piste ou ne battent pas la concurrence à plate couture. J'ai posé sur mon bureau une affichette sur laquelle on peut lire *Personne ne fait mieux que nous, alors pas question de déconner.* L'*Independent* m'a consacré un portrait dans ses pages médias ; ils disaient que j'étais la dernière légende en date d'une série remontant à l'époque glorieuse de Fleet Street. Ce sont les termes mêmes employés par un de ces journaux prétentieux, soi-disant sérieux. Le Premier ministre et la plupart des membres du gouvernement ont mon numéro de téléphone personnel, et le service de presse de Buckingham tremble quand il apprend que j'ai lancé le *Post* sur une affaire qu'il eût préféré taire. Le directeur de Special Branch a demandé un jour à Daphne Byron, qui est maintenant ma directrice, si je faisais autant de mal que de bruit ; elle a répondu que je ne perdais pas de temps à faire du bruit. Ce boulot suffit à ma vie ; je m'en nourris, il m'oxygène ; rien d'autre ne vaut la peine.

Ma vie privée va bien. J'entretiens des relations tout à fait cordiales avec mon ex-femme et mes deux filles, qui comptent beaucoup pour moi, même si je ne les vois pas autant qu'il faudrait. Kathy étudie l'anglais à Oxford ; elle seule a hérité de l'intelligence familiale. Je m'inquiète plus pour Emma, qui suit une tout autre pente, mais je ne vois pas quoi faire ; elle a peut-être vécu une période difficile quand sa mère et moi nous sommes séparés. Je lui ai pourtant donné tout ce qu'elle pouvait désirer – comme les frais de scolarité pour cette école qui l'a virée ; ça m'avait coûté les yeux de la tête – et j'aurais même pu lui dénicher un boulot dans le métier, mais elle n'en voulait pas. J'ai tenté de lui parler, je l'ai même prise un temps avec moi, mais elle retourne toujours vers cette bande de parasites drogués qu'elle s'est mise à fréquenter. Je lui ai rendu visite une fois dans son squat ; je n'ai pas reconnu ma fille, nous parlions à peine la même langue. J'ai tout essayé pour qu'elle les quitte, mais rien n'y fait. Au moins elle reste en contact et je mange de temps en temps avec elle. Je m'assure qu'elle ne manque pas d'argent, même si je finance probablement ainsi le petit vice à soixante livres par jour d'un de ses copains ; je refuse absolument de voir ma fille en haillons, affalée dans une station de métro, ignorée par les passants à qui elle demande une pièce. Et ça finira bien par s'arranger ; je sais qu'elle en reviendra. A moi de maintenir les ponts.

A part ce problème avec Emma, je suis un type comblé. Cela dure depuis environ trois ans avec Stephanie, et pourquoi faire l'effort d'aller voir ailleurs ? Beaucoup de gens seraient satisfaits de mon lot. Un salaire qui approche les soixante-dix mille livres par an, sans compter dix briques de frais, ce qui se fait de mieux comme BMW, et payée par le journal, des places gratuites pour tout ce que je veux voir, un appartement luxueux dans le meilleur coin de Londres, le seul métier que j'aime, l'indépendance, le pouvoir, et une jolie brunette de vingt-six ans pour me tenir chaud la nuit. Et je ne le dois à personne ; j'ai tout gagné au mérite, et pas question qu'on y touche.

Pour compléter le tableau de mon existence, il ne reste guère que la famille. Pour l'importance que ça peut avoir... Naomi habite le Hertfordshire et je vais la voir à l'occasion ; mais le seul moment où nous nous retrouvons, c'est pour la grande sauterie de Noël, à Brookmans Park. Je me demande bien pourquoi on s'en donne encore la peine, mais Naomi y attache beaucoup d'importance. Tim débarque dans sa Ford Sierra toute déglinguée, avec Claire – le genre de femme qui vous donne envie de faire disparaître tous les lits de la terre – et ils amènent toujours mère. Qu'est-ce que je pense de la famille ? Naomi, je l'admire ; elle est aussi volontaire que moi, et nous avons tous deux fait un sacré chemin. On n'est peut-être pas d'une franchise irréprochable sur tous les sujets, mais l'honnêteté est un handicap. Tim, c'est celui que nous avons laissé en arrière, surtout parce qu'il refusait d'avancer. Quand il m'arrive de retourner à Manchester – très rarement – j'éprouve le sentiment étrange d'être dans un endroit inconnu, qui est pourtant le lieu où je suis né, où j'ai grandi ; j'en ai parlé avec Naomi, et elle partage cette sensation. Mais Tim, lui, se trouve toujours là-bas ; pas simplement physiquement, mais pour avoir préféré s'arrêter à la ligne d'horizon la plus proche, un peu comme s'il croyait la terre plate et ne se fiait qu'à sa vue... Peut-être, plus simplement, n'avait-il pas envie de s'évader. Ce que j'aurais beaucoup de mal à comprendre, vu le nombre de choses qu'il y avait à fuir.

Il y a ensuite mère. Tim pense la connaître mais il se trompe. Je n'ai jamais su le fin mot de l'histoire – elle sait jouer serré quand il faut – mais sa vie a beaucoup plus changé après la mort de papa qu'elle ne le reconnaît. Je n'ai aucun doute pour Donald Barraclough, le voisin d'à côté à Tatersall Close, et je suis à peu près sûr qu'il y en a eu d'autres. Tant mieux pour elle ; le vieux l'avait tenue en laisse bien trop longtemps. Je devrais en parler à Tim un jour.

Et les autres ? Roberta, la fille de Naomi, cherche toujours à m'entraîner dans des débats sur le journalisme ; elle attache de l'importance à l'éthique, mais c'est prévisible de la part de quelqu'un qui travaille à la BBC. Son frère David ressemble à son grand-père, avec ses airs de petit con prétentieux ; il se figure être le plus beau cadeau que Dieu ait jamais fait aux femmes. Peut-être bien, mais il n'est pas le premier à le penser. Quant à Charles, j'apprécie ses tuyaux pour la bourse, mais nous avons peu de choses en commun. Dès que j'essaie de lui soutirer le moindre ragot sur le monde financier il change subtilement de sujet.

La chose que je peux le moins me permettre, c'est d'avoir peur. Ce serait afficher une faiblesse, et dans mon métier on aligne les faibles contre un mur. Je n'ai pas oublié combien j'avais peur dans cet hôpital, il y a plus de trente ans ; j'avais juré que cela n'arriverait plus. Bien sûr je n'avais rien fait, mais j'étais embarqué dans cette histoire, et pour une fois dans leur vie Naomi et Tim m'ont tenu à leur merci. Désormais ils se mentent à eux-mêmes, bien qu'ils n'aient probablement jamais rien fait de mieux que d'avoir tué le vieux. L'idée ne venait pas de moi, mais je... je me suis contenté de suivre, parce que... parce que rien. Il valait mieux pour lui qu'il meure. D'ailleurs, cela valait mieux pour nous aussi, comme pour maman. Et puis il le méritait. Prétentieux, pénible, coucheur – il sautait sur tout ce qui portait une jupe –, hypocrite, bête... Je détestais ce salaud et... Ça ne vous fout pas en l'air pour autant. Autrement, comment aurais-je atteint la position que j'ai aujourd'hui ?

7

FLORENCE

HSA584600 PAHOME PA 14.02
POLICE/Cadavres/Développements
Donald Barraclough (78 ans), voisin de Florence Barlow depuis plus de quarante ans sur Tatersall Close, à Wilmsford, affirme qu'elle se faisait une joie d'aller passer Noël chez sa fille.
« La famille a toujours été très unie, même s'ils ne se réunissent guère plus qu'une fois par an, a-t-il ajouté. Je lui ai parlé juste avant son départ, et elle s'est fait un plaisir de me décrire les cadeaux qu'elle avait achetés pour chacun. En tout cas, je n'ai pas vu le moindre signe qui indique que quelque chose n'allait pas. »
Dawn Townsend, vice-présidente de la troupe d'opéra amateur de Wilmsford, indique que Florence Barlow est une des plus anciennes membres, et qu'elle demeure très impliquée.
« Naturellement elle ne joue plus les têtes d'affiche, mais elle continue de vouloir participer, et il arrive que nous lui trouvions un rôle.
» D'une certaine façon, c'est pire quand une telle tragédie arrive à une personne si comblée et toujours heureuse en famille. Je connais peu de personnes plus appréciées qu'elle, toujours débordante d'énergie, toujours souriante. »
Mrs Barlow (74 ans) est veuve depuis 1959.

Peut-on dire que je sois une femme mauvaise ? Je ne le crois pas, du moins plus maintenant ; je ne suis plus la même, c'est tout. Au cours de ma vie, tant de choses ont changé qu'il est devenu presque impossible de faire le lien entre le monde de mon enfance et celui où je vis aujourd'hui. Je suis née en 1918, le jour de la Saint-Valentin ; j'ai grandi dans une époque où les gens s'agrippaient à un système de valeurs bien établies, qu'ils continuaient de respecter, et ce malgré le tumulte épouvantable de la Grande Guerre. Roberta avait dix-huit ans quand elle vota pour la première fois – pour un candidat travailliste très à gauche, comme il se doit – alors que ma mère avait dépassé la quarantaine quand elle conquit ce droit, et vota sagement pour les conservateurs, comme mon père le lui avait demandé. Comment aurait-elle jugé mon comportement ? J'aurais tout bonnement dû lui cacher le moindre de mes gestes ; elle eût été horrifiée. Voyez-vous, je me dis souvent que je suis née à la mauvaise époque mais que j'ai vécu à la bonne. C'est pour cela que je me sens si proche de Roberta ; je lui aurais ressemblé en tout point si j'étais née dans les années soixante. Courageuse, sûre de moi, insolente, et, ce que je trouve merveilleux, douée du même plaisir dénué de complexes pour le sexe. J'y suis venue moi aussi, mais je ne jouais plus que les prolongations.

Donald Barraclough fut mon premier amant, à une époque où, pour bien faire, j'aurais dû continuer à porter le deuil d'Harold ; la première fois que je l'autorisai à me déshabiller, ce fut pour enlever une robe noire. Moins de trois mois s'étaient écoulés depuis l'enterrement, et je fis non de la tête quand il chercha à dire quelque chose, lui posant deux doigts sur les lèvres. C'était un amant assez doué – je compris rapidement combien il avait pu s'entraîner au cours de ses déplacements – mais, pourquoi le nier, je pris peu de plaisir à cette première fois. Cela eut lieu un après-midi, dans notre lit, alors que sa femme faisait des courses à Manchester. J'allai m'asseoir dans la cuisine après son départ, pour boire une tasse de thé et fumer une cigarette – mon seul vice jusque-là, mais la chose était plus admise alors qu'aujourd'hui. Je me sentais coupable d'avoir agi ainsi, je devais essayer de me justifier. Pourquoi ne pas m'être résignée sagement à la période d'abstinence qui s'annonçait ? Un second mariage demeurait possible, mais pas avant un certain temps ; et les relations sexuelles avec un homme marié étaient proscrites, à n'en pas douter. Je m'étais certes rendu compte que notre relation – elle avait commencé avant la maladie d'Harold – ne pouvait qu'aboutir là, mais pourquoi m'être offerte à lui si rapidement ? Je compris tout à coup que j'avais cherché ainsi à fuir mon propre passé, à m'en défaire, à cause...

J'allumai une seconde Player au moyen de la première – je me trouvais pour de bon sur la pente savonneuse – et tentai de pousser mon analyse plus loin. C'était plus que du simple ressentiment face à la manière dont on avait régi mon existence à ma place, mes parents d'abord puis mon mari. Je ne cherchais pas tant à fuir cette insatisfaction, qui datait de bien des années, qu'un sentiment plus récent, moins flou, lié à la mort d'Harold.

Non, pas sa mort exactement, mais plutôt le moment où elle était survenue. Parce que... parce que j'avais souhaité qu'il meure. Le pauvre homme, quelle monstruosité. Se pouvait-il que ce désir, par sa force, ait entraîné ce qui avait suivi, comme une prière qui serait exaucée ? Cela paraît ridicule, mais voyez-vous – tellement de temps a passé, je peux bien l'avouer – loin de me contenter de vouloir sa mort, j'avais même envisagé... Donald travaillait pour une entreprise pharmaceutique, ne pouvait-il me procurer quelque chose, que j'aurais bien trouvé le moyen d'administrer à... Vous n'imaginez pas ce qui peut germer dans un esprit assailli par le souci et la douleur. Je n'ai jamais rien dit à Donald, mais je me sentais tout de même coupable d'avoir seulement nourri l'idée. Et subitement, presque comme par miracle, Harold était mort paisiblement, sans aucun signe annonciateur, d'une façon qui avait satisfait les médecins, et toutes les difficultés se trouvaient d'un coup aplanies. Je touchai son assurance-vie, l'emprunt sur la maison fut entièrement remboursé, je ne disposai pas d'une fortune mais largement de quoi vivre, Tim et Naomi purent poursuivre leurs études...

Les enfants... La cendre s'allongea au bout de ma cigarette tandis que je faisais enfin face à ce qui me tourmentait véritablement, l'unique chose que je tentais de fuir en allant au lit avec Donald. Après de si longs mois, avaient-ils de même souhaité que leur père soit mort ? On imagine difficilement que ce genre d'idée vienne à des enfants, mais cela eût été plus que compréhensible. On ne pouvait plus rien pour lui, son état pouvait difficilement être qualifié de vivant, et cela projetait une telle ombre sur leur avenir. Naomi et Tim se faisaient aussi du souci pour moi – je n'aurais rien juré quant à Richard – et me demandaient sans cesse ce qu'ils pouvaient faire pour aider. Tous deux avaient promis de quitter l'école le plus tôt possible pour trouver du travail. Ils ne gagneraient pas grand-chose mais ce serait déjà ça. Je leur répondais qu'il n'en serait rien, que nous trouverions bien un moyen de nous en sortir ; ils comprenaient que je n'y croyais pas un instant, tant je restais désarmée face au désastre qui nous avait frappés. Survint alors ce samedi, où ils se trouvaient seuls avec lui, dans cette salle d'hôpital.

Non. Pas ça. Même par amour. Quand bien même cela eût représenté un geste d'affection pour Harold, et une véritable bouée de sauvetage pour moi. C'eût été trop horrible pour eux. J'acceptais l'existence de secrets entre nous, mais une charge aussi effroyable... Je ne pouvais pas vivre avec une telle idée. La chose était démesurée, tenant plus du mélodrame propre aux romans gothiques que de la vie ordinaire d'une famille de banlieue logée dans sa modeste demeure. D'un autre côté, une veuve respectable de banlieue ne prenait pas d'amant aussi peu de temps après la mort de son mari... Mais le courage manque souvent pour affronter certaines idées.

J'ai beaucoup appris au cours des deux années ou presque que dura ma relation avec Donald ; j'ai surtout découvert que l'adultère, comme le mariage, s'accommodait de l'infidélité. Je fus stupéfaite d'apprendre que je n'étais pas la seule *autre femme* de sa vie, non pas que je fusse folle amoureuse de lui, mais cela m'ouvrait de nouvelles perspectives. J'avais cherché du réconfort auprès de lui – oui, le plaisir physique y jouait aussi un rôle – mais jamais je n'avais songé avoir tout loisir de ne pas me limiter à lui. Je vis les choses sous un tout autre jour dès que je compris combien lui-même ne s'était pas contenté de moi. Les enfants avaient tous quitté la maison, je n'étais pas tenue de travailler – même si j'avais trouvé un poste à mi-temps à la bibliothèque municipale de Wilmsford, pour que le cerveau ne s'encrasse pas – j'étais une femme libre. Et les années soixante débutaient, une époque où la liberté se devait d'être dévorée. A quarante-deux ans, j'aurais eu l'air ridicule en minijupe, mais bien d'autres modes s'offraient à moi, y compris en matière sexuelle. Manchester était une ville qui bougeait beaucoup à l'époque, avec des groupes de rock, et le ravissant George Best dans l'équipe d'United ; les occasions de sortir ne manquaient pas, et j'étais prête à les saisir. J'étais demeurée une épouse obéissante, effacée, pendant presque vingt ans ; et je me retrouvais femme volage. Harold m'avait emprisonnée un premier temps ; sa mort me libérait.

La difficulté fut de tout cacher aux enfants, avec l'image très convenable et respectable qu'ils conservaient de moi, la veuve de leur père. Naomi suivait ses études à l'université, et Tim avait commencé sa formation de maître, ce qui ne laissait que les vacances comme souci ; quant à Richard, il m'avait annoncé vouloir prendre un appartement peu de temps après avoir commencé à travailler au *Messenger*. Je compris qu'il s'attendait à une certaine réticence, et fis attention de ne pas montrer combien l'idée me séduisait. Il ne s'installa pas loin – à moins de dix minutes en voiture – mais il me rendait rarement visite. Quand cela arrivait, je prenais soin de lui demander comment il mangeait, et lui proposais de faire sa lessive, mais il insistait que tout allait bien. Son studio – je suis passée une fois à l'improviste, l'endroit semblait avoir subi un bombardement – recevait de toute évidence un flot ininterrompu de jeunes filles ; je m'amusais en envisageant le résultat que donnerait un échange de nos observations respectives.

J'avais beau tromper mes enfants, je ne me souciais pas moins d'eux, consciente que la maladie et la mort d'Harold les avaient touchés ; il avait représenté l'influence majeure de leur vie, il leur fallait réagir à cette perte. Je trouvai leurs réactions très intéressantes.

J'eus beaucoup de mal à reconnaître Naomi lorsqu'elle rentra à la maison pour les vacances de Noël, après son premier semestre à Sheffield. Elle portait une jupe noire serrée et une couche épaisse d'un maquillage vif ; son père aurait sauté au plafond. Quand elle parlait, j'avais l'impression d'une tout autre jeune fille cherchant à imiter sa voix. J'étais plutôt triste ; elle était très mignonne et aurait pu avoir l'air superbe, à condition de ne pas s'attifer comme une prostituée de Piccadilly. Elle prit un air assez piteux quand je la vis en ouvrant la porte.

– Bonjour, maman, dit-elle. J'ai un peu changé.

– Je vois. Ça... enfin, ça te change vraiment.

– Moi ça me plaît. Tu t'y feras.

Notre discussion sur son allure s'arrêta là. Tandis qu'elle montait dans sa chambre pour défaire ses bagages, j'allai dans la cuisine préparer du thé ; je me demandais comment chacune allait se conduire. Pour ma part il était exclu que je révèle quoi que ce soit de ma relation avec Donald, et j'ignorais combien elle-même admettrait avoir évolué, au-delà de la simple apparence ; comment douter, en effet, qu'elle ait changé ? Quand elle fut descendue, je lui posai des questions sur l'université, ses amis, les clubs qu'elle fréquentait, l'intérêt qu'elle prenait à ses études. Je lui fournis ensuite le compte rendu, soigneusement épuré, de mes propres activités : le travail à la bibliothèque, la troupe d'opéra, la salle de bains refaite. Quand elle a demandé des nouvelles des Barraclough, je lui ai dit quel plaisir j'avais pris à aider Cicely pour tenir le stand de livres d'occasion, lors de la kermesse pour récolter des fonds destinés à la restauration de St Luke.

Nous avons discuté une bonne heure avant qu'il ne soit fait mention d'Harold, qui n'était mort que depuis moins de six mois.

– J'ai reçu une lettre très gentille l'autre jour, de cet homme qui jouait aux échecs par correspondance avec papa, dis-je. Il disait simplement penser à moi à l'approche de Noël. J'ai trouvé cela très attentionné de sa part.

– Tu reprends du thé ? (Naomi se dirigea ves la cuisine sans même attendre ma réponse. Elle ne parla qu'après avoir disparu de mon champ visuel.) C'est très gentil. Comment s'appelait-il déjà ?

– Eric Summerville. (J'étais consciente d'avoir le regard rivé sur le fond de ma tasse.) Il habite dans le Hampshire.

– Oui, je me souviens maintenant... Où ranges-tu la boîte de thé désormais ?

– Dans le placard de gauche, comme d'habitude. Deux cuillers devraient suffire pour une demi-théière.

Je l'entendis allumer le gaz pour faire chauffer la bouilloire, elle sifflotait un air de rock et je compris qu'elle ne souhaitait pas parler de son père ; ce qui était d'ailleurs peut-être aussi mon cas. Je comprenais mes raisons et m'interrogeais sur les siennes. C'est tout juste si nous avons mentionné son nom pendant le reste des vacances.

Tim se situait à l'extrême opposé, un étudiant banal tout droit sorti des années cinquante, avec duffle-coat gris et écharpe aux couleurs de son école, comme si le lycéen n'avait fait que changer d'uniforme. Et il n'arrêtait pas de parler d'Harold, dans les lettres que je recevais chaque semaine, au téléphone, et plus particulièrement quand il venait me voir. Il faisait des remarques sur le moindre changement dans la maison, même les plus inévitables, comme de ne plus trouver les galoches de son père au pied du portemanteau ; comme s'il avait préféré voir la maison transformée en musée – non, mieux encore, en un mausolée à la gloire de son père – avec moi dans le rôle du fidèle conservateur. Il montrait son désaccord dès qu'il me voyait dans une nouvelle tenue, et insista pour que reste intacte la pièce qui avait été sa chambre ; le poster de Len Hutton, une photo du capitaine de l'équipe de cricket d'Angleterre prise en 1954, resta au mur jusqu'à son mariage, quand il la dégrafa pour l'emmener chez lui ; autant que je sache, il la conserve encore.

Cette manie de toujours en revenir à son père devint pénible, voire épuisante, mais je me gardais de le lui dire. Il ressentait clairement le besoin de s'y rattacher, et aurait été effondré d'apprendre le peu d'importance que je pouvais attacher à tout cela. J'estimais qu'il finirait par sortir de cette phase, mais ça n'a jamais vraiment été le cas. La première fois qu'il amena Claire pour me la présenter, il l'emmena faire un tour du jardin, expliquant comment Harold avait tout arrangé ; il insista ensuite pour que je sorte de vieilles photos, afin de lui montrer à quoi il ressemblait. Elle émit tous les sons de circonstance, et posa quelques questions pour ne pas décevoir les attentes de Tim. Je ne cessais de ramener la conversation sur elle-même, mais elle se montrait aussi ennuyeuse qu'elle en avait l'air.

– Claire t'apprécie beaucoup, me dit Tim au téléphone la semaine suivante.

Il semblait ravi.

– Moi aussi. (Je pris une mine idiote que me renvoya le miroir du vestibule.) Elle m'a paru très gentille.

– Ses parents aimeraient te rencontrer, ajouta-t-il. Ils habitent juste à côté, à Harper Close. Je leur ai donné ton numéro et ils vont t'appeler.

On arrangeait pour moi mon futur statut de belle-mère, exactement comme lorsque je m'étais mariée ; l'histoire se répétait avec un certain sens de la farce.

Et il ne reste que Richard. Comme Naomi, il parle très rarement d'Harold, mais il faut dire que je l'ai très peu vu après son départ. Et pour parler franchement, je ne suis pas très attachée à lui ; je n'ai pas à éprouver de l'affection du simple fait qu'il soit mon fils. Je pense d'ailleurs très honnêtement qu'il me le rend bien. Il affiche une telle condescendance envers moi. Tim aussi, mais il l'a toujours fait de façon étouffante, comme si, le jour de la mort d'Harold, j'étais devenue une relique vieillissante qu'il fallait choyer avec soin ; à tout prendre, je préfère l'arrogance détachée de Richard à l'attention envahissante de son frère. En fin de compte, aucun de mes enfants ne me comprend ; et je doute moi-même les comprendre. Ils ne ressemblent pas à ce qu'ils étaient.

Une fois par an, à Noël, nous nous réunissons ; c'est devenu une quasi-tradition de nous rendre dans le Hertfordshire. La maison de Naomi et Charles est si ravissante, et ce sont des hôtes merveilleux. Une fois oubliée la période de rébellion étudiante, ma fille fit un bond fulgurant dans l'échelle sociale, se transformant à la perfection en maîtresse de château (tu es vache, ma pauvre Florence ; reconnais combien tu aimes être dorlotée dans le luxe). J'en garde un souvenir merveilleux du temps où mes petits-enfants étaient jeunes ; je trouve que Noël gagne beaucoup quand les tout petits sont là pour y mettre un peu de magie. Mais à mesure qu'ils ont grandi, leur personnalité s'est affirmée et ils ont commencé à se quereller. Aujourd'hui ce sont quatre jeunes adultes – et j'ai du mal à croire que l'un d'entre eux finira bien par me faire arrière-grand-mère – qui forment une progéniture très diverse. Bien sûr, Roberta est mon petit chou, celle que j'aurais aimé être. David, son frère, a un talent fou pour faire du charme dès que cela peut lui servir, ce que je trouve étonnant tant il ressemble physiquement à Harold, qui lui ne brillait pas par son charme. Je n'aime pas David parce que je ne serais pas certaine de pouvoir lui faire confiance. Kathy et Emma, les filles de Richard, sont aussi différentes que possible. Kathy a hérité de la froideur de son père, et y ajoute une intelligence très abstraite, ou plutôt de l'intellectualisme, ce qui est différent. Elle est beaucoup trop ambitieuse pour pouvoir se soucier des autres ; Emma ressemble à ces enfants qui gribouillent partout sur les papiers peints, non pour attirer l'attention, mais simplement pour rendre les autres furieux, une sorte de provocation gratuite et vantarde. J'admire Richard de ne jamais l'avoir laissé tomber – je n'aurais pas eu autant de patience – et il est parvenu à la maintenir intégrée à la famille, bien qu'elle soit pour chacun une source constante d'embarras.

Au milieu de tout ce monde, on m'attribue le rôle du vieux parent, et je m'efforce de le tenir, tout en gardant pour moi bien des choses. Noël est l'unique occasion que j'ai de porter tous mes chapeaux, le seul moment de l'année où il nous soit donné d'être ensemble, même si Tim est obligé de conduire plus de deux cents miles ; je sais que Claire préférerait rester chez elle. Le seul dont je n'ai pas fait mention est Charles, le mari de Naomi. Il fut un temps où j'appréhendais de le rencontrer – Marlborough puis Cambridge, une famille tout droit sortie des pages de *Country Life* – mais il est très ouvert et sait s'adapter aux gens avec lesquels il se trouve. Je me souviens d'un soir de réveillon de Noël où il était rentré directement après une réunion de haute volée au 11, Downing Street ; au bout de quelques minutes il se retrouvait dans une discussion avec Tim, sur le problème des maîtres d'école. Comme aurait dit ma mère, bon sang ne saurait mentir. Il est toujours très courtois avec moi, mais je pense parfois qu'il en soupçonne plus sur mon compte que n'en devinent mes propres enfants. C'est le gendre dont Harold aurait rêvé.

Mon Dieu, pourquoi faut-il qu'Harold resurgisse toujours ainsi ? Il est tout de même mort depuis 1959. Quand je regarde en arrière, je dois me rappeler à moi-même l'épouse docile et la mère éprise de son devoir que je fus. Je l'aimais – enfin, ce sentiment avait peut-être fini par passer, mais j'ai continué de lui obéir, de le respecter – et je ne regrette rien de ce que nous avons vécu ensemble. J'aurais eu une vie différente s'il avait vécu, mais il est mort. Pourquoi alors demeure-t-il si présent dans mes pensées ? Cela arrive toujours quand je suis avec les enfants, ou quand je pense à eux, ce qui veut dire que... Je ne sais pas ce que cela veut dire. D'ici peu je serai l'arrière-grand-mère d'enfants qui grandiront au XXIe siècle ; je serai trop vieille, trop fatiguée et, franchement, trop lassée pour me soucier de mes propres enfants. Je ne me débattrai pas en criant s'ils décident de me placer en maison de retraite ; qu'ils mènent leur propre vie et me laissent seule avec mes souvenirs. Peut-être alors ne penserai-je plus à Harold qu'au cours de leurs visites.

Vous voyez, le problème c'est que je n'aime pas penser à Harold parce qu'il est absent de mon existence depuis si longtemps. Et je déteste tout particulièrement penser à sa mort. Même après toutes ces années, malgré les amants, les petits-enfants et tout ce que j'ai aimé, des pensées troublantes continuent de venir me hanter. Et quand je me retrouve face aux pires d'entre elles, je dois me répéter à n'en plus finir qu'il ne peut s'agir de la vérité.

TROISIÈME PARTIE

PROLOGUE

Le 27 décembre, le journal télévisé de 13 heures sur la BBC ouvrit sur la tragédie de la famille Barlow. Le présentateur avait adopté un ton grave de circonstance.

« La police continue d'interroger les membres d'une famille dans une demeure du Hertfordshire, après la découverte de deux cadavres tôt ce matin. » Des images filmées de Devon Lane apparurent à l'écran, la caméra effectuant un plan qui partait de la maison et parcourait le jardin. « Les autorités ont reçu un coup de téléphone à 8 h 30 ce matin, leur demandant de se rendre au domicile du banquier d'affaires Charles Stansfield et de son épouse Naomi, à Brookmans Park. Les victimes ont été retrouvées dans une pièce du rez-de-chaussée. Elles ont succombé à des tirs de fusil de chasse. Mr et Mrs Stansfield recevaient plusieurs membres de leur famille à l'occasion de Noël – des photos défilèrent à l'écran tandis que le journaliste lisait les noms – notamment le frère de Mrs Stansfield, Dick Barlow, rédacteur en chef du *Post*, et la fille du couple, Roberta Stansfield, qui est journaliste à BBC Radio. S'y trouvaient aussi Mrs Florence Barlow, la mère de Mrs Stansfield – une photo de Florence, vieille de dix ans, en costume pour une représentation de *My Fair Lady* – ainsi que son autre fils, Timothy Barlow, et son épouse Claire. » Suivait une photo de mariage de 1963. Le présentateur réapparut à l'écran. « Un porte-parole de la police a confirmé la présence d'autres membres de la famille. Les corps ont été transportés au Barnet General Hospital. Leurs identités seront révélées plus tard dans la journée. Les enquêteurs n'ont émis aucun avis de recherche. Cette tragédie vient frapper une petite communauté privilégiée du Hertfordshire, dans une région prisée des gens de la City... » Nouvelle interruption du présentateur alors que le révérend Piers Lumley, vicaire de la paroisse, apparaissait à l'image ; son nom inscrit au bas de l'écran. « Nous sommes tous effondrés. C'est une telle catastrophe, et cela semble insensé. C'est une famille très heureuse, très liée, qui passe toujours Noël ensemble. Charles et Naomi sont venus à l'église le 24 au soir ; ils étaient même accompagnés de la mère de Naomi. Tout semblait aller très bien. Je ne vois pas ce qui pourrait expliquer... » La caméra resta fixée sur lui un instant, alors qu'il baissait la tête, comme sous le poids de la douleur, et le présentateur réapparut, sa voix ayant légèrement changé de ton. « En Bosnie-Herzégovine, le dernier cessez-le-feu a été rompu tôt ce matin, quand des tirs d'artillerie ont atterri sur... »

Au siège de la police du Hertfordshire, l'horloge accrochée au mur de la salle de réunion avait cessé de fonctionner ; hormis ce détail, tout grouillait de mouvement. Plusieurs journalistes avaient sorti leurs téléphones portables et appelé le bureau : ils transmettaient des bribes d'information et recevaient de nouvelles directives ; à un bout de la pièce, les équipes télé vérifiaient les caméras disposées devant la table ; ils se tenaient prêts à interrompre les programmes pour intervenir en direct ; des photographes entouraient le chargé de relations avec la presse, insistant qu'il leur fallait pénétrer dans la maison au plus tôt. Chacun ne désirait qu'une chose, le nom des deux victimes, cette pièce maîtresse autour de laquelle tout pourrait s'ordonner. La Press

Association continuait de sortir des dépêches sur le contexte de l'affaire.

HSA581500 PAHOME PA 14.22
POLICE/Cadavres/Mémo
A L'ATTENTION DES RÉDACTEURS, SECRÉTAIRES DE RÉDACTION ET SERVICES PHOTO
Premiers éléments sur la conférence de presse de la police, suite au double meurtre dans le Hertfordshire, attendus vers 15.05. Les photos du commissaire Michael Dundee devraient être disponibles dès 15.30.

HSA581507 PAHOME PA 14.30
POLICE/Cadavres/Développements
Trevor Webb, 33 ans, qui dirige un squat sur Bucklers Rd à Hackney (Londres E8), où habite Emma Barlow, a déclaré : « On ne se fait aucun souci pour elle. Emma a toujours su s'en sortir. » Il a nié que les membres du squat soient des toxicomanes, bien qu'il semble que la police ait opéré plusieurs descentes à cette adresse.

HSA581519 PAHOME PA 14.36
POLICE/Cadavres/Développements
Le Dr Mark Peters, dont Charles et Naomi Stansfield sont les patients, s'est brièvement entretenu avec des journalistes devant la demeure de Devon Lane.
C'est véritablement épouvantable à l'intérieur, un vrai cauchemar, a-t-il déclaré. Tout le monde est en état de choc. J'ai conseillé à la police de conduire deux d'entre eux à l'hôpital. Ils n'ont aucune blessure physique mais devraient être mis sous observation au plus vite. »
Le Dr Peters a confirmé que les victimes faisaient partie de la famille, refusant cependant de les identifier avant le communiqué de la police. Il a ajouté que la pièce où l'on avait découvert les cadavres était « couverte de sang... comme un abattoir » et que les

enquêteurs ne soupçonnaient pas l'implication d'une personne étrangère.

« Comme un abattoir... » Très bon comme titre, surtout si on arrive à avoir une photo de la pièce... on pourrait disposer les portraits des victimes en surimpression... On demandera quelques esquisses à notre dessinateur. Toujours pas d'arrestation ? On s'en passe bien ; j'te dis pas la merde si on doit faire attention à c'qu'on dit. Tiens, que dirais-tu d'un arbre généalogique ? Ça montrerait clairement les liens de parenté. La grand-mère est bien veuve depuis des années ? Alors laisse tomber le mari, redescends à partir d'elle. Utilise des photos. Et débrouille-toi pour faire ressortir les deux victimes. Je ne sais pas, des bordures en noir ? Ou quelque chose dans le genre. Mets quelqu'un dessus. Quelle heure est-il ? Bien, on saura dans dix minutes.

HSA581537 PAHOME PA 14.43
POLICE/Cadavres/Développements
Une femme non identifiée est sortie sur un brancard à 14 h 30 cet après-midi de la demeure située Devon Lane. Une autre femme l'a accompagnée dans l'ambulance pour le court trajet jusqu'au Barnet General Hospital, l'endroit même où les cadavres ont été transportés auparavant.
Un porte-parole de l'hôpital a refusé de révéler l'identité des deux femmes, se contentant d'indiquer qu'elles avaient été placées en observation pour vingt-quatre heures, suite à leur état de choc.
MÉMO POUR LES RESPONSABLES PHOTO : PA Pictures diffusera vers 15.00 une photo couleur (plan horizontal) du brancard en train d'être chargé dans l'ambulance.

1

A l'exception de Kate, la fille aînée de Richard, qui passait les fêtes avec sa mère dans le Somerset, la famille se trouvait réunie au grand complet pour ce Noël. Dans un premier temps sa sœur Emma avait refusé l'invitation, prenant un ton boudeur pour dire à son père qu'elle s'ennuierait à mort, mais elle avait décidé au dernier moment ne rien avoir de mieux à faire ; et au moins elle serait nourrie à l'œil. Quand Richard passa la prendre au squat, il resta dans la voiture pendant que Stephanie allait la chercher.

Les premiers arrivèrent en milieu d'après-midi, la veille de Noël ; les voitures débordaient de cadeaux, un témoignage de gentillesse plus contraint que sincère chez certains. Au fil des années, ils avaient appris à s'accommoder de leurs différences, à force de gommer les ressentiments et jalousies, acceptant certains traits de caractère qu'ils eussent refusés chez des étrangers. Les retrouvailles offrent toujours une certaine excitation, avec les nouvelles à échanger, les questions que chacun pose. On entassa les cadeaux sous l'arbre, et chacun entreprit de se fondre dans la vie familiale ; Richard et Roberta discutèrent de journalisme, sans pouvoir tomber d'accord ; Tim et David jouèrent au billard dans la salle de jeux du sous-sol ; Claire et Stephanie aidèrent à préparer le déjeuner du lendemain, Emma se joignant à elles en rechignant ; le soir, Florence accompagna Charles et Naomi à l'église pour la messe de minuit. Les individualités s'accrochèrent légèrement à plusieurs reprises, mais rien ne fut dit de blessant ou qui puisse laisser la moindre trace de colère.

Le matin de Noël s'organisa suivant un rituel élaboré, inconsciemment, les années précédentes. Un petit déjeuner frugal – Naomi disposa un assortiment de céréales sur la table et chacun se servit ; tout le monde se réunit ensuite dans le salon pendant que cuisait le déjeuner. Charles mit un CD de chants de Noël et servit du sherry, sauf à Richard qui demanda un whisky. La discussion demeurait décousue, dans l'attente de ce qui était devenu une véritable tradition. Quand ils étaient petits, les enfants distribuaient les cadeaux à tout le monde et on ne les ouvrait qu'une fois la distribution achevée. Cela avait perdu de son attrait puéril mais Roberta et David avaient maintenu cette façon de faire. Florence sortit son trait d'humour habituel, faisant remarquer comme elle serait heureuse quand une nouvelle génération prendrait le relais.

– Le premier est pour... (Roberta retourna un paquet pour lire l'étiquette) ... pour Tim. Tiens. Celui-ci est pour grand-maman, et celui-là... ah, il est pour Kate. Tu peux le prendre, Richard ? Merci. Tiens, attrape... Et celui-là ?

– C'est pour toi, dit son frère.

– Ma pile est donc là. Allez, si on ne veut pas y passer la journée.

– Oncle Richard, encore Kate et... Emma.

David les distribua.

– Maman, David... Je ne peux pas lancer celui-là, il pèse une tonne... Claire... Papa... Ça, ce doit être une bouteille pour... Où est l'étiquette ?... Encore maman... Ce papier est superbe... Deux de plus pour papa... Attention à celui-là, ça se casse... Tim... Emma... Qu'est-ce qui est écrit là ? Quelle écriture de cochon... Désolée, grand-maman... Tu peux m'attraper ce paquet ?... Richard... non, ça c'est un cadeau accroché à l'arbre, pour plus tard. Il a dû tomber... tiens, Stéphanie... Roberta, j'espère que la couleur te plaît... Qu'est-ce qui peut bien avoir une forme aussi bizarre ?... C'est pour maman, de la part de Claire et Tim... Ce sac Fortnum and Mason est pour elle aussi... Rien d'autre ?... Mon Dieu, il ne fallait pas... Merci, gentil frère chéri... Emma, de la part de grand-maman... C'est à moi, et ça aussi, et ça... celui-ci n'a plus d'étiquette. Personne ne le reconnaît ?... David, ne les mange pas tous d'un coup... Ah, ça je sais ce que c'est... Richard. Ce doit être un livre... Il en reste un pour Claire, derrière le pot... Ça y est ? On y va.

Les papiers colorés s'entassèrent sur le tapis avec les rubans soyeux ; les visages marquaient leur plaisir, on se remerciait en s'embrassant, on sollicitait l'admiration des autres. Tous étaient absorbés par leurs découvertes, et personne ne remarqua Charles qui posait la chemise de chez Turnbull and Asser offerte par sa fille pour saisir un long paquet, de toute évidence une boîte. Il arracha le papier, retira le couvercle et en sortit un fusil.

– Mon Dieu, quelle surprise ! (Il sourit à Naomi.)

– Alors, tu t'y attendais ? demanda Roberta.

– J'étais obligé d'accompagner maman quand elle l'a acheté, répondit-il. Le permis est à mon nom. Mais elle l'a emballé et j'ai promis de ne pas l'ouvrir avant aujourd'hui. Merci, ma chérie.

Il porta le fusil à son épaule et visa l'étoile argentée posée au sommet de l'arbre.

– Ne tire pas ça, plaisanta Roberta. Ça doit porter malchance.

– Mais non. On fait bien un vœu quand on voit une étoile filante, ajouta David.

– Pas quand on les tire soi-même. (Roberta retira un pull-over du paquet qu'elle tenait.) Regardez un peu ! Richard, dis à Kate que je l'aime pour toujours. C'est vraiment...

– Quoi, une carabine !

Le cri indigné de Claire avait retenti dans toute la pièce, poussant chacun à interrompre ce qu'il faisait. Elle lançait un regard accusateur vers Charles, les doigts resserrés autour du cadeau qu'elle s'apprêtait à ouvrir.

– Un fusil, corrigea Naomi. Charles songeait en acheter un nouveau depuis une éternité, alors je me suis proposée de lui offrir.

– Pour Noël ? C'est censé être un moment de paix sur terre, certainement pas l'occasion de s'entretuer.

– Il ne servira pas à tuer des gens, rétorqua Naomi. Ne sois pas idiote. Charles va l'utiliser pour chasser le faisan. Vraiment, je ne t'ai pas vue te plaindre les nombreuses fois où tu en as mangé ici.

– Ce n'est pas la question. Te rends-tu compte qu'en ce moment même, alors que nous sommes assis ici, on tue de pauvres enfants innocents avec de telles armes ?

– Je rêve, se murmura Roberta à elle-même. Elle a pété les plombs.

– Claire ! (Florence lança un regard noir à sa belle-fille.) Qu'est-ce qui te prend ? Naomi est libre d'acheter ce qu'elle veut comme cadeau pour Charles. Cela ne regarde personne. Tais-toi maintenant. Tu es en train de gâcher le plaisir de tout le monde.

– Je n'aime pas les armes à feu, répéta Claire avec entêtement. Et je trouve cela...

– Personne n'a rien à faire de ce que tu penses, coupa Florence.

Il y eut un silence avant que Claire ne réponde.

– Je le sais. Comme toujours. (Elle renifla légèrement.) Bien. Je m'excuse. Charles, je suis désolée. Je suis certaine que c'est un merveilleux fusil.

Elle regarda Tim qui détourna les yeux.

– C'est sans importance, Claire, lui dit Charles. Je suis navré que cela vous ait troublée.

– Plutôt lourd, chuchota David à sa sœur qui se trouvait assise par terre à côté de lui.

– Aide-moi à rattraper les choses, chuchota-t-elle en retour, avant de sauter sur ses pieds et d'aller embrasser Florence. Grand-maman ! Ils sont superbes ! Où les as-tu trouvés ?

Florence lui sourit avec gratitude.

– Ce n'est pas grand-chose, ma chérie, mais la vendeuse m'a assuré que ça faisait rage.

– Je les trouve parfaits. (Roberta se pencha pour l'embrasser et lui parla à l'oreille :) Et j'en profite pour aplanir la situation.

– Je m'en doute. Bien joué.

Le déballage reprit, mais Claire se leva au bout

de quelques minutes et quitta la pièce sans rien dire. Personne ne fit le moindre commentaire jusqu'au moment où Charles resservit du sherry.

– Voulez-vous en apporter un verre à Claire ? demanda-t-il discrètement à Tim.

Il fit non de la tête.

– Elle va revenir bientôt.

– Vous feriez mieux d'aller voir si tout va bien.

Malgré lui, Tim se leva ; il n'avait jamais su y faire avec les querelles familiales. Claire se trouvait dans leur chambre ; elle regardait par la fenêtre, vers les champs recouverts de givre situés de l'autre côté de Devon Lane.

– Ça va ? Tu redescends ?

– Je n'ai sans doute pas le choix. (Elle continuait de regarder par la fenêtre.) Après tout, on ne va pas gâcher le petit Noël de cette chère Naomi ?

– C'est le Noël de tout le monde.

– Bien sûr que non. C'est le sien. Nous ne sommes que les chanceux manants que l'on invite au château. Surtout, que chacun reste à sa place, et pas d'incorrection envers la maîtresse des lieux, je vous prie.

– C'est ridicule.

– Vraiment ? (Elle haussa les épaules, comme par dépit.) Eh bien, si tu es incapable de t'en rendre compte, ce n'est pas moi qui m'essoufflerai pour te le faire comprendre. Parfait. Je n'ai plus qu'à compter les heures avant qu'on sorte de ce lieu pourri. Promis, je tiendrai ma langue et veillerai à ne froisser personne.

– Tu descends, alors ?

– Dès que je me sens prête. Ne t'inquiète pas, je ne dirai plus rien qui irrite les autres. J'arrive dans quelques minutes.

– Nous allons bientôt déjeuner.

– J'essaierai de me souvenir quel couteau utiliser, et je tâcherai de ne pas saucer mon assiette avec du pain. (Elle se retourna vers lui.) Satisfait ?

– On ne va pas se disputer là-dessus...

– Comme tu veux, mais ce n'est pas moi qui ai commencé.

Elle ne le quitta pas des yeux avant qu'il soit sorti, puis soupira profondément, ouvrit son sac à main et entreprit de refaire son maquillage.

Quand Tim arriva au pied de l'escalier, il croisa Charles qui sortait de son bureau.

– J'ai rangé le fusil, dit-il. Où est Claire ?

– Elle arrive. Je suis désolé pour...

– Il n'y a vraiment pas de quoi, interrompit Charles. Ça l'a énervée, c'est tout. Et puis, c'est fini ; personne n'y pense plus.

Personne n'avait oublié l'incident, mais tous s'efforçaient du moins de faire comme si, en attendant que Florence et Naomi aient fini de préparer le déjeuner. Richard feuilletait la biographie de Rupert Murdoch offerte par sa fille aînée, et il ne vit pas Stephanie se diriger vers David, qui regardait par la fenêtre avec une paire de jumelles Fujinon, un cadeau de son père. Leur première rencontre remontait au Noël précédent ; ils avaient échangé quelques regards équivoques, et une ou deux remarques en aparté. Mais rien de plus, et Stephanie avait été déçue qu'il ne trouve pas le moyen de la revoir, mais s'en était-il seulement donné la peine ? Richard, tout soucieux qu'il était de braver l'écoulement des années, devenait lassant. Avoir une liaison avec le rédacteur en chef du *Post* n'offrait plus la même excitation qu'au début, et elle ressentait dorénavant surtout le fossé entre eux, qui allait grandissant ; il avait mieux à faire que découvrir Guns N'Roses, alors qu'elle-même trouvait Status Quo dépassé. Leur relation offrait peu de chose en dehors du lit, et elle commençait à pourrir.

– Tu vas bien à l'université à Leeds ? demanda-t-elle. Je suis née là-bas. D'ailleurs, je dois m'y rendre le mois prochain.

– Où exactement ?

– A Headingley.

Il baissa les jumelles.

– J'ai un studio sur Hobbs Road. Tu vois où c'est ?

– Oui... je peux regarder avec ?

– Bien sûr. On peut lire l'heure sur le clocher de l'église.

– Dans quelle direction ? (Elle saisit les jumelles et les porta à ses yeux.) Je n'arrive même pas à voir l'église.

– Tiens. (Il lui prit la main gauche et la déplaça légèrement sur le côté.) C'est bon ?

– Non. Je suis nulle avec ce genre de choses.

Il s'avança derrière elle et plaça ses mains de chaque côté de sa tête, la faisant pivoter légèrement.

– Essaie de repérer une tour carrée... alors ?

– Je crois... mais c'est flou.

– Attends. (Il tendit les mains.) Il faut régler la mise au point. (Ses doigts faisaient tourner la manette dentelée ; leurs corps se touchaient et Stephanie recula délibérément vers lui, très légèrement mais juste ce qu'il fallait.)

– Tes cheveux sentent bon, murmura-t-il.

– Merci.

– Tu la vois maintenant ?

– Oui.

– Alors dis-moi l'heure.

– Bien trop tôt pour aller se coucher.

Ils s'écartèrent l'un de l'autre quand Florence entra dans la pièce pour annoncer que le déjeuner était prêt. En baissant les bras, David avait effleuré avec les mains le devant du pull de Stephanie ; chacun d'eux savait ce qui venait de s'enclencher.

Le retour de Claire provoqua un léger tressaillement, éclipsé toutefois par l'activité du déjeuner, et les modestes efforts de mise en scène qui l'accompagnaient. Ils ouvrirent les diablotins de chez Harrod's, qui contenaient des objets fantaisie en bois sculpté, ils taquinèrent Emma tant qu'elle n'accepta pas de porter sa couronne en papier ; puis ils mangèrent : des poires servies avec une sauce à l'estragon, en plat de résistance un jambon italien rôti en croûte et une dinde, servis avec oignons glacés, carottes à la crème et pommes de terre, rôties ou en croquette ; et pour finir, un Christmas pudding flambé au cognac, accompagné d'une mousse à l'orange. Florence soupira qu'elle ne parviendrait jamais à se lever de table, tant elle avait mangé.

Après le déjeuner, Naomi suivit Charles qui alla rendre visite à son père à la maison de santé ; Roberta et David les accompagnèrent ; Florence se laissa somnoler dans son fauteuil, et Tim proposa de faire une marche digestive. Claire déclina l'invite mais Richard, Stephanie et Emma acceptèrent ; ils parcoururent les champs gelés, une étendue vide et silencieuse sous un ciel pesant, lourd de la neige qui menaçait de tomber. Ils formaient un quatuor désuni, Richard affichant les premiers signes d'une agressivité due au whisky, Tim se sentant mal à l'aise suite au comportement de Claire, Emma et Stephanie ne partageant rien, hormis le fait d'être du même sexe et l'ennui qui les gagnait.

– Claire s'est montrée sacrément malpolie, dit Richard sans ménagements à Tim, alors qu'ils approchaient de la première barrière donnant sur Devon Lane.

– A quel sujet ?

– Le cadeau de Charles, bien sûr. On ne lui demande pas d'aller elle-même tirer avec. Rassure-moi, elle n'est pas embarquée dans ces conneries végétariennes ?

– Elle n'aime pas les armes.

Malgré ce qu'elle avait dit, et en dépit des difficultés multiples de leur mariage, Tim ressentait toujours le besoin de la défendre, et encore plus quand son frère l'attaquait.

– Et alors ? Je ne l'aime pas elle, et pourtant je ne la ramène pas. Pauvre conne.

Tim sentit la colère lui monter au visage, mais il tourna pour ouvrir la barrière et marcha devant les autres, les épaules rentrées, les mains enfoncées dans les poches de sa veste matelassée. Ils suivirent en silence, personne n'ayant la moindre envie de parler, et finirent par le rattraper ; il donnait des coups de pied dans les cailloux, sur le chemin d'accès goudronné qui conduisait à des bâtiments de ferme situés à l'extrémité du premier champ.

– Vous voulez suivre quelle direction ? demanda-t-il. Moi je prends à droite. C'est plus long, mais c'est une belle marche.

– Alors je prends à gauche, répliqua Richard. J'ai pas envie de traîner dans ce putain de froid. En avant, les filles.

– Je n'ai pas envie de rentrer tout de suite, dit Stephanie.

Richard eut l'air surpris un instant, puis haussa les épaules.

– Comme tu veux. J'en ai rien à foutre de ce que font les autres. Et toi, Emma ?

– O.K., je te suis. T'as raison, ça caille.

Dès son départ, le groupe avait marché sans véritable unité ; et ils se séparaient maintenant pour de bon. Tim et Stephanie échangèrent tout juste quelques mots ; elle n'éprouvait aucun intérêt pour le frère de son amant, alors que lui ressentait de la gêne face à cet être confiant, débordant de sexualité. Il ne cessait de fantasmer à son sujet, d'une façon rappelant les revues qu'il achetait ; rêves de corps huilés, à la nudité ardente, réveillant des sentiments ambigus, où la culpabilité se mêlait à l'attrait ressenti face à une chose inconnue.

Marchant côte à côte avec son père, Emma se sentit obligée de lui accorder un minimum d'intérêt.

– Alors, tu as réglé son compte à ce nouveau type au *Post* ? Tu sais, celui qui venait du *Sun*, dont tu m'avais dit que c'était un véritable emmerdeur ? (Il demeurait silencieux, et elle le regarda avec une pointe d'inquiétude.) Qu'est-ce qu'il y a ?

– Je n'y suis pas encore parvenu. Il n'a pas oublié comment je l'avais couillonné sur une enquête, il y a des années.

– Et alors ? renchérit-elle avec dédain. Tu t'es déjà défait de plus gros morceaux.

– Je sais bien mais il ne perd aucune occasion pour me dénigrer. (Il la regarda.) Il veut ma peau.

– Il peut toujours essayer. (La remarque se voulait encourageante, tout en semblant affirmer qu'une telle éventualité était impossible ; malgré le rejet qu'elle pouvait afficher, Emma Barlow avait besoin de sentir la présence de la force paternelle.) Allez, tu ne vas pas me décevoir.

– Parce que tu penses ça ?

– Non, mais si tu te plantais... mais ça n'arrivera pas. Non, dis ?

Richard ne répondit pas ; il contemplait le soleil, véritable boule de feu qui embrasait à l'horizon les sombres silhouettes hivernales des arbres.

– Pas si j'y peux quelque chose... Allez, on rentre.

Florence se redressa dans son fauteuil quand Claire entra, lui apportant le thé qu'elle avait demandé en se réveillant.

– J'espère que tu comprends combien tu t'es montrée mal élevée à propos du cadeau de Charles, dit-elle. Tu as embarrassé tout le monde. Après tout, tu es leur invitée.

Claire trembla, et une tasse vacilla contre une soucoupe dans le plateau.

– C'est une affaire terminée. J'ai dit ce que j'avais à dire – et m'en suis excusée.

– Si tu avais commencé par te taire, tu te serais peut-être épargné d'avoir à faire des excuses. (Elle prit sa tasse.) Merci... comprends-moi bien, tu n'es pas en cause. Personne dans la famille ne cherche à te critiquer.

– Vu le peu d'attention qu'ils m'accordent...

– Ne sois pas ridicule.

– Je ne le suis pas. Cela fait des années que vous me traitez tous avec condescendance. Et n'allez pas penser que je ne m'en rends pas compte. (Claire montra la pièce d'un geste.) Regardez-moi cet endroit. Naomi cherche toujours à m'en mettre plein la vue avec son argent.

– Que vas-tu chercher là ? Certes Naomi et Charles sont riches, mais ma fille n'est certainement pas snob, et...

– Pas snob ? coupa Claire, d'un ton sarcastique. Vous êtes aveugle à ce point ? Mais elle ne vous fréquenterait jamais si vous n'étiez pas sa mère. Vous n'êtes pas assez distinguée pour elle.

– Je ne te permets pas !

Claire posa sa tasse d'un geste décidé, et se pencha en avant dans son fauteuil.

– Me permettre quoi ? Et pourquoi n'aurais-je pas le droit ? Je pourrais vous en raconter un chapitre sur Naomi. Elle a épousé Charles pour son argent, et sous tout son vernis elle reste aussi peuple que moi. Et même beaucoup plus, à tout prendre. Moi au moins, je n'ai jamais rien fait que j'aurais eu honte d'avouer à ma propre mère.

– Et qu'entends-tu par là ?

– Ce que vous ignorez ne peut pas vous blesser.

Florence se leva et défroissa sa jupe.

– Tu dois vraiment avoir un grave problème, Claire. A ta place, j'irais voir un docteur dès notre retour à Manchester. En tout cas, inutile que je reste ici pour écouter de telles choses. Je monte dans ma chambre.

Dès qu'elle eut refermé la porte, Claire s'effondra dans son fauteuil et éclata en sanglots. Pour la première fois de sa vie, elle venait de s'opposer à une personne de la génération de ses parents, mais de façon trop émotive tant elle était conditionnée à croire qu'ils avaient toujours raison. Par nature elle aurait volontiers tout mis sur le compte de son changement de vie, mais elle savait bien que cette excuse toute faite en cachait une autre, présente depuis des années ; cette solitude effroyable, née du sentiment d'avoir tout raté. Pas une chose qu'elle ne chérisse, rien qui puisse la combler ou la satisfaire ; et elle-même moins que tout.

Tous vécurent cette journée comme divisée en deux parties distinctes. Le plaisir – quoique simulé – d'échanger les cadeaux et du déjeuner, moment où l'on pouvait chercher refuge derrière les habituelles blagues familiales ou les souvenirs de Noëls passés, avait viré à la déception. L'impression de stagner sur place du fait d'avoir trop mangé ; l'idée de passer ensemble le reste de la journée, ainsi que le lendemain ; le sentiment de se trouver emprisonné dans une maison, au milieu de l'hiver. Sans ajouter Naomi, Charles et les enfants qui revenaient de la maison de santé, chargés de l'aura déprimante de la mort à venir.

– Comment va votre père ? demanda Florence à Charles alors qu'ils entraient.

Elle était redescendue au moment où les autres revenaient de leur promenade ; elle cherchait manifestement à ignorer Claire.

– Pas de grand changement, répondit Charles. Il a été heureux de nous voir.

– Bien sûr que non. Il n'a pas supporté notre visite. (Roberta semblait à bout, au bord des larmes.) Il sait bien que c'est Noël, et il préférerait être ici plutôt que coincé là-bas.

– Je ne pense plus que grand-père se rende compte de grand-chose, ma chérie, lui dit Charles. Et je crois vraiment que notre visite lui a fait plaisir.

Roberta regarda son père dans les yeux puis l'embrassa.

– Oui, d'accord. Il était certainement content. Pardon, papa.

– Quelle ironie, non ? (Florence sourit affectueusement à Roberta.) Le grand-père que tu n'as jamais connu a eu une fin de vie à peu près semblable.

– Quelqu'un m'aide à faire le thé ? demanda subitement Naomi. On pourra ensuite découper le gâteau et distribuer les cadeaux accrochés sur l'arbre.

– Je veux bien aider. (On sentit que la voix de Richard était légèrement trop articulée, et il se leva sans lâcher le verre de whisky qu'il venait de se servir.) J'ai rien foutu jusqu'à maintenant.

Il accompagna sa sœur jusqu'à la cuisine, et suivit ses instructions pour trouver les plateaux, les tasses, les soucoupes, les assiettes à dessert ; elle-même découpa le cake, qui était recouvert d'un glaçage blanc avec de petits arbres verts et un père Noël sur un traîneau.

– Le vieux de Charles devient un peu encombrant, non ? dit-il. On lui en donne pour combien de temps ?

– Ça pourrait arriver n'importe quand... et je ne souhaite vraiment pas en parler. Non, pas ce plateau. Prends celui avec les motifs à fleurs. Et tu trouveras un napperon adapté dans ce tiroir, là, en haut.

Elle reporta son attention vers ce qu'elle faisait.

– On peut pas dire qu'on ait eu ce problème, nous...

– Ferme-la, Richard. (Sa main trembla légèrement quand elle coupa une nouvelle tranche.) Tu as bu.

– Et alors ? Je ne suis pas tombé par terre, je n'ai pas dû boire grand-chose.

– Bien assez. Passe-moi ces assiettes.

Il s'appuya sur le comptoir et la regarda finir de couper les tranches, puis les disposer avec une pelle à tarte en argent.

– Je te reconnais au moins ça, dit-il. Tu t'en es rudement bien sortie.

– Mais de quoi veux-tu parler ?

– Tout ça. Une grande baraque, un mari plein aux as, des amis très comme il faut. Souviens-toi un peu du temps où on était gosses...

– Richard ! (Naomi se redressa, pointant la pelle vers lui.) Qu'est-ce qui te prend ?

– Pour commencer, j'en ai ras le bol de jouer cette comédie de la petite famille heureuse tous les Noëls.

– Rien ne t'oblige à venir.

– Bien sûr que si. Sois réaliste, Naomi. Cela fait trente ans qu'on joue ce petit jeu. Les enfants dévoués qui font corps autour de leur veuve de mère. Tim en a fait l'obsession de sa vie, toi tu joues la fille qui a réussi et partage généreusement sa fortune, et moi, le type qui mène la grande vie sans oublier pour autant ses racines... enfin, quelque chose dans ce goût. Retourne les choses comme tu voudras, on est tous des sacrés menteurs.

– Menteurs ? répéta Naomi, incrédule. Venant de ta part, elle est bien bonne. Tu gagnes ta vie à mentir.

– Certes, mais je me suis entraîné très tôt, non ?

Naomi s'aperçut soudain que la porte de la cuisine était restée entrouverte. Les autres se trouvaient certes au bout du vestibule, dans le salon, mais on risquait néanmoins de surprendre leur conversation. Elle la ferma avec soin, et s'adossa ensuite contre elle.

– Maintenant, tu vas m'écouter, dit-elle. Je ne sais pas ce qui a provoqué cette sortie – excepté le whisky – mais je te prie d'arrêter tout de suite. Compris ? Que cherches-tu ? A te mortifier, après tant d'années ?

Il la fixa un instant, puis se frotta les yeux. Il garda la tête baissée en lui parlant.

– Dis-moi juste une chose.

– Mais quoi ?

– Que l'idée ne venait pas de moi.

Les mots étaient à moitié avalés, comme dans une confession empreinte de culpabilité.

– Quoi ? (Naomi traversa la cuisine et vint poser les mains sur ses épaules.) Quelle idée ?

– De tuer le vieux.

La carapace de Richard s'était effondrée, et Naomi contemplait un être qui lui était inconnu, et dont elle n'avait jamais soupçonné l'existence. Elle entendit quelqu'un dans le couloir et fit volte-face, craignant que la personne n'entre dans la cuisine, mais les pas retentirent dans l'escalier. Elle se retourna prestement vers son frère.

– Arrête ! (Elle le secoua violemment.) Dessoûle un peu !

– L'alcool n'y est pour rien.

– Mais alors pourquoi, bon Dieu ?

Il leva les yeux. Son regard la suppliait désespérément.

– Je ne sais pas pourquoi tout est revenu comme ça, maintenant – peut-être à cause du père de Charles, ou bien... c'est sans importance. Mais vois-tu, ça me crucifie depuis que... J'en fais toujours des cauchemars. Pas plus tard que la semaine dernière, Stephanie a dû me réveiller parce que je criais.

Le plus solide des deux frères affichait une vulnérabilité qui semblait irrémédiable ; l'esprit de Naomi tentait de s'accommoder d'une perspective aussi terrifiante.

– Cela n'a plus d'importance. Nous n'avons rien à craindre.

– Toi peut-être. Pas moi.

Elle inspira profondément.

– Alors débrouille-toi pour te redresser. Nom de Dieu, chacun de nous a dû apprendre à vivre avec. Penses-tu que je serais où je suis si je laissais la culpabilité m'atteindre ?

– Tu ne m'as toujours rien dit.

– Mais dit quoi ?

Alarmée et troublée, elle avait oublié sa question.

– Que l'idée ne venait pas de moi.

Cette supplique de se voir rassuré, d'une façon quasiment puérile, si éloignée de l'image que Richard Barlow présentait au monde, fit oublier sa peur à Naomi ; elle se mit en colère.

– Arrête de faire l'idiot ! lança-t-elle. Naturellement que l'idée venait de toi ! Tu crois qu'on l'aurait fait si tu ne l'avais pas d'abord suggéré ? N'essaie pas de décharger ta culpabilité sur moi, Richard. Ce n'est pas à moi de l'assumer.

Il la regarda un instant, puis quitta la cuisine sans ajouter un mot. Naomi s'aperçut que sa main, agrippée au manche en ivoire de la pelle, était en sueur.

2

Naomi avait cueilli du houx sur une haie de son jardin ; elle avait trouvé le gui un peu plus loin sur Devon Lane, sur des arbres dont les branches restaient accessibles. Elle avait accroché le tout dans le vestibule, aux quatre montants du lustre ; des brins de guirlande argentée et un entrelacement de billes dorées venaient rehausser les feuilles d'un vert terne et les baies blanchâtres. Stephanie ne remarqua rien avant le soir du jour de Noël, quand son regard s'arrêta dessus alors qu'elle descendait l'escalier. La famille se trouvait dispersée dans la maison ; certains regardaient la télévision, Tim jouait au billard tout seul au sous-sol, Roberta aidait Naomi dans la cuisine, Emma finissait un joint dans sa chambre, ouvrant la fenêtre pour recracher la fumée mais la refermant aussitôt à cause du froid. Alors que Stephanie atteignait la dernière marche, David sortit des cabinets du rez-de-chaussée.

– Je viens de voir le gui, dit-elle. Et contrairement au dicton, personne ne m'a encore embrassée.

– Voilà bien une injustice qui demande réparation, non ?

– Je pense que je vais aller chercher Richard.

– A ta place, je ne le dérangerais pas ; il est à moitié endormi dans son fauteuil.

– Donc inutile de compter sur lui...

– Moi, en revanche...

David Stansfield affichait la suffisance d'un jeune homme riche, beau et sûr de lui ; et Stephanie Phillips connaissait trop bien l'effet que son physique provoquait chez les hommes. Deux tempéraments où la conscience n'exerçait pas la moindre influence. Chacun s'employa à lever toute ambiguïté, ce baiser n'était qu'un prélude, une suite plus substantielle devant intervenir dès que possible. Ils s'attachaient tant à faire passer le message qu'ils ne remarquèrent pas Emma apparaître dans l'entournure, en haut des escaliers ; elle recula précipitamment.

– Ça suffit pour le moment, chuchota Stephanie. Quelqu'un pourrait se demander où nous sommes...

– O.K... Tu sais bien sûr que ma chambre est à côté de la vôtre ?

David se dirigea vers le salon tout en essuyant les traces de rouge à lèvres avec son mouchoir.

– Mon beau salaud, se murmura Stephanie à elle-même.

Elle semblait approuver.

Après quelques instants, Emma regarda avec précaution de l'autre côté de la rampe ; personne ne se trouvait plus dans le vestibule. Elle descendit et rejoignit les autres qui regardaient la télévision ; Stephanie était assise par terre, aux pieds de Richard, les bras posés sur ses genoux ; David tendait une boîte de chocolats à sa grand-mère, assise à ses côtés sur le canapé. Emma admira leur calme, tout en se demandant comment utiliser éventuellement ce qu'elle avait découvert.

Dans la cuisine, Naomi laissa échapper un verre à pied en cristal qui se fracassa sur le carrelage rouge.

– Ça ne te ressemble pas, maman. Toi qui fais tellement attention aux choses. (Roberta ouvrit un placard pour en sortir une pelle et une balayette.) Ne bouge pas, tu vas marcher dessus. Je vais le ramasser.

Naomi regarda sa fille balayer autour d'elle. Elle n'avait pas l'habitude de lâcher les objets, du moins ceux qui avaient de la valeur. Elle attachait beaucoup d'importance à ses affaires ; pas tellement comme des signes de richesse, plus pour le sentiment de sécurité qu'elle y trouvait. Naomi Barlow aurait toujours pu rêver de posséder une telle chose, alors que Naomi Stansfield en avait une demi-douzaine. Naomi Stansfield n'avait donc rien à voir avec...

Naomi Barlow avait resurgi avec éclat depuis la

sortie de Richard ; une figure effrayée, coupable, hantée... et hantante. Parmi les cadeaux que l'on accrochait à l'arbre, Tim avait reçu un livre de poche consacré à des caricatures sur le cricket, et il avait fait remarquer combien son père les aurait appréciées. Naomi avait manqué de s'étouffer sur sa gorgée de vin et s'était précipitée vers la cuisine, insistant que tout irait bien si on la laissait tranquille. Mais elle s'était sentie très mal. Debout devant l'évier, le cœur retourné, elle avait contemplé son image dans la vitre sombre qui se trouvait en face d'elle. Par un jeu de lumière, les rides et les marques de l'âge avaient disparu, rajeunissant le portrait, lui renvoyant ses traits de l'époque où... Saisie d'un haut-le-cœur, son corps avait ployé sous la souffrance... Quel pouvait bien être le problème propre à ce Noël ? Quel concours d'événements et de sentiments venait ébranler les fondations d'un édifice qui avait semblé offrir un refuge sûr ?

– Tu peux bouger ton pied ? (Roberta était toujours accroupie et elle lui tapotait la chaussure droite avec la balayette.) Voilà. Plus une trace.

Tout rentrera dans l'ordre, à n'en pas douter. Richard était simplement ivre ; il aura tout oublié demain matin, malgré sa gueule de bois. Il ne cherchera pas à en reparler ; il sera trop occupé par l'idée de retrouver son cher *Post*. Et les autres partiront aussi, je me retrouverai à nouveau seule avec Charles ; Roberta et David viendront quand ils en auront envie. Le père de Charles ne devrait pas vivre encore très longtemps – et l'année prochaine, nous leur dirons que nous partons pour Noël. L'habitude sera rompue. Maman sera déçue, mais les autres n'y prêteront aucune importance. Sors d'ici, Naomi Barlow. Tu n'as rien à y faire.

– Si papa remarque quelque chose, je lui dirai que c'était ma faute. (Roberta se redressa et lui adressa un clin d'œil.) Un petit secret de famille en plus.

– Que veux-tu dire ?

Roberta fut saisie par la vivacité du ton de sa mère.

– Simplement qu'il n'a pas besoin de savoir que c'est toi... Qu'est-ce qu'il y a ?

– Rien... Je voulais juste... Dis-lui ce que tu veux. (Elle se détourna, incapable de soutenir le regard inquiet de sa fille, et aperçut à nouveau son image dans la vitre.) Mon Dieu, j'ai l'air épouvantable. Je vais monter me refaire une beauté. Va voir si... si quelqu'un a faim. Il reste de la dinde froide et des petits pains au sésame – tu peux aussi couper des tranches de jambon... Je redescends t'aider dans une minute.

Roberta enveloppa les morceaux de verre dans du papier journal et mit le tout à la poubelle. Elle avait senti le malaise chez sa mère depuis leur retour de la maison de santé ; elle était devenue nerveuse, crispée, contredisant Florence à un moment donné, et hochant furieusement la tête en direction de Charles quand il avait reproposé à boire. Très inhabituel de sa part, surtout quand on savait à quel point elle cherchait à jouer les parfaites maîtresses de maison...

– Salut.

Roberta sortit brusquement de ses pensées.

– Salut, Emma. Ils ont faim là-bas ?

– Sais pas. (Elle sourit sournoisement.) En tout cas, pas pour de la nourriture.

– Quoi ? Tu pourrais pas parler clairement ? J'ai vraiment pas envie de jouer.

Sa cousine traversa la cuisine et se hissa pour s'asseoir sur le plan de travail, sous les placards ; elle saisit une datte dans une boîte entamée. L'animosité entre les deux jeunes filles remontait à leur enfance. Roberta avait six ans de plus et, quand elles avaient eu l'âge de jouer ensemble, elle avait insisté pour tout régenter, recourant fréquemment à une violence gamine pour y parvenir. Roberta avait été par ailleurs une jolie petite fille, avant de devenir une jeune femme élancée, vive ; alors qu'Emma, le bébé patapouf, était désormais une adolescente rondelette au visage boutonneux. D'abord contrariée par cette cousine plus âgée, elle l'avait ensuite méprisée ; l'une des raisons l'ayant poussée à se rebeller était précisément de voir Roberta se soumettre si volontiers aux conventions sociales, elle qui avait toujours travaillé dur, été à l'université et décroché un bel emploi. Emma se réjouit de cette occasion si rare de se venger.

– Je veux dire que ton frère m'a l'air très affamé. (Elle mâchait sa datte d'un air provocant.) *Très* affamé.

– Tu vas finir par le cracher, Emma ? dit Roberta avec impatience. Je n'ai vraiment pas l'esprit à... Petite salope dégueulasse !

– Tu m'as demandé de le cracher.

– Je ne parlais pas de ça. Ramasse-le, maintenant.

– Ramasse-le toi-même... ou peut-être vas-tu me tordre le bras pour que je le fasse ?

– Putain, mûris un peu ! dit Roberta avec lassitude, avant de reprendre la pelle et la balayette pour ramasser le noyau de datte. Maintenant précise un peu tes insinuations sur David.

– Il veut s'envoyer en l'air.

– Bon sang, de quoi parles-tu ?

– Lui et Stephanie ont envie de tirer un coup.

– Oh, je t'en prie ! dit Roberta, irritée. Essaie pour une fois de sortir du caniveau. D'accord ? Je sais bien que tes amis pensent rarement au-dessus de la ceinture, mais il y a des gens qui arrivent à vivre sans penser au sexe à chaque instant du jour et de la nuit. On appelle ça la maturité. En aurais-tu entendu parler, par hasard ?

Emma haussa les épaules.

– Ils ont tout de même envie de baiser. D'ailleurs je la comprends, David est plutôt appétissant.

– Mais c'est la copine de ton père.

– Ouais, mais l'vieux commence à avoir fait son temps, tu trouves pas ? On ne peut pas lui en vouloir de chercher quelqu'un qui suive la cadence.

Roberta la regarda et se mit à hocher la tête.

– Avec quelle merde tu te shootes en ce moment ? De l'extasy ? Tu commences à halluciner.

Emma haussa les épaules en descendant du plan de travail.

– Je devais donc halluciner quand je les ai vus se rouler une pelle dans le vestibule ; il m'a pourtant semblé le voir lui caresser les fesses. Mais bon, je vais voir si le reste des prisonniers veut qu'on leur passe un peu de bouffe à travers les barreaux.

Dès qu'Emma eut quitté la pièce, Roberta se sentit chanceler. Elle avait gardé de bons souvenirs des Noëls passés depuis son enfance, mais cette année l'occasion s'avérait éprouvante. Elle restait sous le coup d'avoir vu son grand-père et se faisait du souci pour sa mère ; et maintenant Emma venait semer le trouble, juste pour le plaisir de faire des vagues. Il était ridicule de songer un instant que Stephanie et David puissent se livrer à quoi que ce soit. Certes, David estimait être le plus beau cadeau que Dieu ait jamais fait aux femmes, et il affichait les exigences morales d'un avocat véreux, mais comment imaginer qu'il soit suffisamment bête pour enclencher quelque chose avec Stephanie sous le nez de Richard ? Roberta écarta l'idée. Des soucis plus importants lui occupaient l'esprit.

En milieu de soirée, alors que tous semblaient gagnés par un sentiment d'ennui, Florence proposa avec entrain de jouer aux charades.

– Nous y jouions toujours, dit-elle. Pourquoi avoir arrêté ? C'est tellement amusant.

– D'accord, grand-maman. (Roberta sauta sur l'occasion, une façon comme une autre de rompre la monotonie mortelle.) Je commence.

Elle se leva et alla devant la cheminée ; elle réfléchit un instant puis commença par tendre les deux mains en les joignant, paume ouverte ; ensuite elle mima quelque chose qui pouvait ressembler à une personne tenant une caméra.

– Un livre et un film, annonça Florence à l'intention de ceux qui n'auraient pas saisi. (Roberta brandit trois doigts.) Trois mots. (Elle désigna le premier doigt.) Premier mot. (Elle se tira le lobe de l'oreille.) Ressemble à...

Roberta se toucha les jambes.

– Jambes, dit Florence.

– Aérobic, dit David.

– Genoux, suggéra Tim.

Roberta secoua la tête et toucha cette fois ses bras.

– Membre.

Roberta fit oui en regardant Stephanie.

– Ressemble à membre... dit Tim.

Roberta fit mine de dormir.

– Chambre ! lança Tim.

Roberta venait d'indiquer qu'elle passait au troisième mot quand Naomi dit :

– Chambre avec vue.

– Maman a trouvé, dit Roberta. A toi.

Naomi s'avança à contrecœur. Elle n'avait pas l'esprit à ce genre de jeux, mais l'idée venait de sa mère et elle préférait ne pas la décevoir. Elle était à court d'idée, et David commença à applaudir lentement pendant que tous attendaient.

– Un instant, se plaint-elle, je réfléchis... Ça y est.

Elle mima à nouveau un livre et un film et afficha cinq doigts. Elle commença par le premier mot et tendit le pouce et l'index de la main droite rapprochés.

– Un mot court, fit Tim. Un ? Une ? Les ? Bien. Les quelque chose. Troisième mot... Encore un mot court. Mais ? A ? Et ? De ? O.K. Les quelque chose de quelque chose. Et encore un mot court pour le quatrième... Le ? La ? Parfait. Les quelque chose de la quelque chose.

– Ça fait cinq mots, corrigea Roberta. Continue, maman.

Naomi hésita avant de poursuivre avec le deuxième mot, faisant le geste indiquant *ressemble à* avant de dessiner les courbes d'une silhouette féminine.

– Faut vraiment que je voie ce film ! lança David.

– Femme... Femelle... sexy... très sexy... fille... Trente-huit, soixante-cinq, trente-six... Qu'est-ce qui peut bien rimer avec ça ?

Naomi secoua la tête puis dessina du doigt un triangle et un carré.

– Une femme d'après Picasso... Ménage à trois...

Naomi ajouta un rectangle et un cercle.

– Sa sœur d'après Picasso... une grosse avec une boîte sur la tête...

Naomi leur fit signe d'arrêter et montra qu'elle passait au dernier mot. Richard se trouvait le plus proche, et elle lui lança un regard noir, l'air furieux, brandissant les deux mains vers lui en faisant mine de le griffer. Abruti par la boisson, il n'avait suivi qu'à moitié les événements et sursauta.

– Haine, lança quelqu'un. Tuer... Attaquer... Détruire... Meurtre.

– Arrêtez !

Richard bondit et tituba. Du whisky se répandit sur le tapis. Un silence stupéfait s'ensuivit.

– Ce n'est qu'un jeu, Richard, dit Naomi, le ton implorant. Ce n'est rien.

– C'était pas un jeu... C'était...

– Non !

Elle le poussa violemment et il se cogna contre le fauteuil de Charles.

– Naomi ! fit Charles, cinglant. (Il aida Richard à se relever.) Je suis désolé, Richard. Venez vous asseoir.

Tout le monde les fixait, sauf Tim qui regardait sa sœur. Son visage se vida de toute expression quand elle perçut les connotations inconscientes de son choix. *The Grapes of Wrath* – Les Raisins de la colère – le deuxième mot ressemblant à *shapes* – formes. Le roman de Steinbeck désormais passé de mode ; mais Steinbeck avait été l'un des auteurs *sérieux* prisé par les adolescents de sa génération.

Un auteur méprisé par la raffinée Naomi Stansfield, mais que Naomi Barlow avait dévoré... Elle se précipita hors de la pièce.

– Ne te dérange pas, Roberta, dit Charles à sa fille qui s'apprêtait à la suivre. J'y vais ; je crois que c'est la fatigue. Désolé, tout le monde. David, vois si quelqu'un veut un dernier verre.

Il monta, certain que Naomi avait cherché refuge dans l'intimité de leur chambre. Elle était allongée, le visage contre le lit, et sanglotait.

– Laisse-moi tranquille !

A peine était-il entré qu'elle laissa fuser, d'une voix étouffée, cette exigence, à la manière d'un enfant en colère.

– Pas avant que tu ne m'aies expliqué ce qu'il y a.

Il s'assit à côté d'elle et tenta de lui caresser les cheveux. Elle secoua rageusement la tête pour écarter sa main.

– Ne me touche pas !

– Bien. Je reste juste assis ici.

La présence de son mari, si calme et concerné, ne faisait qu'accroître le tourment de Naomi. Plus tôt dans l'année, pour célébrer leurs noces d'argent, ils avaient entrepris un petit voyage sentimental, retournant à l'église où ils s'étaient mariés ; un autre visiteur les avait pris en photo, à nouveau côte à côte sous le porche. La photo, désormais encadrée, était posée sur la table de nuit de Naomi ; l'ultime preuve pour elle que rien ne pouvait plus venir contrarier ce but qu'elle s'était fixé, un après-midi de 1962, dans un jardin à Sheffield. En surgissant dans la chambre quelques minutes auparavant, elle avait dû retenir un cri, tant la photo semblait l'agresser de sa présence. Elle s'était bâtie un univers de mensonges et de tromperies qui s'effondrait, et elle souffrait de voir Charles continuer de lui tendre la main dans un tel champ de ruines. Il ignorait ce qui arrivait, mais son amour demeurait inébranlable, tout autant qu'elle savait factice son propre sentiment de sécurité.

– Je m'excuse, marmonna-t-elle. Je ne me sens pas bien... ce n'est rien... je... descends leur dire... je ne veux pas en parler, pas pour le moment... ça va aller mieux... s'il te plaît... (Sa gorge se noua et sa voix devint indistincte.) Je t'aime.

– Je t'aime. (Cette fois elle ne résista pas quand Charles lui toucha les cheveux.) Tu n'as qu'à rester ici, je remonte vite.

Roberta l'attendait dans le vestibule.

– Alors, qu'y a-t-il ?

– Je ne sais pas très bien, ma chérie. Elle affirme qu'elle ne va pas bien, mais il y a autre chose. Quelque chose a dû provoquer cette crise. Tu n'as rien remarqué ?

– Mais si. (Elle fit un signe de la tête en direction de la porte fermée du salon.) Cette journée a été complètement pourrie. On pourrait couper au couteau l'air là-dedans, et l'utiliser comme arme chimique. Qu'est-ce qui leur a tous pris ?

– Peut-être est-ce le Noël en trop, dit Charles. L'envie d'être ensemble nous a tous passé. Enfin, ce sera bientôt fini. Personne ne monte se coucher ?

– Grand-maman certainement, et j'ai l'impression que Claire en a assez. Quant à Richard, il ferait mieux de s'allonger avant de s'effondrer – soit dit en passant – car il continue de boire comme s'il craignait de ne plus jamais revoir d'alcool.

– Viens avec moi, peut-être que si on s'agite un peu...

La porte du salon s'ouvrit tandis qu'il parlait, et Florence apparut.

– Je vais me coucher... et j'ai conseillé aux autres d'en faire de même. Comment va Naomi ?

– Elle s'est allongée, répondit Charles. Elle a été surmenée. Elle est vraiment navrée de s'être emportée de la sorte.

– Si son frère avait été moins ivre... (Florence fit une moue de désapprobation.) Il n'est pas en état de s'excuser pour le moment, mais je le fais à sa place. Je suis vraiment désolée, Charles.

– C'est sans importance... bonsoir.

– Dors bien, grand-maman. (Roberta embrassa Florence sur la joue.)

– Bonne nuit, ma chérie. Merci pour ce merveilleux Noël.

Elle monta.

– Allons faire passer le message aux autres, dit Charles.

Leur retour suscita quelques vagues questions sur Naomi, vite écartées par Charles : Claire et Emma dirent bonsoir. Claire était manifestement irritée que Tim ne la suive pas, ayant prétexté que même trois salles de bains ne pouvaient suffire si tous y allaient en même temps. Après environ dix minutes, Charles pensa préférable d'aller retrouver Naomi ; il n'ajouta rien, demandant simplement, l'air à peine caustique, que le dernier éteigne les lumières. Roberta gagna le vestibule en même temps que lui.

– Pourquoi ne leur dis-tu pas de foutre le camp au lit ? chuchota-t-elle, visiblement énervée. Après tout, tu es chez toi.

– Mais ce sont mes invités. Cela tient sans doute à la façon dont j'ai été élevé.

– Toi aussi tu as l'air fatigué, non ? Et inquiet. (Elle l'embrassa gentiment.) Va voir comment se porte maman. Dis-lui que je l'aime. Je retourne régler leur compte aux autres.

Après être revenue, elle entreprit ostensiblement de ranger la pièce et refusa sèchement quand Stephanie, sans gaieté de cœur, lui proposa son aide.

– Il n'y en a pas pour longtemps, dit-elle. Je ne voudrais surtout pas vous retenir d'aller vous coucher... David, tu ferais mieux d'aller dormir si tu veux être frais demain matin.

Elle était furieuse contre son frère. Il s'était montré peu préoccupé de leur mère, et totalement incapable de soutenir leur père quand il en avait eu besoin. Roberta avait perçu depuis toujours l'égoïsme de David, un trait qui empirait avec les années. Elle se souvint alors des propos échangés avec Emma dans la cuisine ; se pouvait-il que son attention fût rivée sur ce but unique, comment se débrouiller pour retrouver Stephanie ?

– C'est bon, acquiesça-t-il. Sûre que tu n'as pas besoin d'aide, petite sœur ?

– Si, tout compte fait... mais pas de ta part.

Elle continua d'empiler des assiettes sales et des verres sur un plateau.

– C'est-à-dire ?

– T'occupe. Va te coucher.

Elle sortit de la pièce avant qu'il n'ajoute quelque chose, et se dirigea vers la cuisine. Elle espérait qu'il la suivrait... mais elle l'entendit monter en chantonnant.

– Petit con prétentieux, marmonna-t-elle en commençant de remplir le lave-vaisselle. Je t'attends au tournant demain.

Quand elle revint dans le salon, seuls Tim et Richard s'y trouvaient encore.

– Stephanie est montée, expliqua Tim sans raison.

Roberta douta que Richard s'en fût aperçu. Le visage bouffi, il semblait s'efforcer de fixer son regard, avec aussi peu de succès que pour faire tourner son cerveau.

– Moi, je monterai en même temps que vous, dit-elle. Allez, ça commence à...

– Veux parler à Naomi.

On comprenait à peine ce que Richard disait, tant il articulait mal.

– Quoi ? demanda Roberta.

– Naomi, répéta-t-il. (Il fit ensuite l'effort de parler, avec l'arrogance d'un ivrogne impatient, comme si les autres mettaient de la mauvaise volonté à le comprendre.) C'est important. On a besoin de parler. Où est-elle ? Je vais aller...

Il se leva à moitié mais vacilla en titubant.

– Emmène-le dans son lit, Tim, ordonna laconiquement Roberta. Je ne veux surtout pas qu'il approche maman dans un tel état.

– Pas ta mère, bafouilla Richard. Notre sœur. Bien longtemps avant que... des années et des années... Quand le vieux était toujours vivant. Inséparables, nous trois... le trio infernal, même qu'on nous appelait... toujours de mèche dans les plus...

– Tais-toi, Richard ! (Tim lui arracha son verre de whisky des mains.) Ça suffit. Roberta a raison. Allons au lit.

Il tenta de lui saisir le bras mais Richard l'écarta avec maladresse.

– Veux d'abord voir Naomi... discuter... Elle dit que c'était mon idée. Tu penses pas ça, toi, hein ? Moi, j'vous ai juste suivis. J'ai jamais voulu...

Roberta lâcha un petit cri en voyant Tim le frapper.

– Arrête ! Tu as trop bu. Tu vas la fermer, bon sang ?

Richard fixa son regard trouble sur lui.

– Tu m'as frappé... salaud. Tu n'as pas le droit... J'vais t'foutre en l'air la mâchoire... Approche un peu.

Tim lâcha un bruit d'étouffement quand Roberta le saisit par le col de sa chemise pour le tirer en arrière ; elle s'intercala ensuite entre lui et son frère. Elle pleurait de rage.

– Je ne comprends rien à vos conneries, mais je vous demande d'arrêter immédiatement, ordonna-t-elle. Comment pouvez-vous oser ? Vous êtes chez nous. Papa se fait un sang noir à propos de maman, la moitié de la baraque semble sur des charbons ardents, et il faut que vous vous conduisiez comme des porcs ! Je ne suis peut-être pas imposante, mais croyez-moi, je sais être vicieuse quand je me bats. Soit vous vous calmez et montez vous coucher, soit je commence à donner des coups de pied dans les couilles.

– Il m'a frappé, répéta Richard d'un air renfrogné. Il a pas l'droit...

Il glapit de douleur quand elle lui lança un coup de pied dans le tibia.

– Je t'avais prévenu, Richard. La prochaine fois, je vise plus haut.

Il la regarda, stupéfait ; Naomi l'avait frappé comme ça une fois, dans la remise du jardin à Tattersall Close, et il s'en souvenait encore, même après tant d'années. Son torse fut pris d'un haut-le-cœur, et un bruit de gargouillis sortit de sa bouche.

– Si tu vomis... (Roberta saisit une serviette en tissu qu'elle avait oubliée en rangeant, et la plaqua contre son visage.) Monte, maintenant.

Richard sembla tout à coup avoir retrouvé un état de sobriété hagarde. Maintenant la serviette contre sa bouche, il hocha la tête et se dirigea vers la porte avec grand soin.

– Maintenant, à toi, dit Roberta alors qu'il sortait. (Tim frottait sa gorge juste au-dessus de l'endroit où sa chemise était déchirée ; ses yeux clignaient rapidement.) Je ne vois pas quelle excuse tu peux avoir, vu que tu as l'air sobre. Mais je n'ai aucune envie de l'entendre. Alors dégage, comme ton connard de frère.

– Je suis désolé, Roberta. On aurait pas dû... Je ne peux pas t'expliquer.

– Surtout pas, garde ta salive. Bonsoir.

Elle lui tourna le dos, et plia les bras, bien décidée à rester debout tant qu'il ne partirait pas. Un violent mal de tête la prenait en tenaille et elle se remit à pleurer ; sa rage avait disparu, mais elle laissait s'écouler sa douleur. En entendant Tim fermer la porte, ses jambes lâchèrent et elle dut se retenir à un fauteuil.

– Je vous en prie, dit-elle en sanglotant. Foutez-moi le camp. Tous.

3

La nuit vint, et plus rien ne semblait jamais devoir s'animer. Le gel avait subrepticement scellé la surface de la mare qui agrémentait le jardin, le givre avait recouvert les fenêtres et déposé un lustre argenté sur les vitres et carrosseries des voitures garées dans l'allée. Les branches des arbres s'étaient comme fossilisées, blanches et rigides tels des ossements. Dans la maison régnait aussi un calme apparent, mais l'on pouvait déceler les menus gestes de chacun. Naomi en train de geindre dans son sommeil, et Charles passant un bras autour d'elle ; Florence, à demi réveillée, qui ne décolérait pas et ne parvenait à se défaire de l'humiliation ressentie à cause de son fils ; Roberta, troublée, qui se retournait sans cesse avec agitation, cherchant à comprendre ce qui était arrivé ; Tim fixant le plafond en clignant nerveusement des yeux ; Richard, plongé dans son coma éthylique, qui ronflait tout en bafouillant de temps à autre des bribes de phrases incompréhensibles. Stephanie avait fait semblant de dormir quand il était monté, et l'avait écouté avec mépris se déshabiller tout en jurant, puis s'affaler à côté d'elle en lâchant un rot immonde ; que dirait-on au *Post*, en voyant le rédacteur en chef si efficace réduit à l'état de poivrot minable ? Il cherchait sa position en gémissant, et elle s'écarta de peur qu'il ne la brutalise ; mais il tomba dans l'inconscience presque aussitôt. Elle attendit encore quelques minutes avant de sortir du lit avec précaution, puis enfila sa robe de chambre et se faufila jusque sur le palier ; de la lumière filtrait sous la porte de David. Alors qu'elle l'entrouvrait pour entrer, David leva les yeux, cessant de lire son livre.

– Salut, dit-il, l'air de rien. J'avais presque fait une croix sur toi. Comment va Richard ?

– Plus de ce monde. (Elle ferma la porte.) Entre parenthèses, j'espère que tu as pris tes dispositions.

Il ouvrit le tiroir de sa table de nuit et en sortit une boîte de préservatifs qu'il posa négligemment à côté de lui sur la couette. Elle put s'apercevoir qu'on l'avait entamée.

– Je ne les oublie jamais en voyage.

– Tu m'as l'air bien sûr de toi...

– Oui.

– Dieu, ce que tu peux être prétentieux. Ne crois pas que je suis une de tes petites étudiantes faciles.

– Mais tu es tout de même là.

Il la brava du regard, un sourire aux lèvres. Si elle sortait, Stephanie comprit qu'il rigolerait sans y prêter plus d'attention, retournant à sa lecture. Vraiment, quel... soudain, elle lui trouvait un charme supplémentaire, celui du défi. Elle défit la ceinture de sa robe de chambre et la fit glisser le long de son corps, jusqu'à ses pieds. Son visage changea d'expression.

– Impressionné, non ? dit-elle sans sourciller. Maintenant, es-tu content de me voir ou est-ce que je sors d'ici ?

Il hocha légèrement la tête.

– Je suis content de te voir.

– Voilà qui est mieux. (Alors qu'elle s'avançait, il tendit la main vers la lampe sur la table de chevet.) Non, laisse allumé. Je veux regarder ton visage.

Roberta se réveilla après une courte période de sommeil agité et jeta un coup d'œil au réveil ; il était 4 h 20.

– Putain, gémit-elle en se laissant retomber sur le lit.

D'ici quelques heures, tout le monde se réveillerait ; les heurts de la veille reprendraient-ils au même point ? Combien de temps attendrait Richard avant de réattaquer le whisky ? Que pouvait-on bien faire un jour férié, sinon rester emprisonné dans cette maison, alors que tous avaient envie de partir ? Putain de joyeux Noël. Au moins, plus qu'une journée à tirer ; Tim voudrait partir le plus tôt possible le 27 pour rentrer à Manchester, et Richard aurait hâte de retrouver le *Post*, prenant juste le temps de déposer Emma et Stephanie au passage. Roberta se promit de prendre le temps de discuter avec sa mère...

Elle se sentait complètement réveillée ; sa bouche était sèche ; avec toutes les émotions de fin de soirée, elle avait oublié de se monter un verre d'eau. Elle soupira mais se résigna à se lever. Elle n'eut pas besoin d'allumer la lumière du palier, étant familière avec la maison depuis son enfance. Elle aperçut donc aussitôt la lumière sous la porte de la chambre de son frère. Elle n'y prêta d'abord aucune attention, mais elle s'arrêta en arrivant au bord de l'escalier. Pourquoi était-il éveillé, sinon pour... Ses traits devinrent amers quand elle se souvint des propos d'Emma. Elle allait entrer dans la chambre mais préféra se retenir ; à supposer qu'elle y découvre ce qu'elle y soupçonnait, elle n'aurait pu que faire une scène, et réveiller le reste de la maison. Mais elle voulait tout de même savoir. Elle entrebâilla doucement la porte de Richard pour jeter un coup d'œil ; il ronflait bruyamment, ne se trouvait pas seul au lit. La tête reposée sur l'embrasure, Roberta se mit à pleurer en se murmurant à elle-même :

– Pauvre con... salaud... égoïste...

Elle n'avait jamais détesté personne autant que son frère à cet instant. Ce n'était pas tant le fait de coucher avec Stephanie ; elle ne s'était jamais fait beaucoup d'illusions sur la petite amie de son oncle. Incapable de penser à autre chose qu'au sexe, elle souffrait d'arriération morale. Elle désirait une aventure avec David ? Bien. Mais que son frère se montre insoucieux de tous les incidents autour de lui, au point de ne pouvoir attendre des circonstances offrant un minimum de discrétion... Roberta descendit, bien décidée à l'engueuler dès que l'occasion se présenterait.

Elle se fit une tasse de thé dans la cuisine silencieuse ; elle se sentait épuisée mais n'éprouvait pas la moindre envie de retourner au lit. Elle préféra se rendre dans le salon et n'alluma que les lumières du sapin en guise d'éclairage. Cette année, Naomi avait choisi les décorations dans des tons rouges et roses ; les vermillons, cramoisis, fuschias et autres grenats reluisaient au milieu des épines foncées. Roberta eut un sourire amer en songeant à l'impression de bordel que cela donnait. Elle alluma une cigarette, ce qui lui arrivait rarement – mauvais signe, songeat-elle ; trop de tension – et essaya de tirer les choses au clair. Richard était bourré, mais son attitude dépassait les simples propos incohérents d'un individu abruti par l'alcool ; et Tim l'avait frappé pour de bon ; quant à sa mère, elle était à cran. Tous trois avaient semblé craquer, incapables de se contenir même par bienséance... Un constat fort troublant, tant ce n'était pas dans leurs habitudes. Mais bon, plus qu'une journée à tenir, puis... Elle s'endormit, sa cigarette continuant de se consumer dans le cendrier. Plus tard, la maison commença à s'éveiller.

– Que fais-tu ici ?

– Hum ? (Roberta cligna des yeux, toujours endormie.) Oh, bonjour, maman. Pardon. Je me suis réveillée à je ne sais quelle heure et j'ai eu envie d'une tasse de thé. J'ai dû m'assoupir... Quelle heure est-il ?

– Presque 8 heures. Je vais lancer le petit déjeuner.

– Mon Dieu, c'est comme nourrir une armée... Je vais te donner un coup de main. (Elle se frotta les yeux et se leva, tout en regardant sa mère avec attention.) Comment te sens-tu ?

– Bien. (Naomi resserra la ceinture de sa robe de chambre.)

– Ça m'étonnerait. Tu as l'air épouvantable.

– Je te remercie. Tu peux toujours parler, je doute qu'un peintre te prendrait comme modèle, dans ton état présent.

– Ne plaisante pas. Je me fais du souci pour toi...

Que s'est-il passé hier soir ? Richard et Tim ont failli s'étriper ici.

– Quoi ? (Naomi semblait stupéfaite.) A quel sujet ?

– Dieu sait. Richard était saoul comme un cochon, bien sûr. Il répétait inlassablement qu'il voulait te parler. J'ai dû lui donner un coup de pied pour qu'il la ferme.

– Ne... (Naomi se retourna.) Ne t'en mêle pas, ma chérie. Nous... enfin, lui et moi nous étions disputés auparavant... C'est sans importance. Il aura tout oublié ce matin. Tenons bon jusqu'à demain soir et... viens, si tu veux m'aider, autant y aller.

– Je retourne dans ma chambre. (Toujours endormi, David bougea lorsque Stephanie sortit du lit.) Richard fera une scène s'il ne me trouve pas dans le lit en se réveillant. (Elle enfila sa robe de chambre et l'embrassa rapidement.)

– Plus beau cadeau de Noël que j'ai jamais eu. A tout à l'heure. (Il se rendormit aussitôt.)

Elle jeta un coup d'œil furtif sur le palier, et entra rapidement dans sa chambre. Richard ronflait toujours et l'air avait un relent de whisky. Elle prit place à côté de lui, réchauffée, contente. David Stansfield avait beau être épouvantablement prétentieux, elle aurait tout supporté d'un homme faisant l'amour comme lui... Elle se blottit dans la couette, laissant défiler les images d'un plaisir voluptueux, projetant déjà quand le renouveler.

– Je veux rentrer aujourd'hui, dit Claire. J'en ai assez.

Tim secoua la tête.

– On ne peut pas. Maman serait déçue. Tu sais bien à quel point elle adore venir ici.

– Oui, et on se doute pourquoi...

– Que veux-tu dire ?

– Elle boit du petit lait, face à tant de luxe, comme si cela lui était dû. Ta mère n'aurait jamais pu mettre le pied dans une maison de ce genre si ta sœur n'avait pas fait un mariage d'argent.

– Nom de Dieu...

– Je t'en donnerais des noms de Dieu ! Elle me dégoûte, vautrée là comme un chat dans une crémerie, alors que toi et moi sommes humiliés. Tu ne vois donc pas à quel point elle change dès que nous l'amenons ici ? Roberta est toujours à sa botte, David la traite comme si elle était je ne sais quel membre de la famille royale. Ça me rend malade. Et ton frère, hier soir...

– Claire...

Avec maladresse il tenta de lui passer un bras autour des épaules, mais elle l'écarta violemment. Comme chaque année, elle avait redouté l'épreuve d'avoir à partager de nouveau le même lit, et l'expérience s'était avérée épouvantable, à la mesure de ses craintes. Elle s'était réveillée sans arrêt, réalisant que l'homme endormi à ses côtés était son mari. Les années de vie commune avaient échoué à rendre cette situation normale ; chacun aurait pourtant pu s'acclimater à l'intimité physique, ils auraient partagé le souvenir d'innombrables moments de passion, devenus plus sages avec le temps mais aussi plus profonds ; elle aurait puisé sa force dans ce nid d'amour douillet ; au lieu de quoi elle n'y voyait qu'un tourment sans fin, le rappel de tout ce qui lui manquait. Il sembla s'affaisser face à son refus, une nouvelle défaite, et il se renfrogna.

– Malgré tout, on ne peut pas partir, répéta-t-il. Il n'y a plus qu'un jour à tenir. Nom d'un chien, tu peux bien supporter ça.

– Bien, mais l'année prochaine, viens si tu veux, moi je reste à la maison.

– Bonjour, Charles.

– Florence, vous avez bien dormi ?

– Je crains que non. Je compte parler à Richard tout à l'heure, pour lui demander de vous présenter des excuses. Son comportement hier soir était impardonnable.

– Je préférerais que vous n'en fassiez rien. C'est vraiment sans importance, il n'y a pas besoin de...

– Bien sûr que si. Tout le monde a été embarrassé, et Naomi s'est visiblement trouvée contrariée... Comment se porte-t-elle ce matin ?

– Bien, semble-t-il. Elle prépare le petit déjeuner dans la cuisine.

– Comme si elle n'en avait pas déjà assez fait... Je vais aller l'aider.

En l'absence de l'ordonnancement traditionnel du jour de Noël, chacun descendit quand bon lui sembla ; à 11 heures Emma n'était toujours pas apparue, et Richard proposa de monter la lever. Il la trouva tout à fait réveillée, allongée sur son lit, les rideaux grands ouverts, le regard vide fixé au plafond.

– Tu descends ? demanda-t-il.

– A quoi bon ? (Elle ne bougea pas.)

– Tu peux pas rester comme ça, allongée toute la journée.

– Et pourquoi ? Y'a rien d'mieux à foutre.

– Allez, Em. Fais-le au moins pour ton vieux.

Elle tourna la tête et le regarda froidement.

– Qu'est-ce qu'il a jamais fait pour moi, le vieux ?

– C'est-à-dire ?

– Ça me semble clair... d'accord, je descends bientôt... Et comment se porte Stephanie, ce matin ?

– Stephanie ? Très bien. Pourquoi ?

– Juste une question... Peut-être qu'elle a trouvé une façon de s'amuser dans cette putain de baraque.

– De quoi parles-tu ?

– Rien. Va... j'ai dit que j'allais descendre.

Ce matin-là, Roberta attacha beaucoup d'importance à se faire belle. Ses cheveux, lavés et coiffés, formaient un casque châtain tout reluisant ; elle avait enfilé la jupe beige du tailleur en laine Emporio Armani, cadeau de Noël de ses parents, et un chemisier en soie lavée de chez Nicole Farhi. Elle se contempla dans la glace, bien résolue à faire son possible pour égayer l'ambiance dans la maison. En entrant dans la cuisine, elle vit d'abord Claire – brushing, cardigan aux gros motifs, kilt de couleur sombre, chaussures plates – qui leva les yeux mais les replongea aussitôt vers son thé.

– Bonjour, grand-maman. (Roberta embrassa Florence.)

– Bonjour. Tu as fière allure. J'ai lu dans un journal que les jupes longues étaient de nouveau à la mode.

– Très branchée. (Elle pivota sur ses hauts talons.) Attends un peu qu'ils me voient à la BBC. J'aurai du mal à les contenir. (Elle sourit avec malice.) Comme toi, grand-maman.

– Suffit, jeune demoiselle. Je suis une femme très respectacle, d'un âge plus que certain.

Roberta prit un air ahuri.

– Vraiment ? Tu m'en diras tant.

Claire souffrait silencieusement en observant les regards qu'elles échangeaient. Les êtres proches attachaient une grande importance à la complicité naissant de leurs souvenirs communs. Harry eût-il vécu, elle aurait peut-être maintenant des petits-enfants, qui seraient sans doute devenus ses amis.

– Où est donc parti Richard, avec sa voiture ? demanda Roberta qui se préparait une tasse de café.

– Il est allé acheter le *Post* au village, lui dit Florence.

Il s'agissait en fait d'une simple rue commerçante, mais Florence aimait dire le village, comme le faisaient les habitants de Brookmans Park.

– Il achètera sans doute aussi tous ceux qui paraissent aujourd'hui. Vous parlez d'une honte, d'avoir un exemplaire du *Sun* dans cette maison. Au moins ça le tiendra occupé. Et nous, qu'allons-nous faire ?

Claire se leva.

– Je ferai ce qu'on me dit de faire, ma chère Roberta. Comme d'habitude.

Roberta grogna de rage dès que Claire fut sortie.

– Je me serais bien passée de ça, grand-maman. Je fais de mon mieux pour remonter le moral des autres.

– Je sais bien, ma chérie. Mais avec Claire, ce n'est jamais gagné.

– Oui, mais... (Roberta vint s'asseoir à la table, en face de Florence.) Qu'ont-ils tous ? Ils commencent à vraiment m'emmerder. Maman s'est donné beaucoup de mal, et ils ne trouvent pas mieux à faire que de cracher sur tout. Je suis désolée, je n'emploie pas d'habitude avec toi un tel vocabulaire, mais...

– Ne t'en fais pas, coupa Florence. Si les idioties d'hier soir reprennent, tu pourrais très bien m'entendre parler ainsi. Richard a été répugnant.

– Il n'était pas le seul.

– Qu'entends-tu par là ?

– C'est sans importance. (Roberta tendit la main et saisit celle de sa grand-mère.) Nous deux seules contre tous ? Pour papa et maman ?

– Mais bien sûr. Tout ira bien.

La journée fut trop creuse ; un tel vide devait être comblé, quel que fût le moyen, histoire de rompre l'ennui. Et chacun conservait en lui des choses qu'il estimait devoir être dites. Florence commença la première, quand elle trouva Richard seul dans le salon.

– T'es-tu excusé auprès de Naomi ? demanda-t-elle.

– Pour quoi ?

– Pour hier soir, naturellement... et je te prierai de poser ton journal un instant. Tu étais ivre, tu as embarrassé tout le monde.

Richard abaissa son journal sans le lâcher.

– Elle ne m'a rien dit.

– Eh bien moi je te le dis. J'attends de mes enfants qu'ils se tiennent un peu mieux que ça.

– Merde, j'suis pas ton gosse. J'ai presque cinquante ans.

– A te voir hier soir, on aurait eu peine à le croire. Je ne peux pas tolérer ça, Richard.

– Tolérer quoi ? dit-il d'un ton cinglant et hargneux. (Il souffrait d'un mal de crâne dû à sa gueule de bois.) Si Naomi veut m'envoyer chier, libre à elle. Mais arrête de me traiter comme un gosse. Je n'aime pas ça.

– Peu m'importe ce que tu aimes. Tu as été répugnant. Si ton père avait pu...

– Ferme-la ! (Il jeta le *Mirror* dans sa direction et les pages s'éparpillèrent.) Qu'est-ce qu'il vient foutre dans tout ça ?

Le visage de Florence se durcit.

– Va te faire foutre, Richard ! Surpris, non ? Ne reparle jamais de ton père sur ce ton ! A défaut d'autre chose, montre au moins un peu de respect pour lui.

– Du respect ? Pour cet hypocrite arrogant, pompeux, ce sal...

– Richard ! Arrête ! Tu t'es déjà remis à boire ?

Ils se fixèrent un instant du regard, puis la porte donnant sur le couloir s'ouvrit, et Naomi entra.

– Que diable se passe-t-il ici ? La troisième guerre... (Elle s'arrêta quand ils se retournèrent vers elle.) Oh, je ne pensais pas que c'était vous.

– Je suis désolée, Naomi, dit Florence sèchement. J'étais en train de dire à Richard qu'il devrait s'excuser pour hier soir, mais il m'a l'air d'une humeur très bizarre ce matin. Néanmoins, j'ai fait de mon mieux. Peut-être sera-t-il moins hystérique avec toi. Je monte un peu dans ma chambre.

– Merci, maman, mais il ne fallait vraiment pas... (Naomi soupira alors que Florence sortait, puis elle se tourna vers Richard avec un air las.) Que s'est-il passé cette fois ?

– C'est sans importance. Elle m'a chauffé les oreilles.

– En te demandant de t'excuser ?

– Non, c'était... oublie. Et O.K., je m'excuse. Je me suis conduit comme un porc.

– En effet... et j'y ai réfléchi, Richard. A l'avenir, je te demanderai de me promettre que tu sauras bien te conduire, sinon tu ne seras plus le bienvenu ici. Je ne pourrai pas supporter un nouvel épisode comme celui d'hier soir. De toute façon, tu n'as jamais aimé venir ici. Comme tu l'as dit toi-même, peut-être avons-nous maintenu cette façade pour les mauvaises raisons. Autant en finir.

– Tu pourrais y arriver ? demanda-t-il doucement.

– Ne recommence pas avec ça, prévint-elle. Je ne veux pas savoir. Tu... tu... dois t'en sortir tout seul. Comme Tim et moi l'avons fait. Et ne viens pas me demander d'assumer tes foutus fardeaux, compris ?

– Mais tu as dit que...

– Ta gueule ! (Naomi ferma les yeux et frémit.) J'ai bien dit ce que j'ai dit. Et je pensais ce que j'ai dit. Un point c'est tout. Alors bon sang, démerde-toi avec.

Elle se retourna et quitta la pièce. Richard continua de regarder dans sa direction un instant, puis se leva pour aller se resservir un verre.

A moins d'une seconde d'intervalle, deux détonations retentirent dans le bois silencieux ; des oiseaux de saison s'envolèrent en panique vers le ciel, dans un bruissement d'ailes, et l'écho s'éloigna. Un cerf caché dans le sous-bois s'enfuit, terrorisé. En ce début d'après-midi, le soleil faisait une apparition symbolique, apportant une lumière froide et pâle qui donnait des tons jaune citron au brouillard, et miroitait sur le givre et la glace. Charles abaissa le fusil, et actionna la partie centrale pour expulser les douilles qui dégageaient encore de la fumée ; il n'avait pas cherché à tuer quelque chose, visant une branche située en hauteur, sur un arbre mort.

– Tu en as déjà utilisé un ? demanda-t-il.

– Pas depuis longtemps, répondit Richard. J'ai appris les rudiments au cours d'un week-end tous frais payés, une opération de relations publiques, il y a dix ans.

Charles rechargea le fusil et le tendit à son beau-frère.

– Essaye. Le recul est moins important que je ne pensais.

Il resta derrière Richard qui referma le canon et le pointa en direction du ciel. Stephanie se couvrit les oreilles avec les moufles en peau de mouton prêtées par Naomi, et deux nouvelles détonations fracassantes vinrent rompre le silence.

– Il y a de quoi réveiller les morts, se plaignit-elle.

– Ne t'inquiète pas, la première maison est à plus d'un mile, affirma Charles. David, ça te dit d'essayer ?

– O.K.

Il prit le fusil à Charles et le chargea lui-même.

– Qu'est-ce que... enfin, je veux dire, ce ne sont pas des balles ?

Maintenant que David tenait l'arme, Stephanie s'y intéressait.

– Non, c'est du plomb. (David promena son regard dans la clairière où ils se trouvaient.) Tu vois ce tronc d'arbre ? (Il tint le fusil à hauteur de sa taille, et tira. L'épaisse couche de feuilles mortes sur laquelle reposait la bûche partit dans tous les sens, et des fragments de bois arrachés volèrent dans les buissons situés plus loin.) Viens, on va regarder.

Stephanie traversa la clairière avec lui, et ils s'accroupirent ; l'écorce était émaillée de petits trous. David ramassa un plomb.

– Imagine un instant si tu étais un oiseau et que tu te trouvais sur le chemin de ces petites choses...

– Je préfère songer à autre chose, répliqua-t-elle d'une voix douce, caressant des doigts les canons du fusil qu'il tenait toujours. Je les trouve... très freudiens, non ?

– Ce n'est pas le moment, murmura-t-il.

– Mais plus tard... et je veux les deux canons.

– Dieu, tu es insatiable. J'aime ça chez une

femme. (Ses lèvres avaient à peine bougé ; il se redressa et se retourna dans la direction de son père.) Tu avais raison pour le recul, papa. On le sent à peine.

– Allez, il est temps de rentrer, dit Charles.

Il avait proposé de tester son cadeau pour échapper à l'ambiance suffocante de la maison, mais il souhaitait désormais retrouver sa femme. En marchant vers la voiture, Richard passa son bras autour des épaules de Stephanie, et il sentit la réticence retenue de son corps.

4

On avait invité les voisins à venir boire un verre le soir du 26, des étrangers à qui il fallait donner une impression d'allégresse familiale.

– Oui, en effet, c'est merveilleux d'avoir tout le monde réuni... Nous venons chez Charles et Naomi depuis des années. Ils sont toujours aux petits soins... Vous êtes enseignant ? Il faut absolument que vous fassiez la connaissance de Tim... Goûtez un de ceux-là. Ils sont délicieux... Nous ne pouvons pas l'imprimer, mais nous savons que Maxwell, avant de mourir... Juste à côté de Manchester. Pas loin du stade de l'équipe de cricket du Lancashire. Vous connaissez ?... C'est votre première petite-fille ? Comme c'est merveilleux... Il vous plaît ? C'est un cadeau de ma nièce... Claire, cette jeune femme aussi aime tricoter... Nous rentrons demain matin... Enchanté d'avoir fait votre connaissance... Au revoir...

Dès que Charles et Naomi eurent refermé la porte, après le départ du dernier couple, un sentiment de vide s'installa, et ils se séparèrent à nouveau les uns des autres. Florence, pour qui les deux dernières heures correspondaient exactement à ce qu'elle attendait d'un Noël dans le Hertfordshire, s'assit pour lire le livre de bibliothèque qu'elle avait amené ; Claire, qui avait trouvé les voisins snobs, prit le *Daily Mail* dans la pile de journaux achetés par Richard ; Tim regarda distraitement les nombreuses cartes de vœux disposées sur les meubles de la pièce. Il y eut quelques bribes de conversation, des bavardages inconséquents, destinés seulement à combler les silences. Stephanie demanda si elle pouvait emprunter un séchoir et monta se laver les cheveux ; Charles expliqua qu'il avait du travail urgent à finir dans son bureau.

– Ça devient sinistre, chuchota Roberta à sa mère. On va bien trouver *quelque chose* à faire avec eux.

– Il y a un film qui commence bientôt sur la BBC. Ils peuvent le regarder. (Naomi semblait épuisée.) Moi, je vais dans le salon écrire du courrier.

Roberta se rendait compte que ses parents délaissaient leurs devoirs d'hôtes, comme s'ils avaient choisi de laisser tomber leurs invités. Heureusement, il était presque 9 heures ; dans moins de trois heures tout le monde serait couché. Le film commença, offrant une nouvelle diversion ; une production hollywoodienne efficace qui finirait, à n'en pas douter, par un *happy end*... Richard s'aperçut tout d'un coup que Stephanie n'était toujours pas revenue, et il lança qu'il allait la chercher. David était sorti de la pièce un quart d'heure auparavant, et Roberta fit immédiatement le lien.

– Non, ne te dérange pas, se pressa-t-elle de dire. Je comptais monter de toute façon. Tu n'as qu'à rester ici.

En colère de plus belle, elle monta les escaliers quatre à quatre, cherchant à se convaincre, de façon tout à fait irrationnelle, qu'en s'attendant au pire elle y échapperait d'une manière ou d'une autre. La chambre de Richard et Stephanie était vide, et le sèche-cheveux se trouvait dans son étui, posé sur le lit.

« Salauds, vous avez vraiment osé ? » se dit-elle.

Elle se précipita de l'autre côté du palier et, d'un geste rageur, ouvrit la porte de la chambre de son frère. Les corps accouplés avec frénésie cessèrent subitement de bouger, et suivit un bref instant de silence tendu, alors qu'ils se relâchèrent pour ensuite se séparer. David avait retiré pantalon et slip, mais il portait toujours chemise et chaussettes ; la culotte et la jupe de Stephanie se trouvaient en boule par terre, et ses pull et soutien-gorge étaient relevés sous son menton, dévoilant ses seins. Dans cette semi-nudité, leur acte apparaissait furtif et sordide.

– On ne t'a pas appris à frapper ? demanda David d'un ton sardonique.

– Putain, vous êtes vraiment... des porcs ! (Roberta leur cracha les mots à la figure.) Rhabillez-vous, et dépêchez-vous de descendre. Séparément. Soit dit en passant, je sais que vous vous êtes déjà livrés à ce petit jeu hier soir. Ce serait peut-être trop vous demander de vous retenir jusqu'à votre départ ? Après, libre à vous de baiser jusqu'à l'épuisement, mais le faire ici... c'est dégueulasse.

– Dégage, ma chérie. On ne fait de mal à personne.

– Quoi ?... (Elle secoua la tête, stupéfaite.) Décrasse-toi un peu la vue, David. Tu ne vois pas ce qui se passe ? Tout le monde est en train de s'étriper, et maman craque complètement. On est tous assis sur une bombe qui ne demande qu'à sauter, et tu ne penses qu'à t'envoyer en l'air avec cette traînée ?

– Comment ? (Stephanie se redressa, le regard incendiaire.) Petite conne donneuse de leçons ! Retire ce que tu viens de dire, sinon... Merde !

Elle se laissa retomber sur le lit et fixa le plafond. Voyant le regard de David dirigé derrière elle, vers le palier, Roberta se retourna ; Richard se trouvait là.

– Non ! (Elle saisit les bras de Richard.) Ne fais pas une scène. S'il te plaît...

Richard l'écarta avec tant de violence qu'elle

chancela, et David sauta par terre en voyant son oncle se précipiter vers le lit pour l'atteindre ; il s'affala sur Stephanie mais descendit aussitôt de l'autre côté, décidé à attraper son neveu.

– Salaud ! Attends un peu qu'je...

A moitié nu et vulnérable, David saisit un livre sur une étagère et l'envoya dans sa direction ; Richard trébucha en se baissant pour l'éviter, et le livre atterrit sur le mur ; il attrapa David à la cheville alors qu'il tentait de foncer devant lui.

– Arrêtez ! (Roberta se précipita vers les deux corps qui luttaient, et tenta en vain de les séparer.) Stephanie, aide-moi, nom de Dieu !

Richard la fit valser et continua d'agripper sauvagement David, multipliant les coups en direction de son visage. Roberta parvint à saisir son poignet droit et le retenir quelques instants, mais il se libéra et frappa David à la bouche. Il leva à nouveau le poing mais Stephanie projeta ses bras autour de son cou et bascula en arrière, l'arrachant de tout son poids. David s'écarta tant bien que mal, maladroitement, comme un crabe terrorisé, jurant tout en tâtant d'une main sa lèvre ouverte. Roberta se tenait entre les deux hommes et sanglotait.

– Ça suffit ! Arrêtez ! Vous êtes dégoûtants ! Tous les deux !

– Ce n'est pas à moi qu'il faut parler d'être dégoûtant. (Le visage de Richard bouillonnait de rage.) Dis ça à ton connard de frangin.

– Alors frappe-la elle aussi, lança Roberta, cinglante. Il n'a pas vraiment eu besoin de la ligoter.

– C'est vrai. (Richard se tourna vers Stephanie, qui ne le tenait plus ; elle remettait son soutien-gorge et son pull d'une main, en tendant l'autre pour ramasser sa jupe.) Lequel a tout commencé ?

– Quelle importance ? C'est arrivé, c'est tout.

– Ça a commencé hier soir quand... (Roberta voulut se retenir, mais trop tard ; sa langue s'était déliée sous le coup de l'émotion.)

– Hier soir ? (Richard explosa.) Tu veux dire qu'ils...

– Non ! (Elle traversa la pièce pour aller fermer la porte.) Je ne sais pas. J'ai simplement vu... Je me suis certainement trompée.

– Vu quoi ? demanda Stephanie. Attends une minute, tu l'as déjà dit tout à l'heure. Je rêve ! Tu as regardé ?

– Ne sois pas répugnante ! J'ai juste remarqué la lumière sous la porte. Je ne savais pas ce qui se passait, mais... excusez-moi, j'aurais dû la fermer.

– Bien sûr. (Richard se leva, frottant son poing droit.) Pendant qu'j'étais bourré. (David se recroquevilla en le voyant approcher.) N'aie pas peur, je ne vais plus toucher à ta jolie petite mine... mais pour c'qui s'agit de me bourrer la gueule...

– Je t'en prie, Richard. (Roberta restait adossée à la porte pour l'empêcher de sortir, le suppliant du regard.) Je suis vraiment désolée, mais... (Elle se mit de nouveau à pleurer.) Mais c'est si affreux. Je ne sais vraiment pas ce que tout le monde a. J'ai l'impression de me trouver au bord d'un volcan. Tu ne peux pas faire semblant jusqu'à demain matin ? S'il te plaît.

– J'ai déjà fait semblant toute ma putain d'vie. Et j'en ai ras le bol. (Il passa la main sur son front.) O.K. Pas de promesse, mais je vais essayer. Y a déjà bien assez de merde dans c'te famille.

– Qu'est-ce que tu veux dire ?

– Ça n'a pas d'importance.

Elle le regarda, étonnée, ne résistant pas quand il l'écarta pour sortir ; elle l'avait connu toute sa vie mais découvrait un étranger.

– Je saigne, se plaignit David, tel un gamin.

– Ferme-la et habille-toi. (Roberta était malade de dégoût.) Ensuite, descends et tâche de te comporter normalement le reste de la soirée. Demain, tu pourras dégager et foutre ce que tu veux. Mais pour l'heure je vous demande de bien vous tenir. D'accord ?

– Si tu n'avais pas débarqué comme ça, rien ne serait arrivé. (David avait pris un mouchoir en papier dans une boîte posée près du lit, et il se tapotait la lèvre.) On comptait rester discrets. Mais tu as réussi à tout foutre en l'air.

Roberta détourna le regard.

– Si c'est ce que tu penses, David, nous n'avons plus rien à nous dire.

Elle les laissa et gagna sa chambre ; prise d'un tournis, elle dut s'appuyer au mur. Au fond d'elle-même, elle ressentait en plus la douleur personnelle de son histoire avec Martin. Elle ne l'avait pas surpris au lit avec Suzanne, mais n'avait cessé de se tourmenter longtemps après, malgré elle, en imaginant les gestes de leurs corps. Cette vision fugitive de son frère et Stephanie, haletants d'excitation, venait de raviver la haine et la jalousie, tout comme l'humiliation de se sentir dénuée de qualités.

– Laisse tomber, dit-elle à voix haute. C'est sans importance. Il faut tenir le reste de la soirée.

Elle essuya les traces de maquillage laissées par les larmes, puis resta assise quelques minutes sans bouger, s'efforçant de retrouver son calme. Quand elle redescendit, Stephanie avait déjà regagné le salon et se trouvait assise par terre, aux pieds de Richard. Roberta trouva qu'ils poussaient la comédie un peu loin, mais ils ne se touchaient tout de même pas. Elle fut surprise de remarquer combien l'incident avait pris peu de temps ; elle avait quitté la pièce moins d'un quart d'heure, et son absence avait été occultée par la concentration collective sur le film, comme si chacun était décidé à ne rien voir de ce qui se passait autour. Seule Florence leva la tête pour lui sourire, avant de reporter son attention vers l'écran.

David arrivait au pied de l'escalier quand Naomi sortit du salon.

– Mais qu'est-ce que tu t'es fait ?

– Quoi ? Oh, ça. (Il toucha délicatement le pansement sur la lèvre.) J'ai glissé dans la salle de bains. Tout va bien.

– Tu as aussi un bleu... Laisse-moi regarder...

– Laisse tomber, maman. (Il recula comme elle s'approchait.) Ça va.

– Mais ça continue de saigner sous le pansement. Laisse-moi seulement...

– Lâche-moi ! Je ne suis plus un enfant.

Vexée parce qu'il l'avait repoussée, Naomi lui lança un regard furieux.

– Tu ne te conduis pourtant pas comme un adulte. Mais bon, si tu veux saigner partout, c'est ton problème. J'ai déjà suffisamment de soucis sans que tu viennes en rajouter. Ils regardent toujours le film ?

– Autant que je sache.

– Bon. Peut-être pourrais-tu venir me soutenir dans mon rôle de maîtresse de maison ? Roberta en a déjà fait bien assez.

Ecrire son courrier n'avait été qu'un prétexte. Naomi avait passé la dernière heure seule, assise dans un coin, cherchant à se convaincre de la solidité de son univers protecteur ; il en faudrait plus pour que tout s'effondre, pour qu'elle soit mise à nu. Elle chercherait à rencontrer Richard à Londres au plus vite, pour comprendre ce qui l'avait subitement affaibli ; en aidant Richard à reconstruire ses défenses, elle se rassurerait elle-même. Peut-être fallait-il aussi parler à Tim ; des traces demeuraient-elles, même après trente ans ? Pour l'heure, elle devait se consacrer aux derniers instants de Noël. Elle s'en sortait très bien depuis des années ; pourquoi celui-ci serait-il différent ? Il n'y avait qu'à tous les traiter normalement, comme ce devait être le cas dans les autres familles ; mais elle se serait bien passée de voir David réagir avec une telle agressivité face à ses inquiétudes.

Tandis que le générique du film défilait, l'idée d'avoir à faire l'effort de se parler provoqua une certaine appréhension. Il était un peu plus de 11 heures, et Florence anonça tout de suite qu'elle montait se coucher.

– Nous avons une longue route demain, et la météo a annoncé un risque de neige dans les Midlands. Il vaudrait mieux partir tôt. (Elle s'approcha de Naomi pour l'embrasser.) Merci. Ce fut un Noël merveilleux, comme d'habitude. Où est Charles ?

– Il travaille encore. Il a une réunion importante demain.

– Alors je vous remercierai ensemble demain matin. (Florence promena son regard autour de la pièce.) Personne d'autre ne monte ?

– Si, dit Claire. Vous avez raison au sujet du temps. Il faudra vraiment partir le plus tôt possible. Tim ?

– Le temps de finir ça. (Il montra son verre.)

– Ne tarde pas trop.

Pressée de se fumer un joint, Emma suivit presque dans la foulée, mais Richard affirma vouloir regarder le dernier journal et ne laissa d'autre choix à Stephanie que de rester avec lui ; Roberta regarda David avec insistance, le temps qu'il comprenne, et il sortit.

– Je vais voir si papa a terminé, dit Naomi.

Dès qu'elle fut sortie, Stephanie quitta sa place aux pieds de Richard pour aller s'asseoir plus loin de lui. Roberta soupira en elle-même. Elle se souvint de sa remarque sur le fait d'avoir joué la comédie toute sa vie, et se demanda ce qu'il avait pu vouloir dire ; mais elle avait relevé tellement d'incohérences dans le comportement des autres, depuis deux jours... Elle fut soudainement prise de pitié pour lui, cet homme solide qui ne pouvait supporter l'idée d'avoir à passer la nuit dans le même lit que la petite amie qu'il avait surprise avec un autre amant. Mais il était impossible de leur trouver des chambres séparées ; il n'y avait pas la place dans la maison, et cela risquait d'amener des questions délicates de la part de Naomi, auxquelles Richard, soûl comme il était, serait bien capable de répondre. En effet, il s'était remis à boire avec la détermination sourde d'un homme en train de bouillir de colère.

– Je vais me coucher, annonça subitement Stephanie. Je suis fatiguée.

Richard l'ignora, mais dès qu'elle fut partie il se tourna vers sa nièce.

– Tu devrais aussi y aller, Roberta.

– Ne me dis pas ce que je dois faire chez moi.

– Vas-y, j'te dis. J'veux parler à Naomi et Tim. Seuls.

– Peut-être, mais je ne...

– Je joue le jeu, comme tu voulais, coupa-t-il. Et maintenant à mon tour de te demander d'aller t'coucher. Autrement, je risque de dire des choses que tu préférerais me voir taire.

– De quoi parles-tu ? (Tim semblait perplexe et légèrement inquiet.)

– Roberta le sait très bien, répondit Richard. Et c'est pour ça qu'elle va accepter d'aller s'coucher.

Elle avait éprouvé de la pitié pour lui, à voir combien cette quasi-farce avait entamé son machisme d'homme mûr, au point de mettre à plat toute son arrogance. Mais elle le détestait désormais, avec son visage marqué et sa prétention de vouloir lui dire comment se conduire. Le pire était qu'il lui fallait accepter ; sinon il révélerait ce qu'elle cherchait à tout prix à cacher à ses parents.

– Bien, acquiesça-t-elle. Mais ne t'avise plus jamais de me menacer, Richard. Bonsoir, et, comme je n'ai pas particulièrement envie de te voir demain matin, au revoir. Et tant qu'on y est, bonne année d'avance.

Elle sortit, l'air furieuse ; au bout du vestibule, elle aperçut de la lumière dans la cuisine et se dit que sa mère devait s'y trouver.

– Bonne nuit, maman, dit-elle en restant sur le pas de la porte.

– Bonne nuit, ma chérie... Qu'y a-t-il ? Tu as l'air furieuse.

– Richard veut te parler ainsi qu'à Tim, alors il m'a dit de monter dans ma chambre.

– Quoi ? Ce n'est pas ce qu'il voulait dire.

– Bien sûr que si. (Sous le coup de la colère, les larmes lui vinrent.) Je suis désolée, maman. Mais je les déteste tous, sauf toi, papa et grand-maman ; et je ne peux plus rien supporter dans cette maison en ce moment. Ça a été le pire Noël de l'histoire de l'humanité.

– Oh, ma chérie. (Naomi posa le verre d'eau qu'elle venait de se servir, et prit sa fille dans ses bras.) Je sais bien comme cela a été affreux, et je te remercie d'avoir été là pour me soutenir.

– Mais qu'est-ce qui se passe ? (Roberta sanglotait en s'appuyant contre elle.) Pourquoi tout le monde est si horrible ?

– Ils ne le sont pas vraiment. (Naomi lui caressait les cheveux.) Tu le sais bien. Grand-maman est égale à elle-même, non ? Et Emma, et David.

Elle fut stupéfaite de voir Roberta se dégager brusquement.

– David est un petit con égoïste !

– Pourquoi ? Qu'a-t-il fait ?

– Ça n'a pas d'importance... Je me suis emportée. N'y fais pas attention. (Roberta essuya ses larmes avec le dos de sa main.) Je monte me coucher... Où est papa ?

– Il est déjà monté. Il est très fatigué.

– Je vais aller lui dire bonsoir. (Elle s'avança vers Naomi et l'embrassa.) Je t'aime.

– Je t'aime aussi, ma chérie. Ne te fais pas de souci. Tout va bien se passer. Bonsoir.

Ce qui touchait le plus Naomi, c'était de voir combien tout cela faisait souffrir Roberta. Elle avait toujours tenu à rendre ses enfants heureux, tant elle s'était convaincue que son père avait gâché sa propre enfance – l'enfance de Naomi Barlow ; elle n'avait pas ménagé son attention, cherchant toujours à les comprendre. Elle était fière de Roberta et David, des jeunes gens bien dans leur peau, équilibrés, qui réussissaient dans la vie ; un trait supplémentaire pour caractériser cette nouvelle femme qu'elle était devenue. Tout ce qui pouvait les atteindre la menaçait. Richard lui avait causé peur et inquiétude, et elle était désormais fâchée contre lui. Quand elle revint dans le salon, il tenait un nouveau verre de whisky, déjà à moitié bu ; il avait quitté le stade des propos incohérents d'alcoolique, virant à l'agressivité.

– Bien, dit-il en la voyant entrer. Je veux te parler.

– C'est ce que Roberta m'a dit.

– Roberta ? Ah, oui. Valait mieux l'envoyer au lit.

– Ce que je trouve inexcusable, mais je t'en parlerai quand tu seras en mesure de comprendre quelque chose. Mais bon, qu'as-tu à me dire de si important ?

– Tu sais bien.

– Pas du tout. Tim, tu vois de quoi il veut parler ?

– Il n'arrête pas de radoter sur papa et...

– On y est, coupa Richard. Le vieux. J'veux vous dire quelque chose à son sujet. Vous l'ignorez tous les deux, mais...

– Aide-moi à le monter dans son lit, Tim, dit Naomi sèchement. Il aura tout oublié demain matin.

– Pas question. (Richard se leva et s'éloigna de la porte.) Pas avant que vous ayez entendu ça... Comment s'appelait-elle ? Une Galloise avec une de ces paires de nichons. Elle travaillait chez Coombes Brothers.

– Coombes Brothers ? répéta Naomi, abasourdie. Nom de Dieu, Richard ! Tu es bourré à ce point ? Que cherches-tu à faire ?

– Veux vous dire quelque chose... écoutez. Elle s'appelait... non, pas Myfanwy. Quelque chose dans le genre... Megan ! C'est ça. Megan Williams. Le vieux s'la tapait. Ça vous en bouche un coin, hein ?

– Ne sois pas bête. (Tim semblait outré.) Et ne dis pas de telles choses sur...

– Tim, il a complètement disjoncté. (Naomi fit un

geste impatient.) Et j'en ai assez entendu. A l'heure qu'il est, Richard, je n'ai plus jamais envie de reparler avec toi. Tu es dégoûtant.

– Dégoûtant ? C'est la seconde fois que j'entends ce mot ce soir.

– Ce n'est pas surprenant. Qui d'autre l'a dit ?

– Roberta. Tout ça parce que je réglais son compte à ton connard de fils.

Naomi se tourna vers Tim.

– Que s'est-il donc passé ?

– Mais rien, insista-t-il. Nous avons regardé la télé, et je ne me souviens même pas que Richard et David se soient parlé.

– Voilà, c'est bien ce que je disais. Il est tellement ivre qu'il pense s'être disputé avec David ; ne prête donc aucune attention à ce qu'il dit sur papa. Il pourrait à peine épeler son propre nom, en ce moment. Laisse-le donc ici. Qu'il s'évanouisse par terre, pour ce que ça me fait.

Tremblante, elle se tourna vers la porte. Elle était terrifiée de se retrouver ainsi seule avec ses frères, et le spectre de leur père, après tant d'années.

– Nimmy..., commença de dire Tim.

– Ne m'appelle pas comme ça ! (Elle virevolta et lui fit face. Ce nom rappelant son enfance avait ranimé Naomi Barlow ; il fallait l'attaquer tout de suite, l'annihiler de nouveau par l'entremise de Tim.) Grandis, je t'en prie. Regarde-toi un peu. Pauvre petit instituteur incapable de contrôler une classe de gamins de sept ans. Toujours à t'extasier sur de minables restaurants chinois, comme s'ils étaient le *Dorchester*. Habillé avec des fringues tout juste bonnes pour Emmaüs. Accroché aux basques de maman comme un sale marmot. Te rends-tu compte combien tu es pitoyable ? Mon pauvre Tim, tu es tout juste bon à être raillé. Quant à toi, Richard... Eh bien, je croyais avoir deux frères, et je me retrouve avec deux mauviettes de sœurs. Un ivrogne et un cas clinique de développement psychologique interrompu. Je n'ai jamais pu compter sur l'un ou l'autre d'entre vous depuis que nous... (Elle sembla s'étouffer sur des mots qu'elle ne pouvait plus prononcer ; la gorge nouée, elle se mit à sangloter.) Sortez d'ici. Partez. Vous... vous allez... Qu'essayez-vous de faire ? Détruire tout ce que j'ai ?

Elle leur lança un regard accusateur et sortit en courant.

– Que veux-tu dire quand... (Tim cria dans sa direction, les poings refermés. Puis il se tourna vers son frère.) Tu as entendu ça ? Quand on pense à tout ce que j'ai fait pour maman, pendant qu'elle se transformait en sainte nitouche et que tu étais occupé à te faire une place à Fleet Street.

– Sainte nitouche ? répéta Richard avec sarcasme. Je n'ai pas entendu cette expression depuis trente ans. Naomi a raison, tu n'as jamais grandi. Tu es toujours le même.

– Dieu merci. Au moins je suis resté honnête.

– Vraiment ? Allez, aucun d'entre nous ne l'est, Tim. Nous n'avons pas le cran. (Il s'alluma une cigarette, et but le reste de son whisky, dans un nuage de fumée à moitié recrachée.) Je veux te demander quelque chose ; j'ai demandé la même chose avant à Naomi. Qui a eu l'idée ?

– Qui a eu l'idée de quoi ?

– Tu sais de quoi je parle. Qui a eu le premier l'idée de tuer le vieux ?

– Quoi ? (Tim secoua la tête.) Merde, Richard, tu le sais très bien. C'est toi.

Richard se figea, puis se mit à hocher la tête, comme s'il venait de comprendre quelque chose.

– Je vois. Vous avez tout arrangé entre vous.

– Quelle connerie vas-tu chercher maintenant ?

– Toi et Naomi. L'idée vous est insupportable, alors vous me rendez responsable. Facile, non ? Tout le monde me prend pour un vicieux salopard. Et vous vous trouvez blanchis.

– C'était toi, insista Tim. Dès le début. Tu as imaginé comment nous pouvions le faire, puis tu nous as convaincus de te suivre. Et tu t'es empressé de tout fuir pour devenir qui tu es. Tu nous as laissés ruiner nos existences, et tout cela parce que tu ne te préoccupais que de toi. J'aimais papa, et...

– Foutaises. Tu le détestais autant que nous.

– Ne redis jamais ça, Richard. Je te préviens... Et c'était quoi cette connerie que tu disais sur lui et une femme de Coombes Brothers ?

– Je t'ai déjà dit. Il se la tapait.

– Menteur ! (Tim s'avança vers lui, l'air menaçant.) C'est faux. Il n'aurait jamais fait quelque chose comme ça. Que cherches-tu à faire ? A justifier le fait que tu l'aies tué ?

– Ne sois pas stupide. Je ne l'aurais pas tué pour si peu. Ça a juste montré quel con hypocrite il pouvait être. Je parie qu'elle ne fut pas la seule. Je peux pas lui en vouloir pour autant. Elle avait la plus grosse paire de... (Il recula en vacillant quand son frère se mit à le pousser, tel un petit enfant tentant de se battre avec une brute plus âgée.) Recule, andouille ! Si tu ne veux pas entendre la vérité, ne me pose pas de question.

– Ce n'est pas la vérité ! Tu...

Richard l'attrapa par la chemise.

– Ecoute, ducon. Il se l'envoyait joyeusement. Cache-toi les yeux si tu veux, mais moi je sais.

– Non... non ! (Un bouton fut arraché alors que Tim tentait de se dégager ; il recula.) Tu dis des mensonges depuis trop longtemps, Richard – tu es payé pour ça – et tu n'arrives pas à croire que quelqu'un soit intègre. Même pas ton propre père.

– D'accord, ne me crois pas. Mais allons demander à maman. Elle n'a jamais rien dit, mais elle devait bien soupçonner quelque chose. Rien ne lui échappe jamais.

– Je *t'interdis* de dire quoi que ce soit à maman.

– Pourquoi pas ? Ça n'a plus aucune importance. Elle a su trouver son plaisir au lit depuis. Elle s'imagine que personne ne sait, mais tu te souviens de Don Barraclough, le voisin d'à côté ? Il était représentant pour une firme pharmaceutique, ou quelque chose dans le genre. Il y a des années, quand je travaillais au *Messenger*, je suis passé un après-midi, sans prévenir, et ils étaient ensemble, en haut. Elle a crié qu'il était en train de l'aider à réparer quelque chose, mais ne m'a pas demandé de monter les aider. D'ailleurs, elle m'a demandé d'attendre qu'elle descende. Quand ce fut le cas, j'ai très bien vu sur son visage ce qu'elle était en train de faire. Elle a tenté de le cacher, mais je savais. Et je suis convaincu qu'il ne fut pas le seul.

Tim fut pris de tremblements ; il se sentait trahi, et des larmes de rage coulaient sur son visage. Il respirait profondément et de façon chaotique ; il sembla un instant sur le point de s'effondrer. Il avalait avec difficulté et quand il parla, les mots s'accompagnèrent de halètements douloureux :

– Non... non... non... Nimmy a raison... Tu es dégoûtant... Papa n'aurait jamais... Mr Barraclough était... Ne fais pas ça, Richard... Arrête... C'est trop cruel... Pas maman... Essaie de montrer un peu d'amour... (Un énorme sanglot engloutit quelques fragments.) Tu es maléfique.

Richard rigola.

– Et tu es pitoyable, comme le dit Naomi. Peut-être le croiras-tu après que maman l'aura confirmé. Maintenant, dégage ; sois un gentil garçon, va retrouver ta petite épouse minable. Moi, je reste ici. Je vais finir le scotch. J'ai plus aucune raison de retourner au pieu.

Toujours en sanglots, Tim se retourna et sortit de la pièce en courant, aussi vite que sa sœur l'avait fait. Après une existence consacrée au mensonge, la vérité venait subitement de faire surface, excessivement.

5

Au cours de ses précédentes enquêtes sur des meurtres, Michael Dundee avait trouvé les victimes dans des lieux qui reflétaient tout le sordide et le brutal du crime – une voiture incendiée, une tour minable dans une cité H.L.M., tombée entre les mains de drogués, ou encore ce tunnel jonché d'ordures, mal éclairé, sentant l'urine. La demeure située Devon Lane ne collait pas du tout ; c'était le genre d'adresse où la police se rendait éventuellement pour une histoire de contravention, voire pour une escroquerie de haut vol, pas pour y découvrir deux cadavres hideusement mutilés, abattus comme des bêtes, quoique dans un cadre raffiné. En tombant, la femme avait dû entraîner de la main le grand vase chinois qui avait reposé sur le piano à queue étincelant, répandant les fleurs en soie autour de son corps, comme si elles avaient été déposées là par des amis en deuil.

Mais tout avait paru d'emblée hors normes. Quand il avait ouvert la porte d'entrée ce matin-là, Charles Stansfield s'était montré d'une correction irréprochable, dissimulant stupeur et horreur derrière juste ce qu'il fallait de sens des responsabilités. Rien n'avait été touché, assura-t-il à Dundee. Après avoir été réveillé par des coups de feu, il était descendu et les avait trouvés, comprenant tout de suite qu'ils étaient morts ; il avait appelé la police immédiatement, puis un médecin. Stansfield avait même demandé à Dundee l'autorisation de se servir un cognac avant de livrer, lucidement et avec sang-froid, sa déclaration. Dundee s'apprêtait de nouveau à l'interroger, et son calme continuait de masquer l'angoisse et la culpabilité qu'il ressentait.

– Votre fusil, Mr Stansfield. D'abord, pourquoi ne se trouvait-il pas enfermé dans un endroit sûr ? Je suis certain que vous n'ignorez pas les obligations se rattachant à votre permis.

– Naturellement que je les connais, commissaire, et il aurait normalement dû s'y trouver. Je comprends à quel point je suis responsable de ce qui est arrivé, et... enfin, il me faudra vivre avec. L'arme ne se trouvait pas où elle aurait dû – si vous le désirez, je vous montrerai l'endroit prévu à cet effet dans mon bureau ; il offre toute la sécurité voulue – étant donné qu'hier après-midi, je suis sorti l'essayer. Comme je vous l'ai déjà dit, c'était un cadeau de Noël de mon épouse. En rentrant, quelque chose m'a distrait, et je l'ai posé à côté de la porte d'entrée, dans le coin. C'est impardonnable, mais après coup cela m'est sorti de la tête.

– Et avez-vous laissé des cartouches avec ?

– Je le crains bien. Il m'en restait deux dans la poche, et je les ai posées sur la table du vestibule.

Dundee ne formula aucune critique ; Charles Stansfield savait ce qu'il avait fait, un geste dangereux qui avait entraîné une tragédie. Jamais il ne se le pardonnerait.

– Hormis vous, qui d'autre dans la maison était capable de charger l'arme et l'utiliser ? demanda-t-il.

– Mon fils David, à qui je l'ai moi-même appris. Mon épouse, bien qu'elle ait cessé de pratiquer ce sport depuis fort longtemps. Mon beau-frère – je parle de Mr Richard Barlow – mais je n'ai découvert qu'hier qu'il s'y était déjà essayé. Je ne vois personne d'autre... oh, je m'excuse, Roberta s'y est intéressée à un moment, mais il y a des années.

– Et vous êtes certain de ne pas l'avoir laissée chargée ?

– Absolument. Je me suis montré d'une imprudence impardonnable, mais je n'ai pas été stupide.

– J'en conviens bien, Mr Stansfield, et je ne vous en accuse nullement. (Dundee lui accorda un regard compatissant avant de poursuivre :) Bien sûr, une fois que l'arme a été chargée par une personne s'y connaissant, il est possible qu'une autre personne s'en soit servie.

– Naturellement... mais j'ai songé à une chose. Si un étranger s'était introduit dans la maison et...

– Je crains que non, coupa Dundee. Je comprends que cela serait préférable pour vous tous, mais aucun indice ne permet de l'affirmer. Les inspecteurs qui sont arrivés les premiers affirment qu'un peu de neige est tombée vers 7 heures, pas grand-chose, mais juste de quoi recouvrir le sol. Et ils ont remarqué que les seules traces de pneus sur votre allée étaient celles du médecin, arrivé peu de temps avant. Nous avons ensuite vérifié les abords de la maison. Personne n'aurait pu partir sans laisser de traces de pas, et il n'y en avait aucune.

– Mais quelqu'un a pu venir avant qu'il neige.

– Possible, mais comment serait-il entré ? Vous êtes visiblement très soucieux des questions de sécurité. Toutes les portes et fenêtres sont fermées, et rien n'a été forcé. De toute façon, si quelqu'un était rentré par effraction au cours de la nuit, pourquoi se serait-il trouvé là à 8 heures du matin ? (Il eut un sourire gêné.) Je suis désolé, Mr Stansfield, mais nous n'avons pas affaire ici à des meurtres insolubles dont la solution s'avérerait ridiculement simple. Ceci n'arrive que dans les livres. Une personne de cette maison est responsable. Il me faut simplement découvrir qui et, à moins d'aveux, j'y parviendrai sans doute au moyen d'un élément assez simple, comme des empreintes par exemple. Mais pour l'heure, il nous faut établir d'autres éléments. La question qui m'intrigue le plus est le pourquoi... Y a-t-il eu des disputes entre certains membres de votre famille pendant les fêtes ?

Charles Stansfield soupira.

– Je ne suis pas sûr qu'on puisse parler de disputes, mais il y a eu un certain degré de tension. Comme si... J'avais l'impression que ma femme en savait plus qu'elle ne voulait bien me le dire.

– Malheureusement Mrs Stansfield n'est pas en état de nous dire quoi que ce soit pour l'instant, dit Dundee. Sauf... Peut-être pouvez-vous nous aider sur ce point, Mr Stansfield. Depuis l'arrivée de la police, votre épouse répète une seule phrase. Un de mes inspecteurs a tenté de la persuader de parler. Naturellement, elle s'est adressée à elle par son nom, Mrs Stansfield, mais votre femme a alors dit : « Je suis Naomi Jean Barlow. » C'est tout. Je sais bien que c'est son nom de jeune fille, mais pourquoi choisirait-elle de l'utiliser à nouveau maintenant ?

– Je l'ignore, commissaire, mais elle a subi un choc terrible, et il semble normal qu'elle n'ait pas tous ses esprits. De toute façon, je ne vois pas quelle importance cela peut avoir.

– Moi non plus, reconnut Dundee.

– Quand me permettrez-vous de la voir ? Je comprends le contrôle que vous exercez sur les mouvements de chacun, mais il devient insoutenable d'être séparé d'elle. Où se trouve-t-elle ?

– Toujours ici, Mr Stansfield. Le médecin est avec elle. Dès que possible, soit je vous conduirai à elle soit je la ferai venir ici. Parlez-moi de cette... tension, je crois bien que c'est le terme que vous avez employé.

Depuis plus d'une heure Naomi Stansfield maintenait son regard fixé sur la fenêtre en face d'elle, mais c'était comme si elle ne pouvait rien voir. A regarder son visage, il semblait que le moindre mouvement d'un des muscles aurait suffi à libérer le flot de douleur horrifiée qu'elle retenait en elle-même ; hormis l'unique phrase rapportée à Charles par Dundee, elle n'avait prononcé aucun mot depuis l'arrivée de la police.

– Naomi, avale simplement ça, insista Mark Peters en tenant les comprimés contre ses lèvres, cherchant délicatement à forcer une ouverture. Tu te sentiras mieux. Allez, je t'en prie.

Ses lèvres se raidirent alors qu'il tentait de pousser avec plus d'insistance, et elle secoua violemment la tête, repoussant sa main.

– Naomi, cela ne facilite pas les choses. (Il soupira en la voyant continuer de fixer la fenêtre.) Je ne peux pas t'aider si tu ne me laisses pas faire. Ce ne sont que deux comprimés... Ecoute, je les laisse ici avec l'eau. Promets-moi de les prendre.

Il posa les cachets et le verre sur la table, à côté de la chaise où elle était assise, puis la contempla tristement avant de la laisser dans le salon, en compagnie du policier silencieux. Une femme de la police eut un regard de sympathie en le voyant sortir dans le vestibule.

– Toujours rien ?

– Non, mais je tiens à ce qu'elle les prenne avant que nous l'emmenions à l'hôpital. Si elle persiste, je vais devoir lui faire une piqûre... Mais il faudra alors quelqu'un pour la tenir.

– Nous vous aiderons.

– Merci. Je lui accorde encore quelques minutes pour les prendre d'elle-même.

– Vous avez l'air épuisé, dit la femme. J'ai pu faire un tour dans la cuisine après que l'équipe technique en a terminé. Venez prendre une tasse de thé. Vous ne pouvez plus faire grand-chose pour eux.

Il la suivit dans la cuisine et alluma une cigarette tout en s'asseyant à la table. Elle alluma la bouilloire et mit un sachet de thé et du sucre dans une tasse.

– Vous les connaissez depuis longtemps, non ?

J'ai suivi Naomi pour les naissances de Roberta et David. D'ailleurs, je suis le parrain de David.

– Je voyais bien que c'était plus pour vous qu'une nouvelle tragédie familiale. Je suis vraiment désolée. C'est déjà tellement affreux, si en plus vous avez des liens... Selon vous, qu'est-il arrivé ?

Le médecin eut un regard perspicace.

– C'est un interrogatoire ?

– Non. (La bouilloire s'éteignit et elle versa de l'eau dans la tasse.) Je ne fais pas partie de la brigade criminelle. Je suis simplement intéressée de savoir ce que vous pensez. Je ne crois pas que vous me diriez des choses que vous ne seriez pas disposé à répéter à mes collègues.

– De toute façon, qu'aurais-je à leur dire ? Charles m'a appelé juste après que c'est arrivé, et j'ai débarqué pour découvrir la police, deux cadavres et... Combien sont-ils ?... Oui, huit personnes en état de choc. Personne d'autre ne semble savoir exactement ce qui est arrivé, alors pourquoi moi ? Que pense votre Mr Dundee ?

– Je suis simplement chargée des rondes dans le quartier. On ne me fait pas de confidences. Mais d'après ce que j'ai pu entendre, personne ne leur a fourni une version cohérente. Pas très surprenant. La plupart dormaient encore quand les coups de feu les ont réveillés.

– Et aucune... aucune indication sur ce qui a pu y conduire ?

– Pas que j'aie entendu, mais ça a dû être dramatique. J'aurais pu croire à une beuverie qui déborde hier soir, mais pas à cette heure-là du matin.

– Non. (Pour la première fois, Peters parvenait à réfléchir en toute objectivité.) Ce qui veut dire qu'ils se sont levés, parfaitement sobres, sont descendus, et... Mon Dieu. C'est encore pire, non ?

– Et combien d'entre eux se sont levés ? ajouta-t-elle.

– Seulement les deux, à n'en pas douter. L'un a dû se suicider. Le canon du fusil avait clairement été placé dans sa bouche.

– Mais l'y a-t-il placé lui-même ?

– Sans doute. On ne laisse pas quelqu'un vous mettre un fusil dans la bouche comme ça.

– A moins qu'on ne vous ait d'abord assommé – il ne reste plus rien de sa tête pour prouver le contraire.

– C'est ce que pense la police ?

– Tant qu'ils ne savent pas exactement ce qui est arrivé, ils préfèrent croire à toutes les hypothèses ; ce n'est de toute façon pas avec moi qu'on en discutera. Mais on trouvera difficilement une explication rationnelle pour tout ceci, docteur. (Elle lui tendit son thé.) Comment vont les autres ?

– Mrs Barlow – la belle-sœur de Naomi – s'est évanouie et on l'a emmenée à l'hôpital. Vos enquêteurs refusent que les autres y soient conduits, sauf s'il le fallait impérativement. Il leur reste beaucoup de questions à poser. J'ai trouvé les autres plus sereins que prévu. C'est l'effet du choc, bien entendu. Ils s'effondreront plus tard. (Il avala la moitié de la tasse d'un seul trait.) Soit dit en passant, pourriez-vous vous débarrasser de ces foutus journalistes ? Ils m'ont encerclé comme une meute de loups quand je suis sorti.

– Ils se trouvent sur une route publique, et ils ne provoquent aucune gêne, répondit-elle. Et pour des journalistes, ils se tiennent plutôt correctement.

– Et ils attendent la première occasion pour étaler tout ça en première page.

– Bien sûr. C'est ce qu'attendent leurs lecteurs.

Les journalistes qui attendaient dans la salle de réunion sentirent leur impatience monter d'un cran en voyant Dundee arriver, accompagné de son adjoint et du chargé de relation avec la presse ; il s'assit à la table disposée devant les caméras. L'attente se prolongea un instant, le temps qu'on fixe un micro au revers de sa veste.

– Tout d'abord, j'aimerais m'excuser du retard avec lequel cette conférence de presse a lieu, commença-t-il par dire. Mais nous avons dû poursuivre de nombreuses recherches qui ne sont toujours pas terminées. Je vais d'abord lire une déclaration dont vous pourrez obtenir copie dès que nous en aurons terminé, auprès de l'inspecteur Davies. (Son regard se porta vers une feuille de papier qu'il tenait.) A 8 h 30 ce matin, des officiers de police du Hertfordshire se sont rendus à une demeure située Devon Lane, à Brookmans Park, suite à un appel reçu par police-secours.

» Dans une pièce du rez-de-chaussée, ils ont découvert les cadavres de deux personnes, victimes de blessures infligées par des tirs de fusil. Ils ont été identifiés comme étant miss Roberta Stansfield, âgée de vingt-trois ans, et son oncle, Mr Timothy Barlow, âgé de quarante-neuf ans. Miss Stansfield était la fille de Mr et Mrs Charles Stansfield, le couple domicilié à l'adresse précitée. Elle demeurait à Muswell Hill, au nord de Londres. Mr Barlow, le frère de Mrs Stansfield, venait de Wilmsford, dans la banlieue de Manchester.

» Une troisième personne a subi des blessures légères, provoquées toujours par un fusil. La police s'intéresse à un fusil à double canon retrouvé sur les lieux.

» Hormis Mr et Mrs Stansfield, et les deux victimes, six autres personnes se trouvaient dans la maison. A une exception près, toutes étaient membres de la famille. Nous continuons d'interroger ces individus. La police ne recherche aucune autre personne pouvant être impliquée dans cette affaire. (Il leva le regard.)

» C'est tout pour la déclaration officielle de la brigade criminelle, mesdames et messieurs. Vous comprendrez que je ne puisse révéler certains détails à ce stade, mais je m'efforcerai de répondre à vos questions... Oui ?

– Avez-vous mis quelqu'un en examen, commissaire ?

– Non.

– Mais une mise en examen est imminente ?

– Je ne suis pas encore en mesure de le dire.

– Mais dans un tel cas, cela concernerait une personne de la maison ?

– Si tel était le cas, oui.

– Pourriez-vous nous dire qui d'autre se trouvait sur les lieux ? Nous connaissons déjà certains des noms.

– Je peux confirmer pour Mr et Mrs Stansfield, mais je préfère ne rien dire pour les autres.

– Certains des noms publiés sont-ils inexacts ?

– Je ne connais pas l'ensemble des noms publiés. Je répéterai seulement que toutes les personnes, sauf une d'entre elles, étaient de la même famille. Ils étaient réunis pour Noël.

– Qui est l'exception ?

– Une connaissance d'un des membres de la famille.

– Une petite amie ?

– Oui.

– Pouvez-vous nous dire quelque chose des blessures ?

Dundee réfléchit quelques instants avant de répondre :

– Les blessures de miss Stansfield se situent sur la partie supérieure de son corps. Et Mr Barlow a subi des blessures à la tête.

– Les coups sont-ils partis des deux canons ?

– Oui.

– Commissaire, à propos des blessures à la tête de Mr Barlow. Pourraient-elles provenir des coups tirés après avoir placé le fusil dans sa bouche ?

– C'est tout à fait possible.

– Vous affirmez qu'il a bien été placé dans sa bouche ?

– Non, je dis simplement que c'est une possibilité.

– Si tel était le cas, l'y aurait-il placé lui-même ?

– Etant donné que nous ne savons pas si tel a été le cas, je ne peux bien évidemment pas vous répondre.

– Vous avez parlé d'une troisième personne ayant subi des blessures. De qui s'agit-il ?

– Je ne peux pas le révéler pour l'instant.

– Mais elle devait être présente au moment des faits ?

– Oui. Et elle a fait une déposition.

– C'est un homme ou une femme ?

– Désolé, je ne souhaite pas en dire autant.

– Qui a prévenu la police ?

– Mr Charles Stansfield, le propriétaire de la maison.

– Est-ce lui qui a été blessé ?

– Ne cherchez pas à m'attirer sur ce terrain.

– Avez-vous une idée du mobile ?

– Non... Nous poursuivons plusieurs pistes. Nous avons appris... certains désaccords survenus.

– A quel sujet ?

– N'imaginez tout de même pas que la police va le révéler.

– *Quand* ont eu lieu ces décès ?

– D'après les témoignages recueillis, et les observations du médecin, il semblerait que ce soit survenu peu de temps avant l'arrivée de la police.

– A 8 heures et demie ?

– C'est à cette heure que sont arrivés les premiers policiers. Nous avons reçu l'appel à... (Dundee s'entretint à voix basse avec le chargé de relation avec la presse.) à 8 h 14. Une voiture de police est arrivée à la maison environ quinze minutes après, et les premiers enquêteurs de la brigade criminelle étaient présents dès 9 heures.

– Donc c'est arrivé vers... quelle heure ? 8 heures ?

– Environ.

– Les victimes étaient-elles habillées ?

– Ils portaient leur pyjama.

– Vous pouvez les décrire ? Les pyjamas.

Dundee décela tout de suite les mobiles d'une presse à scandale, toujours à l'affût du sordide.

– On ne peut plus ordinaires. Tous deux portaient aussi des robes de chambre.

– Ils n'étaient donc pas nus ?

– Non, en effet... Question suivante, je vous prie.

– Mr Dundee, certaines informations ont fait état de l'implication de Charles Stansfield dans un trafic d'armes illégal. Peut-il y avoir un lien ?

– J'ignore tout à ce sujet. Cependant, à ce stade, nous ne disposons d'aucun élément indiquant une implication extérieure dans cette affaire.

– Pourquoi le fusil se trouvait-il dans la maison ?

– C'était un cadeau de Noël offert à Mr Stansfield par son épouse. (Dundee sentit l'intérêt se préciser dans la salle.) Mr Stansfield dispose d'un permis de port d'arme, et l'arme a été achetée chez un revendeur agréé.

– C'est donc son propre fusil – acheté par sa femme – qui a tué sa fille ?

– Je le crains. (Dundee hocha la tête et se leva quand son adjoint lui toucha le bras.) Et je pense que pour l'heure nous avons fait le tour de la question. Je veux simplement ajouter combien la police apprécie la retenue de la presse, qui ne s'est pour l'instant livrée à aucune intrusion excessive, et espère qu'il continuera d'en être ainsi. Nous savons que vous avez à faire votre métier, mais ne doutons pas que vous comprenez tout le tragique de cette affaire. Dans l'éventualité d'une mise en examen, la Press Association et les autres agences seront informées immédiatement. Je vous remercie.

HSA589569 PAHOME PA 19.36
POLICE/Cadavres/URGENT
Le porte-parole de la police du Hertfordshire a déclaré que Richard Barlow était interrogé en relation avec les décès de son frère et de sa nièce.

HSA589574 PAHOME PA 19.45
POLICE/Cadavres/Développements
Richard Barlow, rédacteur en chef du quotidien le *Post*, est interrogé ce soir par la police, suite aux décès de son frère, Tim Barlow, et de sa nièce, Roberta Stansfield.
Mr Barlow (49 ans) passait les fêtes chez sa sœur et son beau-frère, Charles et Naomi Stansfield, à Brookmans Park, dans le Hertfordshire. D'autres membres de la famille avaient été invités, et ils concourent aussi aux investigations de la police.

HSA589577 PAHOME PA 19.50
POLICE/Cadavres/Mémo
A l'attention des rédacteurs en chef et de leurs adjoints, et des services photos
Une nouvelle photo de Richard Barlow est désor-

mais disponible sur PA Pictures. La police n'a formulé aucune réserve quant à sa publication. Une photo couleur (plan vertical) des deux victimes ensemble, Roberta Stansfield et Tim Barlow, est aussi disponible. Nous tentons d'obtenir des déclarations des autres membres de la famille, et nous tenons informés d'une éventuelle mise en examen.

6

Richard Barlow ne raconta pas la vérité à la brigade criminelle du Hertfordshire, parce qu'il se protégeait de son passé. Il ne s'est jamais départi de cette version des faits, dans ses discussions avec la famille comme dans les interviews avec des confrères.

L'enchaînement des événements commença à environ 2 heures et demie du matin, le 27 décembre. Resté en bas, Richard avait fini le whisky avant de se laisser péniblement gagner par le sommeil. Boire le déprimait toujours, et à son réveil il se sentait accablé, envahi par un sentiment d'échec. Son emploi au *Post* – source de succès, de pouvoir et d'importance sur laquelle reposait son estime de lui-même – se trouvait menacé, à tel point que les jours étaient comptés avant qu'il ne le perde. Sa petite amie, essentielle pour le rassurer quant à sa vitalité amoindrie, l'avait trompé et humilié. Son frère et sa sœur avaient détruit l'aveuglement, soigneusement entretenu toute sa vie, derrière lequel il s'était voilé la face au sujet du meurtre de leur père. Tout l'échafaudage de sa personnalité s'était effondré et il n'avait plus qu'à se regarder en face, un spectacle qu'il ne pouvait supporter.

Il gardait le vague souvenir d'avoir vu le fusil posé à côté de la porte d'entrée. Désorienté, comme dans le brouillard, il alla le chercher et prit de même les cartouches laissées par Charles sur la table du vestibule. Il est impossible de dire s'il voulait vraiment à ce moment-là se tuer ; mais le fusil concrétisait de façon tangible l'option du suicide, une solution envisagée par bien des personnes au cours d'une des périodes de crise de leur existence. L'option se précisa quand il chargea le fusil ; à en sentir le poids entre ses mains, il semblait peser les mérites d'une mort instantanée, face à la défaite annoncée, avec son lot de souffrance empreinte d'apitoiement sur son sort. Il en vint même à placer le canon dans sa bouche, mais cela provoqua un haut-le-cœur et il rejeta la tête en arrière ; il avait de toute façon pris soin de bien disposer ses mains loin de la détente. Ce geste mélodramatique n'était qu'une nouvelle façon de se tromper. Je veux le faire... J'en serais capable... La mort serait instantanée... Pourquoi pas ? Mais d'un autre côté, pourquoi ? Pourquoi les laisser t'avoir ? Si le *Post* se séparait de lui, un autre journal le saisirait au vol. Il y avait quantité de jeunes femmes disponibles. Et il ne manquait pas d'armes pour rendre leurs coups à son frère et sa sœur ; Naomi pouvait être mise au courant pour David et Stephanie, et Tim pouvait être contraint de faire face à la vérité sur ses parents. Le suicide était donc stupide. Rassuré tant bien que mal, il posa le fusil par terre et s'enfonça dans le fauteuil pour resombrer dans une inconscience éthylique.

Perturbé par les affirmations de son frère sur le compte de leurs père et mère, Tim avait à peine dormi. Il s'était d'abord convaincu qu'il ne s'agissait que des mensonges de Richard, mais ce dernier avait aussi menacé de confronter leur mère, ce qui serait pour le coup impardonnable ; sous-jacente à ses craintes, demeurait la pensée consternante que tout cela pouvait être vrai. Une autre existence bâtie sur le mensonge se trouvait menacée. Peu après 7 h 30, il n'en pouvait plus et décida d'aller chercher son frère. Voyant Stephanie seule au lit, il descendit sans faire de bruit ; Richard ronflait dans un fauteuil, le cou inconfortablement penché d'un côté.

– Réveille-toi ! (Tim le secoua violemment par les épaules.) Richard ! Réveille-toi !

– Quoi ? (Richard cria à moitié et sauta en se sentant brutalement ramené à un état conscient ; la brusquerie du mouvement lui foudroya le crâne de douleur.) Putain ! (Il prit sa tête entre ses deux mains en sentant la nausée poindre au fond de sa gorge.)

– Réveille-toi, insista Tim. Je dois te parler.

– Va te faire foutre. Laisse-moi tranquille.

– Pas avant que tu aies promis.

– Promis quoi ?

– De ne rien dire à maman au sujet de... enfin, tu sais quoi. Au sujet de papa.

Richard grogna.

– Quelle heure est-il ?

– Ça n'a pas d'importance ! (Tim le secoua à nouveau.) Ecoute-moi ! Tu ne dois rien dire ! Ce ne sont que des mensonges ! Si tu ne promets pas, Richard, je vais... je vais...

– Tu vas quoi ? (Richard repoussa les mains de son frère sans ménagements.) Tu n'as pas à débarquer ici comme un... comme... et puis je ne sais pas. Fous le camp et fiche-moi la paix.

Tim était tout haletant sous le coup de l'agitation.

– Mais tu dois promettre ! Promesse de scout.

– *Promesse de scout ?* Putain, tu es incroyable. Peut-être es-tu aussi bourré que moi ?

– Tu as eu le temps de dessoûler.

– Oui, va bientôt falloir que j'y fasse quelque chose. Où est ce putain de scotch ?

Tim le repoussa dans le fauteuil alors qu'il faisait mine de se lever. Cette agression physique le mit hors de lui et il se leva d'un bond, giflant son frère sur la bouche.

– Ne pose pas tes sales mains sur moi ! Je te démolirai la gueule ! (Il cligna des yeux, presque comme par surprise et, pris d'un tournis, s'agrippa à l'accoudoir du fauteuil ; ayant retrouvé ses marques, il se dirigea en titubant légèrement vers le meuble où étaient rangés les alcools, en marmonnant dans sa barbe.) Pauvre petit merdeux. Promesse de scout de merde ! (Il tripota maladroitement la poignée avant de parvenir à ouvrir le meuble, et il en sortit une carafe en cristal vide.) Merde. Y'en a plus.

– Richard !

– Oh, putain de merde, ferme-la et... (Irrité, il se retourna mais tressaillit de tout son corps sous l'effet de la peur. Tim avait ramassé le fusil là où il l'avait posé, à côté de son fauteuil, et il le dirigeait vers lui.) Pose ça, petit con idiot.

– Pas avant que tu aies promis.

Richard perçut le degré d'hystérie qu'il y avait dans cette exigence.

– D'accord ! Je promets, nom de Dieu. Je promets n'importe quoi, mais veux-tu...

– Bien sûr que tu promettras ! (Tim le regardait fixement, comme s'il venait de comprendre quelque chose.) Tu es toujours prêt à promettre quoi que ce soit. Mais tu ne t'y tiendras pas, non ? Comme toujours.

– Que veux-tu dire ? (Richard était paralysé de panique en voyant l'air de son frère.) D'accord, promesse de scout ! Si j'meurs j'vais en enfer. Qu'est-ce que je peux foutre pour que tu me croies ?

– Rien. (Tim secoua la tête.) Je te déteste, Richard. Je te déteste parce que toi-même tu détestes les autres. Tu es destructeur. C'est toi qui as eu l'idée de tuer papa, et maintenant, avec tes mensonges, tu veux nous détruire maman et moi. Tu... tu ne mérites pas de partager la vie d'honnêtes gens.

– Hé ! allez. Calme-toi. Ecoute, je m'excuse pour ce que j'ai pu dire sur... (Le regard paniqué de Richard parcourait la pièce, à la recherche d'endroits où chercher refuge derrière un meuble. Peu importe comment il se sentait quelques instants auparavant, il était désormais tout à fait éveillé, et il comprenait que son frère devenait incontrôlable.) Ecoute, pose simplement ce fusil et...

– *Tim !* (Les deux hommes firent volte-face vers la porte. Réveillée par leurs cris, Naomi était descendue.) Que fais-tu ?

Il brandit à nouveau l'arme en direction de son frère.

– Il veut dire des mensonges à maman. Sur papa. Il ne doit pas faire ça.

– Nom de Dieu, raisonne-le un peu.

– Je t'en prie, Tim, dit Naomi d'une voix douce, tout en s'avançant. Tout va bien. Allez, donne ça à Nimmy.

Il recula en secouant la tête.

– Non. Tu sais bien comment il est malfaisant. C'est lui qui a tué papa.

– Ce n'est pas moi ! C'est toi... et elle... nous tous.

Richard saisit la carafe vide et la lança à travers la pièce, mais elle manqua son frère et alla s'écraser sur l'arbre de Noël, fracassant quelques décorations.

– Oh, mon Dieu !

Naomi se retourna ; la voix venait de derrière elle.

– Reste là, Roberta. Non, va plutôt chercher papa.

– Mais que se passe-t-il ?

– Tim est contrarié et... Va chercher papa.

– Ce truc est chargé ?

– Arrête de poser des questions ! cria Naomi.

– Je sais comment le savoir, dit Tim calmement.

Alors qu'il brandissait de nouveau l'arme, Richard plongea derrière le canapé, et tenta tant bien que mal d'aller vers la porte à quatre pattes.

– Allez chercher quelqu'un ! Il est fêlé ! Appelez les putains de flics.

Tim se précipita vers lui, écartant Naomi au passage.

– Ça ne sert à rien, Richard. Tu ne peux pas toujours fuir.

– *Arrêtez !* (Roberta s'avança et s'arrêta devant le piano à queue, à l'instant même où Richard s'apprêtait à sortir de sa cachette. Naomi retenait son souffle, terrorisée.) Tim, pose ça tout de suite. Tu ne sais plus ce que tu fais. Tu ne vas pas tirer sur Richard.

Tim hésita un instant, et Richard surgit derrière sa nièce, fonçant désespérément vers la porte. Suivant le mouvement, Tim fit basculer l'arme sur le côté ; instinctivement, Roberta bougea dans la même direction, et une explosion fracassante vint secouer toute la pièce. Roberta prit l'impact de plein fouet et se trouva projetée en arrière, le long du bord incurvé du piano, entraînant un vase du bras droit, avant de tomber au sol. Richard glapit en plaquant la main sur sa joue droite, là où trois plombs égarés l'avaient atteinte.

– Non ! Non ! Non ! hurla Naomi qui se précipita vers sa fille, s'agenouilla à ses côtés et serra son corps contre le sien.

Tim contemplait sa nièce tombée au sol, sa robe de chambre bleu-vert en lambeaux, son visage déchiqueté méconnaissable, puis il regarda le fusil qu'il tenait toujours, comme pour s'efforcer de comprendre l'incompréhensible.

– Je ne voulais pas... (Le fusil toujours en main, il s'avança et s'agenouilla près de sa sœur.) Je suis désolé, Nimmy. C'est...

Incapable d'accepter ce qu'il voyait et toujours sous le choc, il n'offrit aucune résistance quand Naomi posa doucement Roberta et lui prit le fusil des mains. Sans hésitation, elle le retourna pour le pointer vers son visage, le touchant quasiment. Incapable d'esquisser le moindre geste, Richard ferma les yeux alors qu'elle fit exploser la tête de Tim. Puis elle posa le fusil, et reprit sa fille pour la bercer dans ses bras, comme si elles étaient seules au monde. Sur le tapis à côté d'elles, les fleurs en soie rose et lavande, tombées du vase, s'assombrissaient à mesure que leurs pétales absorbaient le sang.

Richard prit conscience de pas pressés qui résonnaient dans l'escalier, et il gagna le vestibule au moment même où Charles arrivait à la porte.

– N'entre pas là ! (Il saisit vivement le bras de son beau-frère.) Appelle simplement la...

Charles l'avait déjà dépassé. Il s'arrêta un instant sur le pas de la porte, puis entra dans la pièce. Richard s'appuya au mur et ferma à nouveau les yeux, les rouvrant quand David déboula dans l'escalier.

– Pourquoi tout ce boucan ?

– Il y a eu un accident. Avec le fusil.

– Merde. Quelqu'un s'est fait mal ?

– Oui... Ecoute, ton père se trouve à l'intérieur pour l'instant, et... (Richard tressaillit en voyant apparaître Florence dans l'escalier, suivie de Claire. Il se tourna à nouveau vers David.) Personne ne doit pénétrer dans cette pièce. Va les retenir le temps que je ferme la porte, puis je viendrai t'aider. Allez, ne reste pas là, vas-y.

David se dirigea vers les questions angoissées qui venaient déjà de la direction des escaliers, tandis que Richard retournait dans le salon. Charles avait extrait sa fille de l'étreinte de sa mère, et il aidait Naomi à se relever.

– Peux-tu la prendre, s'il te plaît, Richard ? demanda-t-il. (D'un calme glacial, il n'affichait aucune hystérie, comme figé dans sa préoccupation.) Je vais appeler la police.

Le corps de Naomi semblait sans vie quand son frère passa son bras autour de ses épaules ; il la fit sortir, fermant la porte derrière eux. Charles Stansfield contempla sa fille d'un regard impassible, puis il saisit le combiné.

– Police-secours, s'il vous plaît... Police-secours ? Je suis Mr Stansfield, je vous appelle du 11 Devon Lane, à Brookmans Park. Je crains qu'il n'y ait eu... un accident. Deux personnes ont été tuées. Pouvez-vous venir tout de suite ? Non, plus personne n'est en danger... C'est ça, au 11. La maison s'appelle *The Larches*. Je m'assure que personne ne quitte les lieux... Oui, vous pouvez appeler une ambulance. Merci.

Il raccrocha et composa un nouveau numéro.

– Mark ? C'est Charles Stansfield. Je suis désolé de t'appeler, mais peux-tu venir immédiatement ? Roberta a été... (Sa gorge se noua de douleur, les mots avaient du mal à sortir.) Elle a reçu une balle. Je suis certain qu'elle est morte, mais peut-être pourrais-tu faire quelque chose pour Naomi. Non, aucun autre blessé sauf... Il vaut mieux que tu viennes. Tout de suite.

Il reposa le téléphone et, sans porter de nouveau son regard vers les deux cadavres, sortit de la pièce pour rejoindre les autres.

Telle fut la réalité.

En tant que témoin de deux morts violentes assez sanglantes, Dundee trouva Richard Barlow presque étrangement trop calme, mais il attribua cela à une forte personnalité. Au cours de la journée écoulée, ses inspecteurs avaient beaucoup appris sur la réputation du rédacteur en chef du *Post*. Muni d'un exemplaire de sa déposition, Dundee s'assit en face de lui à la table située dans la pièce où se tenaient les interrogatoires.

– J'aimerais simplement clarifier quelques éléments de votre déposition, Mr Barlow, expliqua-t-il.

Richard opina de la tête.

– Que voulez vous savoir ?

– Vous dites... (Dundee jeta un coup d'œil à la première page.) ... ne pas vous être couché le soir du 26, préférant rester au rez-de-chaussée, dans le salon. Pourquoi ?

– J'avais bu, et je me suis assoupi dans mon fauteuil.

– Et personne n'a cherché à vous convaincre de monter vous coucher ?

– Non... J'avais beaucoup bu, et j'étais devenu plutôt désagréable. Je crois que les autres préféraient me laisser tranquille.

– Je vois... et vous avez passé toute la nuit dans ce fauteuil ?

– J'ai le vague souvenir de m'être réveillé une ou deux fois, mais à chaque fois j'ai resombré aussitôt.

– Jusqu'au moment où votre frère vous a réveillé, à... à quelle heure, déjà ?

– Je ne suis pas certain, mais ça devait être aux alentours de 8 heures.

– Et vous vous êtes disputés d'emblée ?

– Oui. Nous avions eu une scène la veille au soir – juste avant qu'il aille se coucher, d'ailleurs – et il l'a ramenée sur le tapis.

– Dès son réveil ? Cela devait être sérieux.

– Pour lui, oui. C'était à propos de notre père.

– Votre père ? (Dundee consulta à nouveau la déposition.) Je croyais qu'il était mort.

– En effet. Il est mort en 1959.

– Mais alors quel était le point de discorde, après tant d'années ?

Richard alluma une cigarette.

– C'est une longue histoire, mais pour faire court disons que je lui ai révélé que notre père avait eu une relation extra-conjugale, alors que nous étions adolescents. Il l'ignorait, et a été contrarié quand je le lui ai appris. Il m'a accusé de mentir. J'ai soutenu que non, et j'ai ajouté que je pensais même que notre mère était au courant. J'ai proposé que nous lui posions la question le lendemain matin.

Dundee se pencha en arrière dans sa chaise.

– Et le lendemain matin – apparemment dès son réveil – votre frère s'est montré... toujours aussi perturbé par la question ? Par cette histoire remontant à plus de trente ans ?

– Oui. Il vous faut comprendre une chose au sujet de Tim. Après la mort de père, il s'est beaucoup rapproché de notre mère, comme pour chercher à la protéger. Il pensait manifestement que je la blesserais en parlant de ce que je savais.

– Et aurait-ce été le cas ?

– Franchement, je ne crois pas. Je pense qu'elle était probablement au courant.

– La réaction de votre frère apparaît donc excessive, vu les circonstances.

Richard haussa les épaules.

– Il aimait effectivement beaucoup notre mère. Il estimait que je la menaçais, d'une manière ou d'une autre.

– Et vous comptiez lui en parler ? De cette infidélité ?

– Probablement pas. J'étais ivre quand je le lui ai suggéré hier soir.

– Je vois. (Dundee s'empara à nouveau de la déposition.) Vous dites qu'au moment où il vous a réveillé, il tenait le fusil de Mr Stansfield.

– C'est exact. Charles l'avait posé dans le vestibule, à côté de la porte d'entrée.

– Mais Mr Stansfield insiste que l'arme n'était pas chargée quand il l'a laissée à cet endroit.

– Je suis sûr que c'est vrai. J'étais avec Charles hier après-midi, quand il s'est rendu dans le bois pour l'essayer, et je me souviens qu'il la portait canon ouvert quand nous avons regagné la voiture à pied. Je ne l'ai pas vu la recharger après.

– Alors comment l'arme s'est-elle retrouvée chargée ? Votre frère n'était pas accoutumé à tirer, si je ne me trompe ?

– Ça lui est arrivé une fois. Il y a plusieurs années de cela, au cours d'un congrès d'enseignants à Londres. Il était venu passer quelques jours chez moi. Un après-midi, j'avais été invité pour la présentation à la presse d'un nouveau club de tir, et je l'avais emmené avec moi. Il s'initia aux rudiments, bien que j'ignore s'il a jamais renouvelé l'expérience.

– A quand cela remonte-t-il, Mr Barlow ?

– Je ne suis pas certain... dix ans ? Peut-être bien douze.

– Comment s'appelait ce club ?

– Je ne me souviens pas. (Richard fit tomber de la cendre dans une soucoupe posée sur la table.) C'était quelque part dans le Surrey, me semble-t-il.

Ou peut-être bien dans le Kent. Je n'y suis jamais retourné.

– Vous affirmez donc que votre frère aurait pu charger le fusil ?

– Je ne vois pas ce qui l'en empêchait. Ce n'est pas très difficile, une fois qu'on vous a montré comment.

– Très bien. Qu'est-il arrivé ensuite ?

– Tout est dans ma déposition.

– J'aimerais tout de même que vous me le racontiez une nouvelle fois.

Richard alluma une nouvelle cigarette au moyen de la première, qu'il écrasa ensuite dans la soucoupe.

– Tim est devenu très agité. Il me criait dessus et agitait le fusil dans tous les sens. J'avais tellement peur, pour Roberta comme pour moi. Nous nous sommes rapprochés l'un de l'autre. Nous tentions tous deux de lui parler, le suppliant de poser l'arme. J'ai eu l'idée de nous rapprocher du piano, espérant la tirer avec moi pour nous cacher dessous. Maintenant, l'idée ne semble pas la meilleure, mais les circonstances ne permettaient pas de réfléchir calmement. Le problème était qu'il fallait pour cela nous diriger vers la porte donnant sur le vestibule. Pour le coup, il est vraiment devenu hystérique, alors nous avons arrêté. Il pleurait – à un moment, il a même rigolé – et j'ai compris qu'un plomb avait dû sauter en lui. A ce moment-là, Naomi est arrivée et s'est mise à lui crier dessus. C'en était trop. Il a dirigé l'arme vers nous, et j'ai su qu'il allait tirer. J'ai attrapé Roberta pour la plaquer au sol, mais...

Il hésita de nouveau, cette fois-ci quelques instants. Quand il reprit la parole, sa voix était empreinte de culpabilité.

– J'aurais dû simplement la pousser par terre et me jeter sur elle. Alors qu'en agissant de la sorte, je me suis retrouvé à la tenir, presque comme un bouclier. A part cela – il se toucha la joue, sur le pansement que le médecin avait appliqué à ses blessures superficielles – c'est elle qui a reçu le gros de l'impact.

Il baissa la tête et Dundee respecta cet instant de silence.

– Je comprends combien cela vous est pénible, Mr Barlow, finit-il par dire. C'est simplement qu'il nous faut...

– Je sais. (Richard leva à nouveau les yeux.) C'est normal. Rechercher l'information fait aussi partie de mon métier. Il ne reste de toute façon pas grand-chose à ajouter. Naomi hurla en courant vers Roberta. J'étais moi-même trop tétanisé pour faire quoi que ce soit, et je suis resté là sans bouger. Tim... Attendez que je réfléchisse. Il est d'abord resté immobile, puis il s'est avancé et s'est arrêté près d'elles. Il a dit « Nimmy » – il l'a toujours appelée par ce surnom, depuis que nous étions enfants – et elle s'est contentée de le regarder. Elle serrait Roberta dans ses bras. Ils se sont encore fixés du regard quelques instants, puis il a retourné l'arme, et a placé le canon dans sa bouche. C'est tout. Il n'a pas hésité, et aucun d'entre nous n'aurait rien pu faire pour l'en empêcher.

Dundee hocha la tête.

– Je vous remercie, Mr Barlow. Il reste tout de même quelques détails. Nous avons trouvé vos empreintes sur le fusil. L'avez-vous ramassé après ?

– Non, mais j'ai dû les y laisser lors de ma sortie avec Charles, l'après-midi de la veille. D'ailleurs, vous avez peut-être aussi trouvé celles de son fils.

– Et celles de Mrs Stansfield ! Vous avait-elle accompagnés, ou bien a-t-elle saisi l'arme après la fusillade ?

– Non, mais elle avait acheté le fusil comme cadeau de Noël pour Charles. Il l'avait accompagnée pour faire l'achat, puisque le permis est à son nom, mais elle l'avait conservé pour lui offrir le jour de Noël. Ça a l'air bête, mais ils ont préféré faire ainsi. Naturellement, elle a dû le manier en faisant le paquet.

Dundee s'étonnait de ce que Richard ait réponse à tout. Ce n'était certes pas impossible, mais des souvenirs d'une telle précision demeuraient inhabituels après des faits aussi traumatisants.

– Je viens de recevoir un rapport préliminaire du médecin, dit-il. Les blessures de votre frère ne semblent pas cadrer parfaitement avec le fait qu'il ait placé l'arme dans sa bouche.

– C'est pourtant là qu'il l'a placée, insista Richard. Mais je me souviens avoir vu ses mains trembler. Peut-être y a-t-il eu du recul quand il a appuyé sur la détente, et il a alors reçu le coup dans la figure. Je sais que j'ai fermé les yeux quand j'ai compris ce qu'il allait faire.

– Vous affirmez donc que votre frère a tué accidentellement votre nièce, alors qu'il avait semblé perdre tout contrôle après s'être enragé contre vous, et qu'il s'est ensuite tué.

– C'est ce qui est arrivé. Je ne sais pas ce que vous a dit ma sœur, mais j'imagine que dans son état présent elle est incapable de tenir des propos cohérents.

– Pas pour l'instant, confirma Dundee en se levant. Mr Barlow, je crois que nous n'avons aucune raison de vous retenir plus longtemps pour le moment, et vous devez certainement éprouver le besoin de rejoindre vos proches. Je dois toutefois vous demander de rester à notre disposition, au cas où nous souhaiterions vous poser de nouvelles questions... Quand comptiez-vous rentrer sur Londres ?

– C'était prévu aujourd'hui, mais je vais rester un certain temps.

– Nous avons de toute façon votre adresse là-bas. Encore merci, Mr Barlow.

De retour dans son bureau, Dundee lut l'ensemble des dépositions, des phrases désormais vidées des larmes et de l'angoisse qui les avaient accompagnées. Rien ne venait mettre en doute le récit de Richard Barlow ; il y avait eu des désaccords, de la tension, et trop à boire. Charles Stansfield avait déclaré avoir ressenti une friction énorme, impliquant son épouse et ses frères, sans pouvoir toutefois en déterminer la cause. Une déposition manquait, celle de Naomi ; le problème étant qu'elle semblait être entrée dans une transe catatonique, et refusait de parler à qui que ce soit ; d'après la famille, elle se trouvait dans cet état depuis que Richard l'avait escortée hors du salon. Son docteur avait soutenu que son état excluait tout interrogatoire, sans pouvoir préciser quand cela serait possible ; on l'avait mise sous calmants et conduite à l'hôpital.

– Alors ? dit Dundee à son adjoint. Accident et suicide ? Meurtre et suicide ? Deux meurtres ? On ne manque pas de choix.

– Et quel est votre sentiment, commissaire ?

– Avec une telle démesure, on peut tout penser. Une bonne famille, respectable, respectueuse de la loi, se réunit pour Noël et se retrouve avec deux de ses membres déchiquetés. Pas le genre d'affaire où l'on conçoit aisément ce qui est arrivé. Je vais tout de même vous confier une chose. Un enseignant inoffensif d'âge mûr ne se met pas à brandir un fusil sans une raison sacrément bonne. J'aimerais bien la connaître, cette raison.

– Il s'était engueulé avec son frère.

– A propos d'une infidélité de leur père remontant aux années cinquante ? dit-il avec dédain. Il doit y avoir autre chose. Le problème avec ce genre de famille, c'est qu'une fois qu'ils ont serré les rangs, ça devient bigrement difficile de se frayer un passage. Et pour l'heure, notre unique témoin nous a fourni une histoire plausible, et qui s'accorde avec les faits dont nous disposons.

– Et cette histoire de trafic d'armes illégal dans lequel Stansfield aurait été impliqué ?

Dundee secoua la tête.

– Oubliez ça. Le Home Office affirme qu'il est venu les voir dès l'instant où il a soupçonné quelque chose, et il n'est pas du tout impliqué. De toute façon, si un lien existait ils auraient cherché à le tuer lui, pas sa sœur et son beau-frère. (Il tapota le paquet de feuilles contre son bureau.) Et personne n'a rien de plus satisfaisant que la version de Richard Barlow.

– Vous l'avez cru ?

Dundee haussa les épaules.

– J'hésite. Je serai très intrigué d'entendre Mrs Stansfield, quand elle sera en mesure de nous parler. Pour le moment, nous devons poursuivre nos investigations. Peut-être les choses se sont-elles passées comme il dit.

HSA581702 PAHOME PA 21.04
POLICE/Cadavres/Développements
Le commissaire Michael Dundee a annoncé ce soir que Richard Barlow avait été relâché après avoir subi un interrogatoire. Dans une déclaration à la Press Association, il est ajouté qu'une explication des décès avait été fournie à la police, et que l'affaire se trouvait désormais entre les mains de la justice.
Les investigations se poursuivent, mais aucune arrestation ne semble imminente.

Le rapport d'enquête préliminaire sur les décès de Roberta Stansfield et Tim Barlow fournit l'explication officielle de ce qui est arrivé ; dans les deux cas, elle se fonde presque exclusivement sur les déclarations de Richard. A chaque fois, le juge poussa Richard dans ses retranchements, mais il s'en tint à sa déposition devant la police. Naomi, l'unique autre témoin, se trouvait dans le département psychiatrique d'une clinique privée d'Hampstead, et des éléments médicaux furent fournis pour établir son incapacité de témoigner. Après la décision, Michael Dundee reçut l'instruction de clore les dossiers relatifs aux deux décès ; il y repense souvent, mais il n'a jamais trouvé de raison propre à justifier la réouverture de l'enquête.

Naomi n'a pas quitté l'hôpital. Après son admission, le personnel remarqua qu'elle devenait agitée lorsqu'on l'appelait Mrs Stansfield ; ces crises cessèrent du moment où Charles suggéra qu'on l'appelle Naomi Barlow. Elle ne parle toujours pas, mais il lui arrive d'accoster une personne, en apparence au hasard – une infirmière, une femme de ménage, un visiteur, une fois même un homme venu réparer l'éclairage – et elle répète alors toujours la même phrase, d'une voix insistante : « J'ai tué mon père. » Son psychiatre s'en est entretenu avec Charles, qui lui a appris le peu qu'il savait. Ce sont deux hommes intelligents, et ils en ont conclu que cela provenait sans doute d'une confusion, enfouie dans les recoins les plus inaccessibles de sa personnalité, où se mêlent la mort d'Harold survenue quand elle était une adolescente fragile, le traumatisme de ce qui arriva à Roberta et Tim, et peut-être aussi le fait d'avoir vu le père de Charles mourant à la même époque. Lorsque Charles en parla à Richard, il partagea ce point de vue, ajoutant qu'il serait de toute façon illusoire d'accorder la moindre foi à ce que Naomi aurait pu dire.

Florence habite Devon Lane ; quand Charles vendra la maison, il compte lui acheter un appartement proche de la clinique où se trouve Naomi. Elle rend visite à sa fille chaque après-midi ; toutes deux restent assises dans sa chambre, ou se promènent bras dessus bras dessous dans le parc, quand le temps le permet. Elle lui parle sans arrêt, mais il n'y a jamais aucune réponse ; il n'est même pas certain que Naomi sache qui elle est. A mesure que sa peine devient moins douloureuse, Florence se rend compte que son sentiment de culpabilité s'étend. Elle était tellement convaincue d'avoir, avec Harold, bien élevé ses enfants ; mais elle estime qu'une chose aussi terrible ne peut qu'être sa faute, d'une façon ou d'une autre, et elle s'en veut de leur avoir manqué d'attention après la mort d'Harold.

Claire n'a plus aucun contact avec la famille de

son mari, et elle est tombée amoureuse d'un homme qu'elle connaissait depuis plusieurs années ; un jour, elle lui racontera. Elle n'a pas éprouvé de peine pour Tim, et plus rien dans sa maison ne le rappelle à son souvenir ; même les photos du petit Harry ont été jetées. Personne ne comprend, et plusieurs amis estiment qu'elle est soit devenue folle, soit d'une cruauté impardonnable. Mais à la crèche de Wilmsford, les enfants continuent d'adorer aveuglément tatie Claire.

Richard est toujours au *Post*, mais il n'est plus rédacteur en chef. Le conseil d'administration donna tort à Daphne Byron quand elle chercha à le virer, et à la place il fut promu conseiller éditorial, un titre qui impressionne à l'extérieur, mais que dans les milieux journalistiques on reconnaît comme un poste insignifiant réservé aux dirigeants désormais hors du coup. On ne lui demande guère que quelques apparitions symboliques au bureau, et il passe son temps à boire avec ceux de sa génération, à se raconter des affaires oubliées depuis longtemps, cultivant le souvenir d'une époque où ils étaient de jeunes loups. Son successeur le prend de haut, ce qu'il déteste. A sa manière, chacun des enfants d'Harold Barlow est mort.

Au cours des quelques semaines qui suivirent Noël, le père de Charles sembla troublé et perdu de ne plus voir Naomi et Roberta venir lui rendre visite, puis il sombra vers un crépuscule plus profond et mourut en douceur. Seuls son fils et son petit-fils vinrent à l'enterrement. Charles Stansfield ne tient plus son journal ; plus rien dans sa vie ne lui paraît digne d'être retenu.

Les Reines du Crime

Nouvelles venues ou spécialistes incontestées, les grandes dames du roman policier dans leurs meilleures œuvres.

ALLINGHAM Margery
2147 La mode est au linceul
2170 Des fleurs pour la couronne

ARMSTRONG Charlotte
2074 Et merci pour le chocolat
1740 L'étrange cas des trois sœurs infirmes

BACHELLERIE
1795 Pas de quoi noyer un chat *(Prix du Festival de Cognac 1981)*
1796 Il court, il court, le cadavre

BARNES L.
2126 Le blues de Miss Gibson
2193 Loin des yeux...

BLACKMON Anita
1956 On assassine au Mont-Lebeau

BRANCH Pamela
2131 Un lion dans la cave
2161 Comme un lundi...

BRAND Christianna
1877 Narcose

BROWN Rita Mae
2186 Morceaux choisis...

CANNAN Joanna
1820 Elle nous empoisonne

CHRISTIE Agatha
(86 titres parus, voir catalogue général)

CODY Liza
2138 Promenons-nous dans les bois
2208 Tête de noix
2202 Video-Dupe *(nov. 94)*

CORNWELL Patricia Daniels
2092 Postmortem *(Prix du Roman d'Aventures 1992)*
2120 Mémoires mortes

CURTISS Ursula
1974 La guêpe

DISNEY D.C. & PERRY G.
1961 Des orchidées pour Jenny

EEDY Clarice
2165 Est-ce possible?

GOSLING Paula
1971 Trois petits singes et puis s'en vont
1999 L'arnaque n'est plus ce qu'elle était
2088 Pour quelques flics de trop
2111 Larmes fatales
2178 On assassine au Paradis

HOWE Melodie Johnson
2095 La monnaie de sa pièce

HUGHES Dorothy B.
2043 Voyage sans fin
2070 La boule bleue

JAPP Andréa H.
2044 La Bostonienne *(Prix du Festival de Cognac 1991)*
2119 Elle qui chante quand la mort vient

JAPP Andréa P.
2118 La petite fille au chien jaune
2166 C.S. Meurtres

JONES Cleo
1879 Les saints ne sont pas des anges

KALLEN Lucille
1836 Quand la souris n'est pas là...

LANGTON Jane
2037 Le poète meurt toujours deux fois

LAWRENCE Hilda
2160 Jeux de mains
2201 Le chien du manoir

LONG Manning
1831 On a tué mon amant
1988 Aucun délai

McCLOY Helen
1841 En scène pour la mort
1855 La vérité qui tue
2067 La vierge au sac d'or
2079 Celui qui s'échappa

McDERMID Val
2173 Le dernier soupir

MILLAR Margaret
1928 Le territoire des monstres
1994 Rendons le mal pour le mal
1996 Des yeux plein la tête
2010 Un doigt de folie

2151 Et vous me trouverez bien mort
2187 Omelette canadienne

NATSUKI Shizuko
1959 La promesse de l'ombre
(Prix du Roman d'Aventures 1989)
2039 Hara-Kiri, mon amour

NIELSEN Helen
1873 Pas de fleurs d'oranger

PARETSKY Sara
2103 Qui s'y frotte s'y brûle
2136 Sous le feu des protecteurs
2148 Une médecine pas si douce
2182 Un clergé pas très régulier

RADLEY Sheila
2058 A tous les coups l'on perd

RENDELL Ruth
1501 Fantasmes
1521 Le pasteur détective
1532 L'Analphabète
1563 L'enveloppe mauve
1589 Etrange créature
1601 Le petit été de la Saint-Luke
1616 Reviens-moi
1629 La banque ferme à midi
1640 Un amour importun
1649 Le lac des ténèbres
1661 L'inspecteur Wexford
1688 Le maître de la lande
1718 La fille qui venait de loin
1747 La fièvre dans le sang
1815 Morts croisées
1866 Les corbeaux entre eux
1951 Une amie qui vous veut du bien
1965 La danse de Salomé
1978 La police conduit le deuil
1989 La maison de la mort
2000 Le jeune homme et la mort
2015 Meurtre indexé
2036 Les désarrois du Professeur Sanders

RICE Craig
1835 Maman déteste la police
1862 Justus, Malone & Co
1899 Malone cherche le 114
1962 Malone met le nain au violon
2167 Malone à Manhattan

RUTLEDGE Nancy
1830 La femme de César

SAINT-CLAIR Valérie
2156 Sous l'épée de Damoclès

SIMPSON Dorothy
1852 Feu le mari de madame

TEY Josephine
2094 Jeune et innocent
2137 En trompe l'œil
2179 Le monogramme de perles

THOMSON June
1857 Finch se jette à l'eau
1948 Dans la plus stricte intimité
1995 Bouillon de minuit
2153 Les carnets secrets de Sherlock Holmes

UHNAK Dorothy
2093 Le Registre
2109 La main à l'appât
2152 Un très mauvais souvenir
2197 Témoin à décharge *(oct. 94)*

ULLMAN A. & FLETCHER L.
2075 Raccrochez, c'est une erreur
2207 L'homme de la nuit *(déc. 94)*

Le Club des Masques

CARR J.D.
604 Le sphinx endormi
605 La maison de la terreur
606 Trois cercueils se refermeront
607 Les yeux en bandoulière
616 La chambre ardente
617 Le lecteur est prévenu
618 La mort en pantalon rouge
619 On n'en croit pas ses yeux
626 Arsenic et boutons de manchette
627 Mort dans l'ascenseur
628 L'homme en or
634 La police est invitée
635 Suicide à l'écossaise
636 Patrick Butler à la barre
CASSELLS John
465 Solo pour une chanteuse
CHRISTIE Agatha
(86 titres parus, voir catalogue général)
EXBRAYAT
(97 titres parus, voir catalogue général)
GRISOLIA M.
638 Les sœurs du Nord
639 L'homme aux yeux tristes
640 La madone noire
HITCHCOCK DÉMASQUE...
1000 Une double ruse
1001 Un crime presque parfait
1002 Horace et les voraces
1003 L'abomination
1004 Le procès dans un miroir
1005 Le dernier plagiat
1006 Le mort ambulant
1007 L'homme aux serpents
1008 Un plat qui se mange froid
1009 Le sourire des gendarmes
1010 L'homme qui tua Jesse James
1011 Un sujet brûlant
1012 L'instruction incivique
1013 Un mauvais caractère
1014 Un piège à punks
1015 Un sale tour-d'écrou
1016 Un sport de bon rapport
1017 Un péché capital
LOVESEY P.
609 Le Medium a perdu ses esprits
610 Le Bourreau prend la pose
RENDELL Ruth
451 Qui a tué Charlie Hatton?
501 L'analphabète
510 La danse de Salomé
551 Le petit été de la Saint-Luke
601 Morts croisées
602 Le lac des ténèbres
603 Une amie qui vous veut du bien
617 Ces choses-là ne se font pas
623 Son âme au diable
624 Fantasmes
625 Qui ne tuerait le mandarin?
631 La banque ferme à midi
632 Et tout ça en famille
633 Un amour importun
STEEMAN Stanislas-André
586 L'assassin habite au 21
587 Six hommes morts
588 Le condamné meurt à 5 heures
589 Légitime défense (Quai des Orfèvres)
590 Le trajet de la foudre
592 La nuit du 12 au 13
594 Le mannequin assassiné
596 Un dans trois
600 La morte survit au 13
608 Le démon de Sainte-Croix
613 Que personne ne sorte (Six hommes à tuer)
614 Poker d'enfer
629 La maison des veilles
630 Haute tension
637 Feu Lady Anne *(nov. 94)*
TERREL Alexandre
611 Le Témoin est à la noce
612 La morte à la fenêtre

Les Intégrales du Masque

BUCHAN John
tome 1

CARR J.D.
tome 1 - Dr Fell 1 1933-1935
tome 2 - Dr Fell 2 1935-1939
tome 3 - Merrivale 1

CHRISTIE Agatha
tome 1 - Les années 1920-1925
tome 2 - Les années 1926-1930
tome 3 - Les années 1930-1933
tome 4 - Les années 1934-1935
tome 5 - Les années 1936-1937
tome 6 - Les années 1938-1940
tome 7 - Les années 1940-1944

DELACORTA
tome 1

DEMOUZON
tome 1

EXBRAYAT
tome 1 - Les Imogène
tome 2 - Les Tarchinini
tome 3 - Le tour d'Europe

GOODIS David
tome 1
tome 2

HIGGINS Jack
tome 1

HITCHCOCK Alfred
tome 1

MORTON Anthony
tome 1 - Le Baron 1
tome 2 - Le Baron 2

RENDELL Ruth
tome 1 - Les Wexford
tome 2 - Les années 1965-1979
tome 3 - Les Wexford/2

RICE Craig
tome 1

STEEMAN
tome 1
tome 2
tome 3

VÉRY Pierre
tome 1
tome 2

IMPRIMÉ EN FRANCE PAR BRODARD ET TAUPIN
Usine de La Flèche (Sarthe).
ISBN : 2 - 7024 - 2526 - 7
ISSN : 0768 - 1089

H 52/0697/4